**CONTORNOS DO DIA
QUE VEM VINDO**

CB064971

CONTORNOS DO DIA QUE VEM VINDO

Léonora Miano

Tradução
Graziela Marcolin

PALLAS

Copyright © 2006
Plon

Título original: *Contours du jour qui vient*

Editoras Cristina Fernandes Warth Mariana Warth	Revisão tipográfica *Letícia Féres*
Coordenação editorial *Silvia Rebello*	Projeto gráfico de miolo e capa *Aron Balmas*
Tradução *Graziela Marcolin*	Diagramação *Ilustrarte Design e Produção Editorial*
Revisão de tradução *Fernanda Pantoja*	Imagens de capa *Daniel Leite*

As fotografias de capa e contra capa fazem parte do projeto Kabadio que fica em Casamance – Senegal – e é apoiado pela ONG IEFR (Il etait une fois une Ren contre). O valor de aquisição das imagens foi destinado aos projetos da associação em Kabadio.

Cet ouvrage, publié dans le cadre de l´Année de la France au Brésil et du Programme d'Aide à la Publication Carlos Drummond de Andrade, bénéficie du soutien du Ministère français des Affaires Etrangères et Européennes.
"França.Br 2009" l'Année de la France au Brésil (21 avril – 15 novembre) est organisée:
· en France, par le Commissariat général français, le Ministère des Affaires Etrangères et Européennes, le Ministère de la Culture et de la Communication et Culturesfrance;
· au Brésil, par le Commissariat général brésilien, le Ministère de la Culture et le Ministère des Relations Extérieures.

Este livro, publicado no âmbito do Ano da França no Brasil e do programa de auxílio à publicação Carlos Drummond de Andrade, contou com o apoio do Ministério francês das Relações Exteriores e Européias.
"França.Br 2009" Ano da França no Brasil (21 de abril a 15 de novembro) é organizado :
· na França, pelo Comissariado geral francês, pelo Ministério das Relações Exteriores e Européias, pelo Ministério da Cultura e da Comunicação e por Culturesfrance;
· no Brasil, pelo Comissariado geral brasileiro, pelo Ministério da Cultura e pelo Ministério das Relações Exteriores.

(Este livro segue as novas regras do Acordo Ortográfico da Língua Portuguesa
respeitando variações regionais previstas pelo mesmo.)

Este livro foi impresso em setembro de 2024, na Assahi Gráfica e Editora, em São Paulo.
O papel de miolo é o pólen natural 80g/m² e o da capa é o cartão 250g/m².
A fonte usada no miolo é a ITC Stone Serif 10/14.

Todos os direitos reservados à Pallas Editora e Distribuidora Ltda. É vedada a reprodução por qualquer meio mecânico, eletrônico, xerográfico etc., sem a permissão por escrito da editora, de parte ou totalidade do material escrito.

CIP-BRASIL. CATALOGAÇÃO-NA-FONTE. SINDICATO DOS EDITORES DE LIVROS, RJ.

M566c
1ª ed.

Miano, Léonora
    Contornos do dia que vem vindo / Léonora Miano ; [tradução Graziela Marcolin de Freitas]. - Rio de Janeiro : Pallas, 2009.
    208p.

Tradução de: Contours du jour qui vient
ISBN 978-85-347-0382-6

1. Romance francês. I. Freitas, Graziela Marcolin de. II. Título.

09-4755.
                                                                       CDD: 843
                                                                       CDU: 821.133.1-3

Pallas Editora e Distribuidora Ltda.
Rua Frederico de Albuquerque, 56 — Higienópolis
CEP 21050-840 — Rio de Janeiro — RJ
Tel./fax: 21 2270-0186
www.pallaseditora.com.br
pallas@pallaseditora.com.br

Liberté • Égalité • Fraternité
RÉPUBLIQUE FRANÇAISE

PALLAS

Para esta geração.

*Vejo que todos os vivos que
vão sob o sol estão com a criança,
E é à frente de uma turba
sem fim que ela se encontra.*

Eclesiastes 4, 15-16

I am an endangered species
But I sing no victim song [...]
I sing of rebirth, no victim song

DIANNE REEVES, "Endangered Species", *Art and Survival*

*Sou uma espécie em extinção
Mas não canto como vítima [...]
Canto pelo renascimento, não como vítima*

DIANNE REEVES, "Espécie em extinção", *Arte e sobrevivência*

Down here below
The winds of change are blowing
Through the weary night
I pray my soul will find me shining
In the morning light
Down here below

ABBEY LINCOLN, "Down Here Below", *A Turtle's Dream*

*Aqui embaixo
Os ventos da mudança estão soprando
Através da noite enfastiada
Rezo para que minha alma encontre-me brilhando
Sob a luz da manhã
Aqui embaixo*

ABBEY LINCOLN, "Aqui embaixo", *O Sonho de uma Tartaruga*

Prelúdio: ausência

Há apenas sombras ao redor, é em você que estou pensando. Não que esteja de noite, ou que os vivos tenham de repente adquirido as cores do momento. Poderia ser assim se o tempo ainda se desse ao trabalho de se fracionar em intervalos regulares: segundos, minutos, horas, dias, semanas... Mas o próprio tempo se cansou dessa divisão. O tempo, como nós todas, como eu, viu muito bem que tal divisão não fazia sentido. Não aqui onde estamos. Seja manhã ou noite, tudo é parecido. Há apenas sombras ao redor, eu sou uma delas, e é em você que estou pensando. Na última vez que nos vimos, você me amarrou em minha cama. Você me espancou a toda força antes de chamar nossos vizinhos, para que vissem o que você acreditava ter feito com esse espírito mau que vivia sob o seu teto e se dizia sua filha. Eles já estavam esperando na soleira da porta, atraídos pelos meus gritos. Não era para me socorrer que estavam lá. Eles nunca vinham em socorro de quem quer que fosse, contentavam-se em fazer comentários enquanto aguardavam os bombeiros, a polícia, uma ambulância, embora houvesse uma mulher espancada ou um acidentado na estrada se esvaindo em sangue. Falavam do ferimento horrível ali na testa. Claro que não vai dar para expor o corpo no velório. Enfim, eles ficariam lá assim mesmo. Se não houvesse corpo para ver, se não pudessem observar os mínimos detalhes do terno do defunto ou a qualidade de sua maquiagem, haveria pelo menos alguma coisa para pôr na barriga. Em sentido literal: a família serviria uma refeição. Em sentido figurado: as chorosas, o coral, o semblante desolado dos parentes, tudo isso garantia um espetáculo. E se fosse um fracasso, sairiam para poder espalhar a notícia em toda Sombê, que fulano era mal-educado. Que no funeral de um dos seus, que foi para o outro lado nove dias antes, só tinha cerveja quente e uma viúva que se fazia de afetada, em vez de rolar no chão como sua dor exigia. Mais uma que se achava branca, recusando-se a sujar a roupa na terra de seus ancestrais.

Você os chamou. Como já estavam em frente ao portão, só precisaram entrar. Só precisaram pisotear o gramado que ninguém mais cuidava. Só precisaram empurrar a pesada porta de acaju que você não tinha trancado. Vieram todos. Pararam um tempo na sala de estar, para sentir sob os pés nus a espessura do carpete e se deixar maravilhar com os enfeites de âmbar e malaquita. Curiosos, olharam a coleção de discos de *jazz* do papai, observaram os livros ricamente encadernados da imensa biblioteca. Para a maioria, era a primeira vez que via de nossa casa alguma coisa além do quintal. Papai não gostava que viessem. No tempo em que estava entre nós, recebíamos somente alguns membros da família dele e raríssimos amigos. Ele não detestava ninguém, mas desconfiava de todos. Dizia que fazia muito tempo que todas aquelas pessoas não eram mais uma comunidade, mas uma ralé amarga por não ter conseguido fazer nada de si própria. Não passavam de uma penca de gente malevolente, que acabava causando a infelicidade dos outros de tanto desejá-la. Então, dizia ele, esta é a única comunhão que conseguem ter: o ódio de quem conseguia escapar daquilo, de quem tinha um emprego e condições de mandar os filhos para a escola. Eles às vezes o esperavam em frente de casa, esperando a hora de ele ir trabalhar. Vinham falar-lhe do filho doente, da mulher por quem precisavam pagar dote, da mãe, que morrera no mês passado e que tinha prometido isso. Desprovidos de um diário das mentiras já vendidas, não hesitavam em reeditá-las, e com frequência. Papai lhes dava algumas notas, que pegavam com o coração cheio de amargor porque ele tinha condições de ajudá-los. Agradeciam, desejando-lhe secretamente males que não queriam nem para seus piores inimigos. E agora, essa gente estava lá. Penetraram na casa, examinaram os móveis e estofados, antes de atravessar os corredores a passos largos até o quarto de onde emanavam meus berros e súplicas. Assim que entraram, olharam, ouviram. A viúva do empreiteiro, febril e histérica, a ponto de matar o fruto de suas entranhas. Você gritava: "Ela matou o pai! É por causa dela que ele morreu e que agora nós estamos pobres! Isso me foi revelado, e eu preciso me livrar dela...". Não era a primeira vez que eles a viam nesse estado. Já uma vez você me tinha amarrado na mangueira do quintal e me açoitado até sangrar, "para extirpar o demônio que ela abriga e que é a causa da nossa desgraça". Alguns dias antes, uma vidente havia confirmado as suas suspeitas a meu respeito. Ela disse: "É a sua menina. Você acha que ela é sua filha, mas é um demônio que a sua irmã Epeti mandou para você abater. Você sabe que ela não queria que você se casasse com esse homem! Veja você mesma: depois de nove anos de vida comum, ele deixou esse mundo sem fazer de você sua esposa, nem diante da tradição nem diante do prefeito. Você deve se livrar dessa pequena, senão ela vai matá-la. É um vampiro".

Ela também veio, Sessê. A pretensa vidente, a declaradora de nossas desventuras. No dia em que você me pendurou naquela árvore, ainda não tinha coragem de me tirar a vida. Apenas me bateu até eu perder os sentidos. Depois me soltou para lavar minhas feridas, chorando, e me colocou na cama, murmurando que agora tudo ficaria bem. O demônio que me obrigava a me alimentar das vidas humanas me havia deixado. Eu logo me tornaria uma criança como as outras e não precisaria mais ser levada ao hospital para tratar desse mal incurável que me consumia o sangue. A velha afirmou que os brancos que formavam os médicos do hospital certamente chamavam a seu modo essa entidade demoníaca. O nome científico da minha doença não lhe interessava. Para ela, estava tudo claro: uma enfermidade do sangue só podia ser feitiçaria. Você disse a ela que o papai achava que essa afecção vinha dos pais, que eram eles que a transmitiam aos filhos, e que era mais grave se os dois fossem portadores. Sessê perguntou para você, olhando-me no branco dos olhos, por que então eu era a única a sofrer assim. Em seguida, os olhos dela se fixaram em você e ela disse: "Você não vê que ela está melhor desde que o pai se foi? Ela logo terá outras recaídas, e precisará de sangue. Então, vai matar de novo". Falando-lhe em particular, suponho que ela tenha indicado os passos que você deveria seguir. Deixamos o barraco de chapas de ferro cercado de poças d'água estagnada. Dois dias depois, você me amarrou a cabeça embaixo de um galho da mangueira. Empunhou varas de bambu ainda verde, e elas fenderam o ar para vir me dilacerar a pele, mais e mais e mais... Você tremia inteira, enquanto se enchia de fervor contra mim. Dizia que aquilo não era mais possível. Que, desde que o papai tinha morrido, tudo o que possuíamos ia para o pagamento dos meus cuidados médicos. Quanto aos meus irmãos, eles não eram doentes. Nunca passou pela sua cabeça que talvez fosse porque eles não eram seus, porque o papai os teve num casamento anterior. Não era em mim, mãe, que você batia assim. Não foi a mim, mãe, que você amarrou naquela cama e se preparou para besuntar de querosene diante da multidão imóvel dos vizinhos. Toda essa cólera nunca teve nada a ver comigo. Precisei chegar aqui e me tornar uma sombra para ver, além das aparências, o ódio profundo que você tem de si mesma, de tudo que vem de você.

Quando você estava pegando o garrafão de querosene que guardávamos para acender os lampiões durante os diversos cortes de eletricidade, a velha Sessê aproximou-se. Ela reteve seu braço. Todos viram você me colocar jornal nas orelhas, narinas e no sexo, para que o fogo pegasse mais rápido. Meus braços estavam amarrados na cabeceira da cama. Você me bateu nas pernas, depois de abri-las. Eu estava nua e minha pele ainda tinha as marcas deixadas pelos bambus. Os queloides mal se tinham formado em minhas costas machucadas. Sessê se aproximou, quando todos estavam segurando a respiração, preparando-se para correr assim que você pusesse fogo em mim. Nunca se sabe, se as chamas fossem para cima deles... Ela falou com sua voz rouca, com acento arrastado: "Não faça isso. Você deve se livrar dela, mas não a mate. A essência do demônio não é carnal. Não basta que você queime o corpo para tirar o poder dela. Se você se satisfizer com isso, essa força deixará a menina para se apoderar de um de nós... Você deve expulsá-la. Em seguida eu venho purificar a sua casa. Ela nunca mais poderá entrar aqui". Você a olhava, desvairada, os lábios tremendo. Suava abundantemente. Você tinha febre, mãe, sem dúvida por causa desse mal que me veio da maceração de seu ventre. Quantas vezes ouvi você se queixar dessas dores, as mesmas que as minhas, nos ossos, em partes do corpo que não têm nome e que a gente não sabe localizar? Sessê me soltou. Ela tinha um cheiro de água salobra, dos pântanos próximos a sua casa. Cheirava também a urina e suor. Todo seu ser era um intenso eflúvio. Soltando minhas amarras, ela me olhava como no dia em que você me levou à casa dela. Ela queimou cascas de árvores, antes de jogar no chão um punhado de pedras que, dizia ela, eram seus oráculos. As pedras decretaram que um gênio mau tinha entrado em mim na hora exata de meu vagido. Contudo, não responderam à única pergunta que você fez: por quê? Você deve ter-se perguntado por que motivo os demônios tinham escolhido justamente a sua filha para concluir sua obra destruidora sobre a terra dos humanos.

Sessê me expulsou de casa. Disse para eu ir o mais longe que pudesse, imediatamente, e não ousar mais aparecer nos arredores. Depois de escutá-la, olhei para você. Era você, mãe. Não ela. Você repetiu as palavras dela, para ordenar que eu me safasse para o mais longe possível e nunca mais aparecesse na sua frente. Supliquei para você não me rejeitar. Então você berrou as palavras de Sessê, que fez suas: longe, imediatamente, nunca mais na sua frente. Precisei aceitar. Não conseguia parar de pé. Estava fraca. Ainda estou. Fazia três dias que você não me dava de comer. Você estava com aquele olhar meio louco que precedia suas crises de violência, antes de declarar que não havia comida suficiente para nós duas. Você não tinha dinheiro. Não tinha trabalho. Dependia totalmente do papai. Quando ele morreu, a família dele passou a mão em todos os bens. Os terrenos, as casas de campo, as contas bancárias. Deram algumas semanas para você sumir e voltar para os seus. Você não tinha relações. Eles tinham. Você não tinha direito nenhum. Eles tinham todos. Papai não se casou com você. A mulher dele perante a lei e perante Deus ainda era aquela de antes, a mãe dos meus irmãos. Aquela que abandonou o marido e os filhos para ir atrás de um artista guianense no país dele. Ela ainda estava lá, naquele território confinado entre a Floresta Amazônica e o Oceano Atlântico. Morta ou viva, ela não parecia disposta a voltar a Mboasu. Os filhos nunca receberam notícias dela. Tudo o que sabiam era o nome daquele país onde um dia eles iriam procurá-la, essa terra da França perdida na América do Sul. A Guiana, cujo nome eles ouviram nos murmúrios dos adultos, que nunca diziam às crianças o que elas precisavam saber. A Guiana, uma terra ignorada, um segredo muito bem guardado, o lugar que tinha escolhido a mãe deles para manter a maior distância possível entre ela e o homem com quem precisou se casar. Eles iriam patinhar nos pântanos de Kaw para salvá-la do feroz jacaré negro. Iriam ver se no coração das ilhas do Salut ela havia encontrado a felicidade. Preparavam-se incansavelmente para isso em suas brincadeiras. A mãe acabava por se confundir com aquela terra selvagem. Ela era a Amazônia, o Maroni, uma língua crioula cuja música eles inventaram, sem jamais tê-la ouvido. Como compreendiam a fuga dela! Papai era severo com eles. Não lhes dava nada à toa, nunca falava com eles, esperava que as costuras de suas calças se rompessem para substituí-las. Acabou mandando-os para o internato. Faziam-no lembrar-se demais da humilhação que sofrera. Pareciam-se demais com a mãe. E você, que só pôde lhe dar uma filha, ficou feliz ao vê-lo afastar-se dos filhos. Não passou pela sua cabeça que o presente era breve, e sua posição, precária.

Levantei-me. Não sei como consegui chegar à rua. Eles todos me olhavam, nossos vizinhos. Insultavam-me, repetiam as palavras da velha: longe, imediatamente. Corri como pude. O dia passou. Os lampiões da rua lançavam um brilho amarelado no chão. Minhas pernas mal me aguentavam. Quando saí de nosso bairro, ninguém me deu muita atenção. As pessoas estavam habituadas a ver dementes deambulando sem roupa pelas ruas. Raramente eram jovens como eu, mas, nesses tempos de desrazão, tudo podia acontecer. Nada mais os impressionava. Alguns dias antes, Epupa, a louca mais famosa de Sombê, foi vista estrangulando seu filho em pleno dia. Era um bebê. Ela não suportava a ideia de ter posto no mundo uma criança do sexo masculino. Deixaram-me em paz, e eu tomei meu rumo. Depois de um tempo indefinido, cheguei a Sanga, em frente à casa de minha avó paterna. O vigia noturno não quis me deixar entrar. Mas ele me conhecia. Foi procurar alguém dentro da casa. Um de meus tios saiu. Ele me olhou de um jeito como não se pode olhar uma sobrinha, sobretudo se ela tem nove anos, e parece ter sete. Ele voltou para dentro. Veio minha avó. Ela falou comigo: "O que aconteceu para você aparecer na minha casa a esta hora, sozinha e completamente nua?". Eu respondi: "Vó, você precisa me ajudar. Mamãe ficou louca. Ela tentou me matar, depois me expulsou. Faz três dias que não como nada...". Receio que não consegui sensibilizá-la. Ela detestava tanto você que lhe era impossível socorrer a sua filha. Disse apenas: "Se a sua mãe a odeia a esse ponto, só ela sabe o porquê. Não posso fazer nada por você". Depois de dizer essas palavras, ela virou-se para o meu tio e disse: "Epeiê, vá procurar um vestido para ela. Pergunta para Sepu se ela não tem alguma coisa velha que não queira mais usar". Ele obedeceu. Quando voltou, trouxe uma camiseta grande e sem forma, com que a tal da Sepu devia fazer aeróbica no século passado. Peguei a roupa e fui embora, não sem ter agradecido às pessoas cujo nome eu trazia.

    A noite estava quente e as ruas abarrotadas. Depois da guerra que acabara de deixar o país aos pedaços, os habitantes de Sombê recomeçavam a viver, mas não como antes.

Não era para ir ao restaurante que eles saíam. Não iam ver um filme nem se sacudir ao ritmo das canções da moda. Iam a templos. Não havia nada além disso, por toda parte. As igrejas do despertar, como eram chamadas. Todas milenaristas, todas escoradas nas passagens mais assustadoras ou mais rígidas do Livro. Eles não tinham a intenção de amar ao próximo como a si mesmos. Não fazia parte de seus projetos encontrar o que neles havia sido criado à imagem do divino, o que era grande e belo, o que era luminoso. Tudo o que queriam era erigir a maldade em princípio inabalável. O ódio do vivente havia se instalado na cidade, e todos os lugares de prazer e alegria foram fechados. A sala de concertos Boogie Down era desde então uma sala de leitura mantida por evangelistas americanos, brancos como comprimidos de aspirina, e de cabelos de um ruivo que não se parece com nada que conhecemos por aqui. As pessoas os viam com frequência se queimando dolorosamente ao sol, vestidos de camisas brancas de manga curta e calças pretas, e imaginavam que eles tinham boas razões para vir para tão longe de sua terra, sofrer sob o ardente sol de nossa África equatorial. Calculavam serem grandiosas essas razões que ninguém conhecia. Os que vinham a eles sempre tinham uma ideia por trás: uma ideia de uma viagem para longe, de um casamento com um estadunidense. Os missionários estadunidenses pintaram de branco as paredes antes vermelho-tijolo e rebatizaram o local de IGREJA DA PALAVRA LIBERTADORA, mas para todos que passavam por lá, como para aqueles que vinham seguir seus ensinamentos, ainda era o Boogie Down. A boate Soul Food manteve seu nome, para abrigar um centro de reeducação espiritual de inspiração afro-cristã. Lá era ensinada uma abordagem africana das Escrituras, porque deveria haver uma. A Cidade das Maravilhas, que não era um lugar aberto a todos, mas constituía uma atração importante por ser a maior habitação da cidade, tornou-se o templo A porta aberta do Paraíso. Tratava-se de uma casa mantida por um casal de idosos, Papai e Mamãe Bosangui, especializados em orações de combate, os ordálios — dirigidos frequentemente aos demônios dissimulados nas famílias —, e práticas misteriosas que, diziam, tornavam uma pessoa rica de um dia para o outro. Fora isso, rodavam de Jaguar no asfalto esburacado das ruas da cidade. Os habitantes de Sombê corriam para esses lugares, vestidos de batinas brancas, vermelhas ou azuis, de acordo com sua obediência. Seguravam nas mãos velas negras que queimavam pelo tempo necessário para garantir sua salvação. Não tinham olhos nem para mim nem para coisa nenhuma, além das trevas que se adensavam à medida que eles as contemplavam. Não iam lá para se arrepender, mas para se queixar. Não iam procurar uma maneira de recriar a harmonia no seio de suas famílias, mas uma maneira de pôr para fora de suas casas a bruxa que, tomando a aparência de um parente, precipitou-lhes a ruína. Não iam lá para elevar suas almas, uma vez que aspiravam apenas a descer cada vez mais baixo, lá onde tudo era mais escuro, lá onde as pulsões de morte se faziam passar por regras de vida honoráveis. Os que buscavam sinceramente a Deus esperavam encontrar Nele uma espécie de nave espacial em direção a um planeta mais tranquilo. Tinham o dever de pegar sua vida no laço a cada dia que Nyambey fazia, para não chegar a nada. Rezavam, não para pedir força para enfrentar a vida, mas para se livrarem dela, para que enfim caíssem as grades que ela ergueu ao redor deles. Queriam se evadir do mundo real, não ter nele nenhuma responsabilidade, não precisar jamais se comprometer com ele. Rezavam como alguns tomam drogas: para viajar.

Assim era a cidade desde então. Os rebeldes e o exército regular não deixaram nada além disso, esse desespero que usurpava em nome da fé. Não somos um povo cartesiano.

Não temos de ser. É legítimo crer no que não se vê, mas cujas manifestações, no entanto, podem ser sentidas, como o vento que levanta a poeira e faz penderem os caniços nas margens do Tubê. Não é tolo considerar que, se esse mundo existe, pode haver muitos outros. O que é incompreensível é a razão por que nossa crença se deixa ir, tão voluntariamente, na direção dos abismos mais tenebrosos. Não há nada que amemos tanto quanto apagar as luzes, para deixar queimando apenas os braseiros que consomem nosso tempo de vida, fazendo do dia seguinte uma impossibilidade. Depois da guerra, não restava mais que o presente, e ele não era mais do que a perda dos sentidos. Caminhei por um longo tempo e fui parar em Kalati, na principal feira de Sombê. Lá, vendedoras de víveres esperavam amanhecer. Vinham do campo e não tinham lugar para dormir na cidade. Além disso, descobri, naquele momento, que as entregas de mercadorias aconteciam em plena noite, e era melhor ficar por lá. Os preços eram mais vantajosos. Algumas traziam os filhos consigo. Cuidariam deles a noite toda, e todo o dia seguinte. Elas tinham acendido uma fogueira no meio da feira. Quando cheguei, assavam peixe e banana na brasa. Sentei-me em uma caixa vazia que alguém havia virado. Não disse uma palavra. Nada. Só me sentei. Elas não me perguntaram nada. Perguntar implica assumir a carga das respostas. Depois, não se pode mais agir como se não se soubesse. Ora, naquele tempo ninguém tinha condições para uma tal política.

As feirantes comeram. Depois de um tempo, a que havia virado a caixa voltou. Ela era grande, pesada, uma aparição repentina e eminentemente tangível. Parecia uma estátua de bronze surgindo das profundezas da terra e avançando em direção ao grupo. Longas tranças grisalhas escapavam de um lenço que ela havia amarrado em turbante sobre uma parte mais abundante da cabeleira. Sua mão vasculhava o bolso direito do amplo vestido de tecido pareô. O lugar era mal iluminado demais para que eu pudesse distinguir a cor e a estampa. A mulher chegou até mim. Disse: "Então não posso mais ir mijar? Levanta, é meu lugar". Obedeci, fiquei de pé, ali, sem dizer nada. Faíscas vermelhas rodopiavam na noite. Fixei meus olhos nelas. Eram tão frágeis, migalhas de um grande fogo, cuja cor elas guardavam apenas por um breve instante, antes de desaparecer. Eu as olhava e me perguntava se os homens eram aquilo, não parcelas do Eterno, mas faíscas Dele. Pequenos fragmentos incapazes de reter Sua força e Sua luz, impelidos a se apagar quase sem deixar vestígios. A mulher que me fez levantar perguntou a suas companheiras se elas haviam me dado alguma coisinha para comer. Responderam que não. Se ela queria dividir o que tinha, problema dela. Já as outras não podiam se permitir uma coisa dessas. "Kwin," disse uma delas, "você sabe muito bem que são nossas as mercadorias que estamos comendo. Foram compradas a crédito, e precisamos vendê-las, estou avisando. Não dá para alimentar uma boca a mais! Você conhece essa menininha?". Ela respondeu calmamente: "Não, Tutê, não a conheço. Só estou vendo que ela poderia ser minha neta". Depois de me fitar por um longo tempo com seus olhos que pareciam pedras brutas, ela me estendeu um pedaço de banana assada, sobre a qual derramou um fio de óleo de carité. Agradeci com um gesto de cabeça e sentei-me no chão para comer. Três dias inteiros que você não me dava nada para comer.

Naquela noite, não dormi. Vi as feirantes se esconderem debaixo de suas bancas, deitarem em tábuas cobertas com um pedaço de papelão e colocadas direto no chão lamacento, e depois se enrolarem em seus pareôs sujos. Dormiram pouco depois da meia-noite, depois da última remessa de víveres. Velhos calhambeques completamente desmantelados, sem o assento traseiro, transportavam as mercadorias. Surgiam rápida e agitadamente no meio do mercado, e as mulheres corriam atrás deles. A que primeiro pusesse a mão num cacho de bananas ou num saco de mandioca podia discutir o preço, e talvez adquiri-lo. A batalha era feroz. Aquelas mulheres não tinham condições de voltar ao campo regularmente para se abastecerem. Uma vez que estavam na cidade, aguardavam as entregas noturnas. Depois de amanhecer, elas revenderiam os legumes comprados na véspera. Enquanto elas se deitavam, fiquei sentada no chão olhando. Kwin tinha-me dado um pareô para me cobrir, dizendo com sua voz cavernosa: "Queira desculpar o conforto medíocre da nossa residência. Nunca recebemos convidados. Agora dorme". E partiu, seus pés se confundindo com o solo terroso onde seus passos se imprimiam. O fogo continuou a queimar por algum tempo, antes de se apagar como um suspiro de tristeza. Uma noite sem estrelas finalmente deu lugar ao dia. As mulheres acenderam de novo o fogo para preparar o mingau de mandioca acompanhado de um bolinho frito feito de farinha de milho e banana madura demais, que elas não poderiam vender. Eu não estava com fome. Afastei-me do grupo. Logo elas teriam trabalho. Não podiam ser perturbadas. Sentei-me na esquina. Lá havia um bar com um nome pitoresco: "Que você diz, meu irmão?". De fato, era tempo de se perguntar o que tínhamos a dizer para o mundo.

Foi na esquina dessa rua que Ayanê me encontrou, depois de uma semana. Ela trabalhava voluntariamente para uma associação que cuidava de crianças de rua. Alguém deve ter falado para ela de uma menina muda que passava seus dias perto de Kalati, não muito longe da feira de Sombê. Disseram que eu era estranha, sem dúvida meio retardada. Não dirigia a palavra a ninguém, e só Kwin se aproximava de mim. Se não morri de fome, é a ela que devo. Ayanê me deu a mão e eu a segui. Eu estava cansada. Quando ela perguntou meu nome, não tive forças para responder que era Musango. Ela me inspirava confiança. Algo me dizia que ela também estava tão sozinha, tão perdida quanto eu. Andamos de mãos dadas até Sanga. Passamos em frente à casa de minha avó paterna. O portão era tão alto que da rua não se via a casa, e os muros tinham cacos de garrafa para desencorajar os ladrões. Chegamos à sede da associação. Era uma casa térrea grande, circundada por uma simples cerca viva de bambus. No jardim que atravessamos para chegar à casa, cresciam árvores frutíferas. O perfume das graviolas se misturava ao dos mamões. Era como se aquele lugar não pertencesse a Sombê. Ele não tinha sido atingido por aquele pavor que enrijeceu o mundo ao seu redor. Uma dor de cabeça atroz tomou a base de meu crânio, justamente no momento em que Aída veio ao nosso encontro. Aída era uma francesa que se apaixonara por este país há muito tempo, quando ainda era um país e seu povo tinha um futuro. A casa era dela. Na época em que veio morar em Mboasu, a situação econômica aqui era parecida com a da Coreia do Sul. Ela se inclinou na minha direção e acariciou minhas bochechas com a palma da mão. Acho que ninguém nunca tinha me tocado dessa maneira. Ayanê me levou, dizendo à amiga: "Vou dar banho nela e ajudá-la a dormir. Disseram que se chama Musango e que a mãe a expulsou de casa, acusando-a de bruxaria. Aída respondeu: Mais uma...". E Ayanê suspirou: "É. Um vizinho da família a reconheceu na feira de Kalati e me avisou". Ao ouvi-las, soube que éramos muitos, que com cada vez mais frequência as famílias desprovidas buscavam um pretexto para se desfazer de seus rebentos. O pai perdia o emprego. Depois de alguns dias rondando, afogado numa garrafa de álcool de milho, ele pegava um de seus filhos e o punha para fora. A mãe tinha uma crise nervosa de pensar em enfrentar mais um dia sem saber o que se comeria na casa. De repente, ela descobria que um de seus filhos tinha um olhar decididamente estranho. Um olhar acabrunhador, e ela que tinha responsabilidade por tê-lo posto no mundo. Às vezes, os pais iam procurar a aprovação dos espíritos, que sempre a concediam, uma vez que eles tinham pagado ao marabu ou dado alguns trocados ao pastor. Os espíritos eram sindicalizados, e sua convenção coletiva resumia-se a algumas palavras: pague antes de ser atendido. Em muitos casos, era a população do bairro que selava a sorte da criança banida, assim que ela era posta na rua. E faziam-na passar publicamente por testes. Alguém lhe punha um pedaço de palha na boca e dizia: "Se você for bruxa, esse pedaço de palha vai aumentar". Apavorada, duvidando subitamente de sua própria natureza, a criança mordia ingenuamente o raminho para ter certeza de que ele não aumentaria de tamanho. Então os adultos exclamavam: "Você é uma bruxa pior do que pensávamos! Você fez a palha diminuir!". Às vezes, nas famílias sobre as quais havia descido o novo espírito de Sombê, utilizavam-se as Escrituras para comprovar a suspeita. Davam-lhe o Livro, depois uma chave que era preciso girar sobre a capa cartonada da obra. Ela devia efetuar um número preciso de voltas e só cair depois de se manter reta e imóvel por um determinado número de segundos. Sobretudo, ela não podia cair para a esquerda! A criança tremia. Geralmente, na assembleia havia apenas aliados muito silenciosos. Quando as provas confirmavam a essência demoníaca, a criança se submetia a serviços que supostamente expulsavam o mal. Isso durante muitos dias. Algumas fugiam. Muitas morriam. Outras acabavam por acreditar que eram mesmo joguetes do Mal e que mereciam seu castigo. Respeitosos da hierarquia, nem sonhavam em pôr em dúvida a palavra dos adultos.

Na casa de Aída, havia muitas crianças como eu. Algumas haviam sido recolhidas ao nascer. Elas tiveram apresentação pélvica e a tradição exigia que seu crânio fosse quebrado no tronco de uma árvore. Foram encontradas agonizando no fundo de uma valeta, cobertas de lixo. Outros haviam fugido dos maus-tratos, ou eram aleijados e inválidos. Enfim, todos tinham boas razões para estar lá, e talvez fossem essas mesmas razões que levavam aqueles que os tinham posto no mundo a se aglomerar nos templos. Elas encarnavam os fracassos de seus genitores. Eram a ruína e a destituição feitas carne. Corria na cidade o boato de que nada acontecia a Aída, quem abrigava todas essas crianças ditas bruxas, unicamente porque ela vinha de fora e a magia delas não a podia atingir. Não se falava nada sobre Ayanê e sua tia Wengisanê, que eram daqui mesmo e não pareciam sofrer efeito sobrenatural algum. Ayanê me deu um banho e me pôs na cama. Minha febre acabara de voltar. Depois dessa semana passada na rua, estava esgotada. Dormi imediatamente e sonhei com você. Você tinha me pendurado no teto de um lugar que parecia um galpão. Por um sistema de polias, você me fazia subir e descer à sua vontade. Às vezes, quando eu estava muito perto de você, você me imobilizava, antes de me cortar a carne. Em seguida, recolhia meu sangue numa garrafa plástica. Depois de observá-lo por um longo tempo, afirmava: "Esse sangue não é o meu. A velha Sessê tem razão. Você não é minha filha. Depois você gritava: Agora peço que me diga onde está o meu filho! O que você fez com ele?" Você puxava os cabelos, arrancava-os aos punhados, dardejando-me com esse olhar amarelo que é o sinal de nossa afecção comum. Muitas vezes tive esse sonho. Todas as vezes que eu queria dizer que você não podia ser minha mãe e que eu exigia saber o que você tinha feito dela, juntava todas as minhas forças para falar com você, e então acordava.

Portanto você nunca soube, mãe, nem em sonho nem na realidade, que eu também não a reconheço. Você nunca soube que passei meus sete anos agarrada no portão da nossa casa não somente para ver as crianças brincarem. Você sabe, aqueles que você e o papai chamavam de meninos de rua, cuja companhia era-me proibida. Se eu ficava lá como um piquete todas as tardes, até o crepúsculo, quando você vinha me buscar para jantar, era porque eu mirava a estrada. Pensava que se olhasse com atenção de verdade, acabaria vendo-a. Sua silhueta se formaria ao longe, e ela viria me buscar. Minha mãe verdadeira. Estava convencida de ser de uma outra mulher, que você devia ter roubado o bebê de uma outra para poder se instalar sob o teto do papai. Ele costumava dizer que você veio vê-lo uma manhã dizendo: "É sua filha...". Eis o que ele dizia: "Sabia que não vi sua mãe grávida? Ela apenas apareceu aqui um dia e você estava nos braços dela". Quando eu esperava minha mãe, a verdadeira, você ainda não tinha começado a me odiar. Eu era simplesmente indiferente para você, e você repelia meu carinho. Não parava de contar as dores do seu parto: como você precisou se arrastar pelo chão para dizer à sua mãe que a bolsa tinha estourado, como você sentiu seu corpo se fender de cima a baixo enquanto eu nascia. Você olhava cotidianamente as marcas da minha passagem, as mutilações que infligi a você: as estrias desde então na sua barriga, inchaços serpenteando sobre a pele, como marcas de queimaduras. Você examinava sem cessar o que já revelava minha natureza de vampiro: esse peito que caiu porque, segundo você, eu era tão voraz... Era isso que lhe fazia mais mal. Os seus seios que não eram mais como antes, que não mais erguiam orgulhosamente seus mamilos ao ataque do mundo. A pele tão distendida que às vezes se enrugava como casca de berinjelas muito maduras. Você reclamava de o papai tê-la forçado a me amamentar por tanto tempo. E não tinha mais vontade de agradá-lo desde que ele confessou que sua mulher tinha-se negado a dar o peito aos filhos. Ele tinha certeza de que, se ela tivesse dado, jamais poderia tê-los abandonado. Quando ele disse isso, você imaginou que essa outra teria sempre uma vantagem sobre você: ela conservava sua beleza. Na memória daquele homem que você não conseguia conquistar por inteiro, ela permanecia intacta, perfeita. Você começou a se zangar com papai por ele desejar você, quando você tinha horror de si mesma. Muito depressa, você deixou de dividir a mesma cama com ele. Ele não compreendia por que você não era mais a mesma — e que era por minha culpa.

Papai contava de outra maneira minha entrada em sua vida. Ele tinha visto uma promessa de felicidade anunciada por aquele carneiro branco que morou em nosso jardim por muitos meses. Fizeram de tudo para ele se afastar, mas ele sempre voltava. Então, meus irmãos o alimentaram. Eles se apegaram muito a ele, e o batizaram de Ares. Eram apaixonados por mitologia grega. Era um belo animal, segundo papai. Gorducho e de um branco tão imaculado quanto o do algodão ainda no pé. Ares foi embora sozinho, na véspera do dia em que você veio dizer: "É sua filha". Meus irmãos ficaram tristes. Eu devia parecer-lhes muito menos atraente. Eles nunca me fizeram mal, mas tinham raiva, acho, pela atenção que papai tinha comigo. Foi ele quem deu meu nome: Musango,[1] como para representar seu desejo de calar o tumulto que o habitava desde que o amor de sua vida o abandonara. Não creio que ele tenha experimentado a felicidade graças a mim, mas me parece que o fiz aproximar-se da ideia da paternidade. Era preciso que o filho tivesse uma mãe, para tentar endossar esse papel e tornar-se enfim um homem. Uma vez que sua mulher partiu, ele jamais pôde se sentir o pai dos seus filhos. Eles tinham seis e oito anos

---

[1] *Musango* significa "paz" na língua duala da República dos Camarões. (Nota do editor francês)

quando o papai se desinteressou deles. Quanto a mim, tinha toda a atenção dele. Isso também não a agradava muito. Ele nunca esqueceu de me comprar roupas novas, e eu sempre tive mais brinquedos do que desejava. Ele lia para mim livros de que gostava e punha *jazz vocal* para eu ouvir, sua música preferida. Nunca fui contrariada por ele. A única coisa que ele me proibia era de passar o portão e falar com os meninos da rua ou com suas famílias. Uma noite, algumas semanas depois de eu fazer nove anos, ele não voltou para jantar. Esperamos dois dias por ele, e um oficial de polícia veio nos ver. Disse que tinha havido um ataque de gângsteres: "A senhora sabe, madame, que esses vagabundos pululam hoje em dia na cidade! Eles se drogam e estão dispostos a tudo para conseguir sua dose... O corpo do seu marido está no necrotério do hospital geral". Ele não era seu marido, e era preciso avisar a família dele, a única que tinha direitos sobre o espólio. O velório aconteceu na casa de Sanga, e nós não fomos convidadas. Mas estávamos lá, assim como muitos curiosos. Havia tanta gente que eles colocaram cadeiras na via pública, debaixo de toldos. O prefeito deu autorização para impedir a circulação na rua em frente à casa. Não recebemos o pareô com as cores da família, que todas as mulheres e meninas estavam usando naquela noite. Ninguém nos dirigiu a palavra.

Quando minha avó paterna falou diante da multidão, mencionou apenas os dois filhos do defunto. Seus netos. Ela não tinha neta. Voltamos como viemos, sem nos fazer notar. No dia do enterro, não pudemos nos aproximar do túmulo. Muitos outros que tinham direito impediam o acesso. Você tremia de raiva. Gritava que ele estava a ponto de anular o casamento que os parentes dele haviam arranjado com uma mulher do mesmo meio, mas que não valia grande coisa, visto que fugiu e abandonou os filhos. Ele ia se casar com você, era só uma questão de tempo! E, além disso, ele reconheceu o filho de vocês! Então vamos ler o testamento: ele me amava tanto que não pode ter esquecido de me incluir, e num bom lugar! Mas ele não deixou testamento, e nenhum advogado de Sombê se arriscaria a enfrentar a família dele. Você falou com todos eles, mas só podia prometer remunerá-los com o dinheiro obtido no fim do processo. Eles riram da sua cara. Seu furor se agravou. Você não queria voltar para sua família em Ebenyolo, esse bairro mal-afamado de Sombê. Você tinha sonhado tanto com uma outra vida, e chegou a vê-la tão de perto... Nunca fomos juntas ver os seus parentes. Você sempre ia sozinha, enfeitada com seus mais belos adornos, os cabelos minuciosamente alisados, presos num coque que deixava a nuca de fora. Saía de casa tão abundantemente perfumada como se tivesse nadado algumas braçadas no Shalimar de Guerlain. Você fazia uma expressão arrogante daquela que tinha quase conseguido. Tudo o que eu sabia da sua família foi o papai que contou, pois você nunca falava dela. Ele disse que havia apenas meninas: doze irmãs de pais diferentes e a mãe. Você era a oitava. Às vezes, algumas delas vinham vê-la em casa. Você as recebia na cozinha, de onde me expulsava. Sei que elas precisavam de dinheiro e você nem sempre dava. Você não tinha um dinheiro seu, e não ousava pedir muito ao papai. Então elas diziam: "É porque você não conseguiu se casar com ele! Não é a mesma coisa com Epeti... Ela sim é casada". Epeti era a que vinha antes de você na prole, uma espécie de ícone para vocês todas, segundo papai. A única que conseguiu ser alguma coisa que não amante ou concubina. Oito meses mais velha que você, ela era sua rival. As outras teimavam em comparar vocês duas. Você não suportava que jogassem na sua cara o sucesso dela, o casamento e o fato de o esposo ter-lhe permitido aprender o ofício de secretária. Você não tinha profissão. E berrava até pôr abaixo as paredes da casa: "Mas então o que você está fazendo aqui? Vá bater na porta da Epeti, em vez de vir aqui!". Aquela que viera pedir um pouco de ajuda ia embora, não sem antes lembrá-la que as plantas não crescem sem terra, e que você sempre precisaria da sua família.

Pouco tempo depois da minha chegada à casa de Aída, um jovem foi acolhido. Era um desses meninos soldados que vinham da fronteira entre o sul e o norte de Mboasu, onde dizem que havia combates entre os rebeldes e as forças legalistas. Na realidade, não havia mais que pilhagens, rebeldes miseráveis atacando impetuosamente as aldeias da região a fim de saquear as populações. Era isso guerra de libertação deles. Depois de pegar tudo, desciam de volta para a cidade, e eram vistos nas ruas, esses moços em farrapos, alcoolizados, drogados e sem referências. A guerra tinha terminado, diziam, mas na verdade não devia cessar nunca, assumindo a forma imposta pelas contingências. Não havia mais segurança. Os rebeldes no domínio de Sombê, o presidente Mawusê abandonado por seus aliados ocidentais, que não queriam mais que proteger seus residentes aqui. Os dois partidos foram pressionados para ratificar acordos de paz. Para parecer bem. Marcar sua vontade de reconciliação nacional. Faltava comida, os ataques à mão armada atingiam seu auge, não se encontravam mais remédios, e quem frequentava o hospital geral de Sombê precisava levar o necessário para ser tratado. Senão, nem valia a pena ir até lá. Esse rapaz, que chegou um dia depois de ter sumido naquele bar de Kalati perto do qual Ayanê me encontrou, havia fugido pouco antes de os rebeldes abandonarem suas posições na fronteira. Pensava encontrar ajuda para salvar os garotos que, como ele, foram obrigados a se alistar no exército. Seus pés estavam sangrando. Tinham sido queimados com tições acesos, e as queimaduras não foram cuidadas. Ele precisou calçar seus tênis de lona por cima e não os tirou mais. Não sei como ele conseguiu andar da fronteira até Sombê num estado daqueles. Ayanê deu-lhe uma atenção especial porque ele vinha da aldeia dela, e ela estava lá na noite em que ele e os outros foram levados. Ele dormia mal, a memória cheia de imagens violentas e o coração apertado pela ideia de nunca mais rever seus irmãos. Chamava-se Epa.[2] Um dia, os rebeldes vieram à casa de Aída. Tinham dito a eles que a casa pertencia à gente francesa. Havia algum tempo, todos os franceses vinham sendo agredidos pelos antigos rebeldes, aliados à juventude desocupada de Sombê, com a qual dividiam pelo menos o objetivo de enfim receber o pagamento da dívida colonial. Consideravam, com efeito, que fazia muito tempo que a conta dos franceses era devedora. Era tempo de restabelecer a ordem em tudo isso. Então, um dia eles chegaram, por volta do meio-dia. Ayanê e sua tia Wengisanê nos fizeram sair, eu e as outras crianças. Não sei o que aconteceu depois da nossa fuga. Não vi mais Ayanê, que preferiu ficar com Aída, certa de que Wegisanê poderia tomar conta de nós.

Corremos por Sanga para chegar a Dibiyê, onde morava Wengisanê. Eu não ia muito depressa, e decidimos pegar um táxi. Sem saber se estávamos sendo seguidos, passamos por maus bocados enquanto o esperávamos. Todos os que apareciam já tinham passageiros. Sem poder esperar mais, Wengisanê ofereceu uma fortuna a um deles para que nos levasse. Os passageiros precisaram descer. Lançaram-nos injúrias e maldições, mas enfim conseguimos nos afastar de Sanga. Ficamos três dias na casa de Wengisanê, escondidos no quarto dos filhos dela. As refeições não eram muito fartas. Ela não tinha previsto que teria de dar de comer a nós todos. No quarto dia, fomos acordados de madrugada por

---

[2] Ver os personagens Ayanê e Epa em *L'Intérieur de la nuit*, romance precedente de Léonora Miano (Plon, 2005). (Nota do editor francês)

gritos. Jovens do bairro nos vinham avisar que os antigos rebeldes estavam passando pelas casas para procurar carros. Todos os que tivessem deveriam dá-los a eles. Os confrontos não iam recomeçar, mas, entre os diversos tráficos que se tornaram moeda corrente em Sombê, havia o de peças de automóveis. Desconfiei de que esses jovens que nos acordaram fossem também os agentes principais desse comércio. Wengisanê abriu a porta da frente. O chefe do bando irrompeu no interior para dizer isso: "Tia, você precisa esconder seu carro, senão eles vão pegá-lo". Ela respondeu: "Pois que peguem! Ninguém mais dirige desde que meu marido morreu." O rapaz insistiu: "É idiotice deixá-lo... Se você não o quer mais, pode vender mais tarde..." Wengisanê tinha outra coisa em mente, e jamais sonhou em ganhar algum dinheiro com o carro japonês de seu marido. Ela perguntou: "Mas onde você quer que eu esconda um carro, Maboa?" Aí ele abriu um grande sorriso: "Não se preocupe com isso, titia. Temos nossa técnica. Enterramos os carros nos campos na saída da cidade. É só me dar as chaves". Para fazê-lo ir embora o mais rápido possível, Wengisanê foi buscar as chaves. Levou quase meia hora para encontrá-las. Fazia tanto tempo que esse carro não funcionava... Enquanto ela procurava, o tal Maboa, que não parava de nos olhar, chamou um de seus companheiros. "Major", disse ele, "conheço os filhos de Wengisanê, mas os outros não são daqui. Você já os viu?" O rapaz olhou atentamente para cada um de nossos rostos. Deteve-se longamente no meu, depois disse: "Aquela ali eu conheço. Foi expulsa da família por bruxaria. As outras, não sei...". Maboa observou-me com um sorriso no canto da boca. Já tinha uma nova ideia para ganhar dinheiro. Pegou as chaves que Wengisanê lhe deu, afirmando que voltaria logo para lhe dizer onde ela poderia recuperar seu veículo. Evidentemente, ele pediria uma pequena colaboração.

No meio da noite, fomos atacados. Nossos agressores usavam cogulas e comunicavam-se apenas por gestos. No entanto, reconheci Maboa por seu modo de andar. Uma leve deficiência tornava-o mais lento. Foi ele quem me amarrou os pulsos e vendou meus olhos, enquanto alguns de seus amigos nos apontavam com suas metralhadoras e os outros fingiam se interessar pelo velho televisor. Na realidade, não havia nada para roubar. Esses senhores sabiam. Era por minha causa que eles tinham vindo, como me prometera o sorriso no canto da boca de Maboa. Eles nos vendaram os olhos e nos amordaçaram, depois de nos terem obrigado a sentar. Vasculharam as gavetas e viraram alguns móveis para parecer que procuravam alguma coisa. No final das contas, levaram apenas a mim. Vi-me no porta-malas de um carro, no lugar do estepe. O metal era irregular e quente. Perto de mim, garrafas de plástico foram esquecidas. Havia um odor de querosene, talvez de gasolina. Sentia tanto calor que tinha a impressão de que esses gases fossem pegar fogo. O carro mergulhou por um longo tempo nos sulcos de rodas e fendas das ruas de Sombê, e eu bati um número incontável de vezes contra as paredes do porta-malas. Como não estava amarrada, dei alguns socos para atrair a atenção dos passantes, em vão. Eles devem ter pensado que o veículo perdera algumas peças no meio do caminho, o que é frequente por aqui. Finalmente chegamos ao destino. Alguém abriu, e o ar morno da noite tirou-me do torpor que me ganhava, sem dúvida por causa dessas emanações de gás. Colocaram-me de pé e me empurraram para frente, para me fazer entender que eu devia andar. Foi o que fiz.

Pareceu-me que havia gente bebendo, falando alto e gargalhando. Depois, fez-se silêncio. Não sei que lugar era aquele. Lembro-me somente de ter ouvido Maboa dizer a um homem: "Tenho uma coisa para você, Luz". O homem disse com um tom de desprezo: "Se for isso que estou vendo, você sabe que não me interessa. Ela é pequena demais". Maboa não desistiu: "Sei que esse é seu jeito de negociar, Luz. Dom de Deus me disse que vocês estão procurando pequenas para a limpeza, meninas que ninguém viria procurar... Esta aqui foi expulsa da família por bruxaria". Luz deu risada: "Uma bruxa! Exatamente o que precisamos. Vamos fazer baixar um espírito nela, pode acreditar. Quanto você quer?" Eles se afastaram para discutir, e não posso lhe dizer qual valor acertaram para mim. Colocaram-me no porta-malas de um outro carro, num tecido que cheirava a comida podre. Foi no fim dessa última viagem que vim parar aqui, neste lugar de que não sei o nome nem onde fica. Estamos ao norte ou ao sul da cidade? Ainda estamos em Mboasu? Rodamos a noite toda, e por vezes pensei ter ouvido transações entre o homem que dirigia e os bandidos da estrada.[3] O que posso dizer a você é que um matagal cerca este lugar. Nós o atravessamos a pé por um tempo que me pareceu uma eternidade. Um homem andava à minha frente, enquanto dois outros me seguiam. Eles tropeçavam nas raízes adventícias das árvores e soltavam injúrias que sempre remetiam às partes íntimas das mulheres: "Boceta fodida! Cu da tua mãe!". São esses os cantos que ritmaram minha vinda a este mundo onde há apenas sombras. Isso foi há três anos. Contei os dias, mãe, e não foi fácil. O tempo aqui é uma massa compacta e imóvel, e só pode ser determinado pela agilidade de um espírito obstinado em sondá-lo. Eu me obriguei a esse esforço para não terminar esquecendo meu nome e minha história. E você, mãe, o que fez da minha lembrança?

---

[3] No original, *coupeur de route*, que são bandos armados, comuns na África subsaariana, que atacam os carros nas estradas. Suas atividades vão do roubo ao sequestro, passando por estupros e assassinatos. Geralmente esses bandos são formados por combatentes rebeldes desmobilizados. (N. da T.)

Primeiro movimento: volição

Ela vem me ver todas as manhãs no mesmo horário. Há muitos dias não consigo me levantar. Uma dor aguda me abate. Sinto-a nos meus ossos, como se alguma coisa quisesse quebrá-los por dentro. Às vezes tenho sonhos suntuosos. Eu implodo. Meus ossos se esmigalham. Um sopro leva seu pó por minhas carnes, que se fissuram e depois arrebentam. Meu sangue parece miríades de lantejoulas vermelhas e cai feito poeira no chão de uma sala toda de metal prateado. É o meu sangue. Não o seu. Está seco. É bonito. Parece cristais coloridos, sobre o chão de prata. Estou morta. Livre do mal. Estou bonita por dentro. Nunca soube como eu era de verdade vista de fora, de onde os seus olhos se esforçam para me evitar. Raquítica, é tudo que sei. É o que ela me diz todas as manhãs: "Meu Deus, como está magra! Você vai se levantar logo, não? Que belo negócio eles fizeram! Falei para o Luz que precisamos achar outra pessoa, né, que precisamos nos livrar de você! Ele não me escuta nunca. Toma, engole isso". Ela me dá uma poção feita de plantas amargas. O amargor tem propriedades curativas. É o que se crê por aqui: que o mal cura o mal. Engulo para ela me deixar em paz. Ela vai embora xingando. Fico me perguntando por que eu não morro. Um dia fomos ao médico e ele disse ao papai que meu corpo fabricava glóbulos vermelhos de má qualidade. São em forma de foice, em vez de redondos. Atacam-se entre si. Eu me autodestruo involuntariamente. Já devia estar morta há três anos. Mas não. A morte que me habita não consegue triunfar sobre mim, sobre a ideia de que não nasci para nada. Não importa que eu seja uma sombra a vida toda. Vou sair daqui. Já tentei. Eles me pegaram. Não tem problema. Estou só esperando minha hora.

A casa pertence ao Luz. A mulher que vem me dar essa poção verde onde boiam pedaços de folhas e nervuras se chama Kwedi. É a única de que sabemos o nome. Os outros, os homens, todos usam pseudônimos. Dizem que precisaram mudar de nome quando sua missão lhes foi revelada. Desde então eles são Luz, Dom de Deus e Vida Eterna. Quanto à casa, trata-se de um grande barraco de madeira construído às pressas num terreno que ninguém cuida. Ninguém nunca vem aqui, a não ser os três homens que de tempos em tempos trazem novas meninas. São elas as sombras que me cercam. Algumas os seguiram por vontade própria. A maior parte foi levada pela família. Elas vêm, em princípio, por causa do que eles chamam de seções de rearmamento moral. É assim que falam quando estou por perto. Na realidade, nem as meninas, nem os três homens, nem mesmo Kwedi não dão a mínima para o rearmamento moral. As meninas vêm para cá antes de empreender uma viagem para a

Europa. Luz e Dom de Deus se ocupam da papelada, quando é possível. Quando não é, elas vão por caminhos transversos. Traficantes levam-nas pelos desertos do Chade e do Níger em direção ao Mediterrâneo, onde são esperadas por canoas. O papel de Vida Eterna é protegê-las espiritualmente. Eu levo as refeições que Kwedi prepara com o que tem à disposição. Carne do mato: porco-espinho, cobra e às vezes macaco defumado. Muitas vezes, só há tubérculos e banana. As meninas se amontoam no mesmo quarto. No início, não se conhecem, mas sempre acabam trocando algumas palavras. Algumas contam a vida. Enquanto comem, fico sentada no chão. Espero elas acabarem para levar as tigelas. Elas nunca saem desse quarto. Eu trago baldes d'água para se lavarem. Elas não devem, como eu e Kwedi, tomar banho do lado de fora da casa, que não tem banheiro. Vida Eterna diz que espíritos poderiam penetrar suas vaginas, para morar nelas. Ignoro a razão por que eu e Kwedi estaríamos protegidas desses malfeitores invisíveis. Enfim, eu saio e limpo os urinóis. Certamente, é isso que tanto enfurece Kwedi: ter de limpar os excrementos delas enquanto estou doente.

Em três anos, vi passarem muitas dessas meninas. Elas vêm aqui, ficam algumas semanas, às vezes meses, depois desaparecem. Não sei no que elas se transformam, se obtêm o que vieram procurar. No momento, são sete. Há Siliki, que tem a cabeça raspada, ao contrário das outras, que devotam um ódio tão feroz à sua cabeleira crespa que se obstinam a costurar perucas ou a colocar apliques. Há Enanguê, de pernas tão finas e longas quanto os cipós que se enrolam nas árvores do mato. Mukom, que tem lábios tão vermelhos que parece constantemente maquiada. Ebokolô, cuja pele é tão escura que mal pode ser vista nesse quarto sombrio onde elas estão trancadas. Há ainda Sikê, a briguenta; Musoloki, a melancólica; e Endalê, a devota, a mais nova, que não deve ter vinte anos. Elas não fazem nada o dia todo. Só ficam lá, naquele quarto escuro que cheira a suor e a mofo. Contam a vida uma para as outras, e também histórias para se convencerem de que a luz as espera no fim do túnel. No fundo, elas aceitaram a ideia de que sua vida toda fosse subterrânea, aqui ou nesse outro lugar aonde elas logo chegarão. Elas se fazem tranças com apliques usados, falando do dia em que poderão enfim comprar novos. Vão comprar mechas de cabelos de verdade, cabelos vendidos por mulheres asiáticas tão pobres e desesperadas quanto elas. Então elas poderão fazer esse movimento seco com a cabeça para jogar para trás uma mecha rebelde, como fazem as mulheres brancas que são o inacessível horizonte das mulheres do mundo inteiro. Os apliques de Mukom são vermelhos, mas, como ela não tinge os cabelos, metade de suas tranças é bicolor. Sua cabeleira é vermelha e preta por todo o comprimento de seus cabelos verdadeiros, e depois apenas vermelha. A última vez que fui vê-las, ela estava falando das razões que haviam feito com que seguisse Luz e Dom de Deus. Dizia:

"Tenho uma prima que se chama Welissanê. Ela fez a França". É assim que todas elas dizem, para falar de quem viajou para fora das fronteiras do continente. É como se o Ocidente fosse uma grande guerra à qual só sobreviviam as de maior mérito. "Ela fez a França. Partiu sem documentos há apenas dois anos. Lá encontrou trabalho e um branco que se casou com ela. Não precisou se vender como nós devemos fazer. Então, pensei que, depois de partir, vou fazer o que eu achar melhor. Como ela, vou encontrar um emprego".

"Depois, ela não tem nada que eu não tenha. E se um branco quis a pele dela, mais escura que carvão, e o cabelo dela, áspero que nem a palha de aço que a gente usa para limpar o fundo da marmita, há de ter um para mim. Faz alguns meses, ela voltou pra cá. Queria apresentar seu branco para a família porque logo eles iam se casar. Ela tinha cada vestido bonito! E calças de couro. E não falava mais como a gente, até o cheiro dela tinha mudado. Ela cheirava à França. Virou uma deusa.

Todo mundo olhava para ela. Todos tinham uma solicitação a lhe fazer, um conselho a lhe pedir. Antes, ela era como eu. Ninguém a achava superior. Ela comia na cozinha, quando os homens da casa haviam terminado. Ela e o marido não se hospedaram com a família. Estavam habituados a um conforto diferente do de nossas esteiras estendidas direto no chão, onde perambulam umas baratas tão grandes que parecem caranguejos. Pegaram uma suíte no Prince des Côtes".

As outras escutavam sem dizer nada. Através dos vãos que separavam as tábuas erguidas às pressas, um raio de sol tentava abrir uma trilha e clarear seu rosto. Depois, encontrava outro espaço onde pudesse se infiltrar e desistia por algum tempo de sua figura de cobre. Ela se calou um instante, depois suspirou: "Observei bem tudo isso. Como Welissanê não tinha mais um minuto para mim, que era a única que sabia de seus projetos de fuga. Nunca a traí. Quando me perguntavam onde ela estava, dava de ombros. Ela tinha um filho de três anos que a mãe dela precisou assumir. A família pensou que ela estivesse morta, mas se recusaram a chorar enquanto não vissem o corpo.

Quando voltou, apresentaram o filho ao marido dela dizendo que era seu irmãozinho. Disseram que as crianças daqui chamavam todas as mulheres de 'mamãe', que era normal. Ela não segurou o menino por mais de dois segundos. Ele estava tão sujo! Era como se seus olhos dissessem '*Mouf dé*'.[4] Eu não a traí. Ela não me dirigiu a palavra, nem me trouxe um sutiã, mas eu não a traí... Quando penso que ela

---

[4] *Mouf*, deformação do inglês *move*. *Mouf dé*, deformação de *move there*. Essa expressão, do *pidgin english* da República dos Camarões, é um pedido para a criança ir-se embora. [Nota do editor francês]

levou dois vestidos meus e um par de sapatos Charles Jourdan que a minha patroa tinha me dado!

Sim, eu olhei bem para ela. Pensei em todas as rezas que fiz para que Nyambey a protegesse. Eu também acabei acreditando que ela estava morta. A gente tinha combinado que ela me escreveria... Aluguei uma caixa postal na agência do correio. Ela nunca escreveu. Nem uma palavra. Decidi partir também. Welissanê e eu éramos as mais baratas[5] da família. Eles nos tratavam como escravas, e nós dormíamos numa caixa velha de carabote.[6] Nossa casa ficava encharcada nas primeiras chuvas.

Economizei meu salário durante meses. Não era suficiente para pagar a passagem. Fui ver o Luz. Pedi para ele me adiantar o resto. Ele disse que era muito dinheiro, que eu deveria reembolsá-lo. E eu vou. Em um tempinho de nada, com certeza. Welissanê só precisou de dois anos. Eu também vou fazer a Europa. Vou voltar e comprar uma casa perto das margens do Tubê. Vai ter uma varanda bem no alto, de onde vai ser possível ver a África inteira, como na casa da minha patroa".

Antes de se encontrar entre as sombras, Mukom era empregada doméstica na casa de burgueses de Sombê. Ela falou sem expressão no rosto. Não estava correndo atrás de um sonho, mas de uma revanche sobre a vida. Era ao mesmo tempo orgulhosa e ingênua. Pensava realmente que as calçadas de Paris ou de Madri a deixariam escapar para ir encontrar um emprego e um marido branco. Porque é para se prostituir nas calçadas que todas elas partem. Quanto

---

[5] *As mais baratas*: as de menos valor. [Nota do editor francês]

[6] *Carabote*: deformação do inglês *cardboard*. O termo é usado no Camarões para designar uma moradia pobre, não de papelão, mas de madeira compensada. [Nota do editor francês]

tempo será necessário até que Luz se sinta reembolsado? Pelo menos a prima dela não tinha credores nas costas. Ignoro como ela se virou, mas se tivesse uma dívida para pagar, não teria voltado depois de dois anos, aureolada de glória. Quando Mukom terminou de falar, a voz rouca de Sikê se fez ouvir. Ela disse: "Mas essa sua irmã, você não a encurralou em algum canto para lhe dar um pontapé na bunda? Depois de tudo o que você fez por ela! Por que você não foi vê-la, ela e o homem dela, para pedir dinheiro? Você poderia até chantageá-la". Mukom respondeu: "Não quero nada dela. Nem um par de sapatos Charles Jourdan. Só quero que ela saiba que não ganha de mim. Não sou mais barata que ela. Então, venha ficar dois anos embaixo do sol daqui. Ele vai brilhar para mim também". Dizia isso para se convencer. As outras não tinham tanta vontade de evocar seus desejos secretos. Gostavam de dizer como tinham chegado lá, só isso. As palavras voavam, levando para longe as migalhas dessa energia vital que elas deviam concentrar em seu objetivo. E, além disso, as palavras atraíam maus pensamentos das outras que, por desejarem seu fracasso, acabavam fazendo com que ele viesse. Assim, o coração dessas mulheres era mudo. Não revelava nada que lhes importasse. E, quando suas bocas se exprimiam, não se podia separar o verdadeiro do falso. Não era possível saber quem tinha sido vendida por uma família devedora a Luz e a Dom de Deus, e quem era como Mukom, que tinha vindo por livre e espontânea vontade para se lançar na batalha europeia. Até o último dia que passei junto delas, não pude ter uma ideia precisa. Olhava Endalê, a devota, sempre sentada em seu canto recitando salmos vingadores, muitas vezes em voz alta: "Deus das vinganças, Eterno! Deus das vinganças, aparecei", dizia ela. Depois acrescentava: "Feliz o homem que Vós castigais, ó Eterno! E que instruís com a vossa Lei". Em seguida, calava-se. Parecia-me que ia expiar alguma culpa pela qual ela consentia ser jogada no inferno. Eu me perguntava o que uma mulher tão jovem poderia ter feito para se censurar assim.

À noite, lembrei-me da véspera. Vida Eterna tinha vindo ver as meninas, como fazia a cada dois dias, o que significa que a cidade não é tão longe e que ainda estamos no país. Ele veio, como de costume. Eu os espiei através das ripas mal acomodadas, escondida num canto fora da casa. Àquela hora, Kwedi cochilava na cozinha. Ela sabia que o mato estava tão escuro que eu não ousaria fugir, e que Vida Eterna vasculharia o carro antes de ir embora para ter certeza de que eu não estava escondida lá. Foi ele que me encontrou na última vez que tentei fugir. Agora, ele está desconfiado, mas eu vou conseguir. Um dia desses. Ele foi encontrar as meninas, munido de um lampião e do Livro. Tinha também uma bolsa com seus pós e cascas de árvore. Nunca se sabe, se Deus não for de fato onipotente... Todas elas se levantaram para cumprimentá-lo. Abaixaram a cabeça e ficaram em silêncio. Depois de um longo tempo observando-as, ele decidiu falar: "Bem", disse ele, "louvemos ao Senhor. Endalê, você quer recitar o Pai-Nosso?" Ela recitou com fervor, e depois de todas dizerem: "Assim seja", Vida Eterna sorriu para a moça. "Vejo que a sua fé cresce a cada dia!", disse ele, "Isso é bom. Mais que as suas irmãs que estão aqui, você deve se dirigir ao Altíssimo. Bem, bem. Agora, sentem-se. Temos um rito de proteção para efetuar". Não sei que bicho picou Endalê, que habitualmente só dizia os salmos. Ela perguntou: "Por que tudo isso, se o Eterno é nosso pastor?" Vida Eterna sorriu: "Foi Ele que nos deu todos esses poderes. Ele não deu a Moisés um cajado capaz de se transformar em serpente e de fender as ondas do mar para que seu povo passasse? Igualmente, ele nos deu essas cascas de árvore e o poder que elas encerram. Tomem, comam isso". Ele deu a cada uma um ovo duro atravessado por uma lasca de casca de árvore. Elas comeram, engolindo inteiro o pedaço de casca de árvore, que era impossível de mastigar. Vida Eterna disse que estava bem. Que lá aonde elas iam, seria preciso que todas as energias ativas desse mundo estivessem a seu lado. Em seguida, perguntou se elas tinham guardado os restos de unhas e as mechas de cabelo que ele havia pedido. Cada uma lhe deu o que tinha guardado. Siliki não parecia querer fazê-lo. Ela não tinha escolha. Deu parcos restos de unhas e finas mechas de cabelo. Ela roía as unhas, engolia-as, e tinha o cuidado de raspar a cabeça todos os dias com a ajuda de uma lâmina de barbear que escondia em algum lugar. Era ela mesma que passava na cabeça todas as manhãs, com um gesto seguro. Sentava-se no chão em posição de lótus, a cabeça pendendo à frente, e minúsculas mechas caíam-lhe como poeira entre as pernas. Depois, ela as queimava com um isqueiro que sempre trazia consigo. Todo mundo aqui sabe que é preciso fazer desaparecer os cabelos quando os cortam ou mesmo quando os penteiam. É preciso fazer o mesmo com as unhas. Se alguém os pegar, pode usar para fazer um sortilégio muitíssimo poderoso, porque é elaborado a partir de um suporte que saiu do corpo da vítima. Os cabelos e as unhas são como o esqueleto. Permanecem um longo tempo depois que toda a vida desertou o corpo. Continuam a crescer nos cadáveres. Dá-los voluntariamente a quem quer que seja significa submeter sua vida à vontade do outro.

Vida Eterna dispôs tudo numa bandejinha que sempre deixava no quarto e na qual eu estava proibida de tocar quando ia até lá. Teve o cuidado de separar o que pertencia a cada uma. Recitou sete orações curtas à entidade que ele invocava, colocando as mãos acima dos elementos que ele havia recolhido. Depois se calou e meteu os pedacinhos de unha e os cabelos em bolsinhas de cores diferentes. Uma para cada menina. Quando ele estivesse em casa, certamente faria coisas que ninguém deveria ver. Vi que uma lágrima rolou pela face esquerda de Siliki. Seu olhar era frio e úmido. Não bastava ela ser obrigada a ir para longe se prostituir. Era preciso que estivesse também à mercê desse homem. Ela era a única que nunca dizia nada, mas eu conhecia sua história. Dom de Deus contara a Kwedi, que a contou para mim num dia em que estava precisando falar. Siliki gostava de mulher, e um de seus tios, que desconfiava dessa sua tendência, conseguiu surpreendê-la em suas brincadeiras com a namorada. Siliki precisou confessar sua culpa diante de toda a família. Ficou decidido que não se praticaria a ablação do clitóris, castigo prescrito pela tradição em tais casos. Agora éramos modernos. Os pequenos cortes adiantavam mais que essa mutilação. Então, Siliki foi vendida a um traficante de Nasimapula, que a deu ao Luz. Ela vinha do norte do país, lá de onde a floresta equatorial ainda resiste aos ataques dos homens. Era a única que não dizia nada e que não continha as lágrimas. Vida Eterna virou-se na direção das meninas e disse: "Nunca se esqueçam dos riscos que nós corremos para ajudá-las a sair. Estou falando, evidentemente, daquelas que vieram até nós. Quanto às outras, elas nos pertencem e espero que se lembrem disso". Ele se aproximou delas e maculou seus rostos com um pó lactescente. Como a cada vez que vinha vê-las, tirou a batina branca, que era sua roupa cotidiana nas ruas de Sombê, para vestir umas calças de cetim preto e uma camisa vermelha de mangas bufantes, feita de uma espécie de *voile*. Isso dava a seus gestos uma amplitude estranha, desprovida de graça e ameaçadora. Ele pediu que elas ficassem de joelhos e repetissem depois dele um juramento de fidelidade. Uma vez que ele detinha pedacinhos do corpo delas, onde quer que elas estivessem, ele estaria a seu lado. Ele iria andar nos sonhos delas e aconteceriam desgraças se elas tentassem traí-lo. Mukom pronunciou essas palavras como as outras, de olhos fechados e tremendo.

Eu me pergunto se nesse instante ela ainda sonhava que um príncipe charmoso e de rosto pálido poderia livrá-la da miséria e colocá-la numa varanda sobrepujando a África inteira. Ela não podia ser tão ingênua, nem acreditar em seu destino a esse ponto. Tudo que lhe restava era uma esperança tênue e já bem audaciosa.

O ritual de proteção enfim terminou, e Vida Eterna dirigiu-se a Endalê. Disse que o caso dela era particular. Ela precisava de uma abrasão minuciosa dos resíduos que a culpa havia deixado em sua alma. Ela aquiesceu com um meneio de cabeça. Ele perguntou: "Quando você viu seu sangue pela última vez?" Ela respondeu: "Estou impura neste exato momento". Ele rugiu como um exército de leões na savana: "Mas você não podia ter dito isso antes, imbecilzinha? Precisarei fazer outras proteções para você! As dessa noite não terão efeito! Uma mulher impura é inacessível aos espíritos...". Ele murmurou essa última frase, e acrescentou: "Bom, pelo menos posso saber quando você vai ver de novo seu sangue. Vou levá-la quando a hora estiver próxima". Virou as costas e deixou o quarto, levando seu lampião e abandonando-as na escuridão. Elas não tinham água para lavar o rosto, pois eu só a tinha levado pela manhã para sua higiene e mais um pouco nas refeições. Deitaram-se direto no chão, sobre as esteiras e os pareôs que lhes serviam de cama. Elas não se falavam. Do exterior, eu ouvia a respiração superficial delas, como se reprimissem soluços. Não sei explicar o que vou dizer agora, pois Vida Eterna havia levado a luz embora e eu não via mais que os rostos delas empoados de branco, mas sei que todas estavam de olhos abertos no escuro.

Tenho certeza de que, a cada visita de seu protetor, não apenas o brilho débil do lampião lhes era arrancado mas toda a esperança de paz. Cada vez que elas se submetiam a um desses rituais, davam um passo em direção ao nada, esse lugar imaterial onde os seres não têm mais nem substância nem consciência. Elas seriam mortas-vivas quando chegassem lá. Suportariam tudo, sem tentar nada para fugir. Talvez no domingo houvesse um templo, uma igreja qualquer onde pudessem rezar para encontrar um dia a terra oportuna, onde os últimos seriam os primeiros. E então seria seu único ato de rebelião. Sua fé em Deus jamais chegaria ao ponto de desprezar os pedacinhos de unha e as mechas de cabelo dadas a Vida Eterna. Elas seriam para sempre sombras, por não terem conseguido se decidir entre a vida e a morte. Sempre essa ambivalência, essa incapacidade de se determinar. Sempre essa hesitação, essa dúvida, que deixa que os acontecimentos se conduzam por si próprios quando a vontade dos homens deveria tentar a sorte. Você acha, mãe, que Nyambey nos criou para que fôssemos coisinhas rastejando na superfície do globo? Você acha que ele quis que nos submetêssemos ao pó branco e às pedrinhas de uma pretensa vidente que pode dizer a uma mulher que a carne de sua carne não é um ser humano? Não sei o que você acha, e, aliás, pouco me importa. Fiz minha escolha nos três anos passados aqui. Uma escolha consciente e que me mantém viva.

 Estou aqui e conto os dias. Logo Vida Eterna voltará para ver as meninas. Kwedi o receberá gritando alto coisas sobre essa menina inútil de que ela precisa cuidar uma vez a cada três meses, pois tal é a frequência de minhas crises. Ela vai perguntar o que Luz e Dom de Deus estão esperando para encontrar uma ajudante que preste. Vai dizer que ela está a seus serviços, mas que não é escrava deles, que assim como eles, ela nasceu de uma mulher e merece um pouco de consideração. Depois, eles vão à cozinha, onde ele vai tirar a batina para enfiar seu traje de cerimônia. Não lhe dirá uma palavra e aprontará seu pó branco amassando pedaços de caulim na pedra onde Kwedi prepara diariamente temperos e condimentos. Ele se juntará às meninas, deixando-a suspirar longamente e em vão. Quando ele sair, ela perguntará: "Quando estarei autorizada a voltar para os meus?" Ele dirá: "A hora está chegando". Nem uma palavra a mais atravessará seus lábios e ele lhe dará as costas antes de voltar para o carro, em algum lugar perto do matagal onde nós estamos. Kwedi ficará à espera do fim de seu cativeiro. No início, não me parecia que ela fosse tão prisioneira quanto nós todas. Eu estava ensimesmada, quase prostrada. Ficava sentada num canto do quarto onde ela e eu dormimos, as mãos apoiadas sobre as pálpebras impedindo que meus olhos se abrissem para isso que tinha se tornado meu universo, esse cárcere no qual eu havia sido jogada. Recusava-me a comer, esperando que a fome me matasse, mas ela não fazia nada além de contorcer as minhas tripas até eu ciscar no prato que Kwedi havia deixado para meu proveito. Ela me olhava com um jeito triste, convencida de que eu era louca, e, de uma certa maneira, eu sem dúvida era, pois minha percepção do mundo diferia do comum. O mundo para mim não era nada além do ar úmido do quarto e do cheiro de terra batida do chão. A realidade era apenas vaporosa, como se eu tivesse sido deslocada para uma dimensão não física, onde as sensações não incluíam a matéria. Elas eram apenas um valor etéreo, impalpável. Eu estava lá, eu própria irreal, sem poder acreditar nem compreender que pudesse me encontrar em tal situação. O mundo não passava desse silêncio a que eu me restringia, incapaz da mais sutil fixação. No primeiro dia, Luz me mostrou qual seria minha função, o que ele esperava de mim pelo preço que havia pagado. Não viriam me buscar. Ninguém podia me encontrar. Eu escutava sem vê-lo, pois minhas mãos não saíam de minhas pálpebras, e eu me dizia que Ayané viria me buscar, se você não o fizesse, se você achasse que não tinha razão nenhuma para fazê-lo, uma vez que eu havia estragado a sua vida. Essa esperança difusa não tinha fundamento. Finalmente, ela me deixou, como uma febre passageira.

    Depois de alguns meses, comecei a sair do quarto. Foi então que vi as primeiras meninas. Não me aproximei delas. Quando fui obrigada a fazê-lo, elas não aceitaram minha presença. Diziam que eu lhes traria azar, com a camiseta de Sepu, que se decompunha sobre minha pele suja, e o cheiro que saía de minhas axilas, do meio de minhas pernas, de todo o meu ser. Eu mal começava a achar a vida mais atraente que a morte e já devia feder a cadáver. As meninas viam em mim o que você viu, um espírito maléfico. Meu mutismo nessa terra de oralidade criava minha não pertença ao gênero humano. Não lhes perguntei de que servia falar para não dizer nada. É o que fazemos aqui. Dizemos apenas a superfície das coisas, que nunca é verdade. Como elas não me queriam, e a mim não interessavam de modo algum, eu passava o dia perto do lamaçal que Kwedi havia feito, com essa particular concepção da propriedade que consiste em jogar a água usada sempre no mesmo lugar. Sua obstinação formou um buraco cheio d'água, favorecendo o apodrecimento. Os sapos iam para lá. Viam-se os girinos negros e lisos nadando no fundo, até que estivessem em condições de saltar para fora do lamaçal para caçar os insetos que abundavam por lá. Eu os esperava pacientemente e às vezes capturava um, com a sola do pé firmemente assentada sobre sua cabeça. Gostava de sentir o frio da pele de batráquio e a vã agitação pela qual eles esperavam se salvar. Ficavam muito tempo batendo as patas traseiras, que eu via estremecerem sob a sola enlameada do meu pé. Acontecia de eu soltá-los, para vê-los ir aturdidos para um destino indeterminado, bambeando como bêbados, por um tempo incapazes de dar seus saltos.

    Em outras ocasiões, de acordo com meu humor, eu os cobria inteiros com meu pé, deliciando-me por tê-los em meu poder, excitada pelo desejo irrepreensível de pôr fim aos seus dias. Então eu os esmagava, apoiando-me com todo meu peso sobre sua vida frágil, e a sensação das vísceras e do sangue que escapava de seus corpos me instruía sobre a realidade de meu poder. Eles morriam e eu vivia. As coisas me apareciam sob um outro ângulo. Fui ver Kwedi e falei com ela: "Madame", disse, "a senhora pode me dizer como eu poderia tomar um banho, e se seria possível obter um vestido de verdade e também uma calcinha? De agora em diante, vou ajudá-la como me foi pedido". Ela me olhou longamente, de cima a baixo, e de baixo a cima. A lama havia secado nos meus pés e as camadas que se superpunham a cada dia por causa das minhas atividades cotidianas perto do lamaçal os calçara de crostas secas. Entre as tranças de meus cabelos, camadas de pó margeavam as marcas vermelhas nos locais onde eu tinha me coçado muito. Tinha as unhas repletas de uma massa preta. Ela respondeu, baixando os olhos para a mandioca que estava cortando para colocar de molho na água até fermentar para que ela pudesse fazer palitos: "Não me chame de madame, aqui não é casa de brancos. Você poderia ser minha filha, então diga Mamãe Kwedi". Disse a ela que era impossível. Sem querer faltar-lhe com o respeito, eu já tinha uma mãe. Ela me olhou de novo e perguntou: "Tem certeza?". Não respondi nada. Deviam ter contado a ela a minha história. "Que seja", concluiu ela, "me chame de Tia Kwedi. Tem água lá atrás, no barril. Trate de deixar metade para mim. Mais tarde vamos ver como vestir você". Desse dia em diante, mostrei-me amável com todas as mulheres que passaram por aqui. Embora sempre silenciosa, servi-as o melhor que pude e me esforcei para que entendessem que eu seria sempre discreta em relação às conversas delas. Creio que elas falavam tão livremente em minha presença quanto em minha ausência. No quarto escuro que lhes era concedido, vi-as pouco a pouco desaparecer para se tornarem o que se esperava que fossem: mortas-vivas. Como todos os zumbis, elas serviriam a seus senhores sem que eles precisassem temer a menor insubmissão. Ao longo dos meses e das visitas de Vida Eterna, cujo ponto culminante era o momento em que davam a ele pedaços de seus fâneros, elas iam se apagando. Não falavam mais que palavras sem substância, tentando em vão conjurar o silêncio sob o qual o mundo lhes tinha colocado.

Há apenas sombras aqui, estou dizendo, que vivem no tempo presente o Juízo Final. Todas aceitam sua sorte como uma passagem obrigatória. Sou uma sombra pela força das coisas, pois elas me marcam, imprimindo nos meus dias a não vida na qual estão mergulhadas. Contudo, não tenho nada que se possa censurar. Nada, está ouvindo? Nasci, e isso não é crime, que eu saiba. Deixe-me sair daqui para lhe dizer na cara: saberei me amar sem a sua ajuda. Para mim, você não passa do buraco pelo qual precisei me enfiar para chegar à Terra... Onde você está agora, mãe? Às vezes imagino que eles vieram, no dia prometido, expulsá-la da nossa casa. Você não quis ir embora e a minha avó paterna a dardejou com um olhar de desprezo, depois perguntou: "Você não pensou que iríamos acolhê-la no seio de nossa família, pensou? Volte para os seus!". Meus tios a puseram para fora e os vizinhos a viram juntar seus vestidos jogados na poeira. Eram cinco da tarde e as crianças voltavam da escola com seus uniformes. Elas roíam bolinhos muito gordurosos, fritos num óleo rançoso, e observavam-na sem emoção. Algumas cochichavam que você havia perdido a razão, depois se calavam, olhando-a arrancar os cabelos gritando que o espírito do seu marido não permitiria aquilo, que essa família não ficaria em paz depois de tê-la tratado assim. Você tinha tido um filho dele. Suas carnes misturadas haviam criado uma vida e Deus não concedia esse privilégio a todos que uniam seus corpos. Portanto, Ele tinha abençoado o encontro de vocês. Minha avó perguntou: "De que filho você está falando? Não vemos filho nenhum aqui. Aqui há apenas você e os bens que meu filho lhe deu". Você se pôs a vasculhar nas bolsas de couro, nas sacolas, nos envelopes velhos, e brandiu minha certidão de nascimento. Ela respondeu: "Esse papel não é nada para nós. Só a carne e o sangue nos importam. Se há uma criança, queremos vê-la. Nós a queremos viva e trazendo no rosto seu indiscutível pertencimento a nossa família. Aqui é o Mboasu. Basta pagar um funcionário para ter todas as certidões de nascimento que se quiser". Então você se virou para a multidão impassível dos vizinhos para pedir que testemunhassem em seu favor, que durante nove anos você criou uma filha daquele homem na sua casa. Sim, que eles dissessem que aquela menininha iluminava os dias dele, que era a preferida dele, que ele dava a ela tudo o que recusava a seus filhos homens. Os vizinhos não disseram nada. Você não podia oferecer nada em troca do testemunho deles. E, além disso, eles se lembravam de que ninguém a vira grávida, de que você chegou lá uma manhã com um bebê nos braços, e de que o papai foi declarar meu nascimento na prefeitura uma semana mais tarde. Foi ele quem decidiu a data do meu aniversário, e escolheu o dia da partida do carneiro branco. Com os olhos, você procurou Sessê. Ela que pronunciara seus encantamentos na sua casa depois de tê-la convencido a expulsar sua filha, onde estava ela agora? Ela tinha dito que, depois que eu partisse, nada de mal aconteceria a você. Ela não estava lá, conquanto a onda a levasse, para jogá-la extenuada na margem desolada dos tempos primeiros da sua vida.

    Você tinha vergonha demais para voltar à casa de sua mãe em Embenyolo, aquele casebre miserável onde vocês viveram, suas onze irmãs e você. Então, o que você fez? Aonde foi? Eu digo a mim mesma que o ar lhe faltou e que você morreu de repente, de mágoa e estupefação. Meus tios trocaram as fechaduras e puseram um vigia noturno em frente à casa, esperando para alugá-la. Nenhum deles quer morar nela. Eles foram embora, pulando por cima do seu corpo, evitando-a como se você fosse as fezes de um cachorro. Em seguida os vizinhos se aproximaram, silenciosos e ainda impassíveis. Inclinaram-se na direção das suas malas e sacolas. Não deixaram nada além das suas roupas de baixo. Felizmente, você estava com um sutiã conveniente. Ninguém podia ver seus seios flácidos se arrastando na poeira. Quanto às estrias que você abominava tanto, alguns homens as olharam, com ar de entendidos, e disseram: "Que pena! Esta mulher ainda podia produzir!". Sim, entre nós essas zebruras são apreciadas. Os homens as procuram, caçam-nas como um tesouro na pele das mulheres. São um sinal de fecundidade. Ora, quando se é mulher, nenhuma graça é superior à fecundidade. Você sabia muito bem disso, você, que chegou estendendo um recém-nascido a um homem, dizendo: "É sua filha". Por você ter dito essas três palavras, ele lhe abriu a casa e uma parte de seu coração. Ele era como todos os outros, obcecado pela ideia de se reproduzir, de deixar na terra a marca de sua passagem. Como todos os outros, ele acreditava que assim escapava da morte. Bastava que ele me tivesse feito, que tivesse engendrado a meus irmãos e a mim. A preocupação com o que aconteceria comigo depois que ele partisse, ou com a dor que ele lhes havia plantado no coração por seu desamor, nada disso contava. Às vezes penso em meus irmãos. Será que foram deixados no internato, ou a família os pegou de volta? Eles devem estar grandes agora. Logo terminarão seus estudos secundários e sem dúvida deixarão o país para estudar na França. É assim em todas as boas famílias. Uma vez lá, eles farão as malas e irão para debaixo do céu da Guiana para ver os guarás. A Guiana, pelo que sei, é o único desejo deles. Eles não ligam para estudar, para se tornarem reis caolhos em terra de cegos, como todas essas pessoas cheias de diplomas que não nos servem para nada, que só voltam ao país para esmagar os ignorantes com uma mediocridade que traz o selo "Ocidente". Tudo o que meus irmãos querem é o que nos é negado, a nós dessa geração: o calor e o amor. Eles não vão voltar. Se não encontrarem a Guiana, ou se a encontrarem, mas se ela não lhes der essa pepita de ouro impalpável que é a razão de viver, eles se deixarão morrer. A família não poderá fazer nada. Ela não deu nada a eles e não soube protegê-los. Aqui, as famílias só sabem exigir, o que é muito pouco para aliená-los de sua liberdade.

Talvez as coisas tenham-se passado de outro modo. Talvez você tenha juntado os restos de seus nove anos de tranquilidade antes de deixar o bairro. Você não tinha dinheiro para pegar um táxi, então saiu andando. Incapaz de voltar a Embenyolo depois de entrever as alturas desse mundo, você foi com a morte na alma em direção à casa de sua irmã Epeti. Pediu a eles, ao marido e a ela, se poderiam abrigá-la por um tempo. Eles estavam recebendo amigos do outro lado do oceano e não havia lugar para acolhê-la. Ah, que pena que você não disse antes! Você respondeu que a desgraça bateu à sua porta sem avisar e mal deu tempo de você se virar. Você não queria atrapalhá-los, então foi embora. Sentou-se numa esquina, sob um poste de luz. Crianças pobres, os "meninos de rua", se reuniam lá. Não tinham eletricidade em casa, e faziam a lição sob os lampadários. Você os olhou. Você os ouviu. Eles recitavam a lição do dia seguinte, a aula de moral, a tabuada do oito. Eles riam, zangavam-se. Às vezes, alguém chamava um deles dizendo que entrasse para jantar: "Ei, Dipita, vem logo pra cá com esse seu nariz achatado". Temos uma ternura rude aqui no Mboasu. Em vez de silenciar as falhas daqueles que amamos, lembramo-nas constantemente, fazendo com que predominem. Quando Dipita for grande, seu nariz achatado não lhe fará a menor diferença. Ele aspirará todo ar do mundo com suas narinas chatas, orgulhoso de existir, perfeitamente legítimo. Seu amigo Dikongué se tornará um sedutor de testa saliente. Às vezes, ainda há nesses bairros populares, onde a miséria atrai a loucura, alguns restos de sabedoria. Você olhou o garoto correr na direção da voz que o chamava, segurando sob o braço um livro de ciências que serviu a gerações antes dele, e que ele encontrou num vendedor de manuais de segunda mão. Depois da mãe de Dipita, outras mulheres foram até a porta de suas casas e ululuaram para fazer entrar sua prole. As crianças foram embora de repente, e você ficou sozinha sob o poste de luz. Lágrimas irritavam seus olhos, mas você não as deixou correr.

Você passou mentalmente o filme de sua vida, e fez suas contas. De qualquer ângulo que considerasse as coisas, sempre chegava ao mesmo ponto: ao barraco de onde saiu. Aquele casebre de Embenyolo para o qual você jurou nunca mais voltar. Você não tinha nada além dele. Não era ficando sentada ali que o seu destino iria tomar um rumo, que você poderia novamente tratar sem formalidade as eminências de Sombê. Você queimou o cérebro por horas, até a polícia passar com seu furgão azul escuro e levá-la à delegacia. Na manhã seguinte, levaram-na para o hospital a fim de interná-la com os loucos. Você havia passado toda a noite histérica, gritando que eles iam ver o que ia acontecer, que não sabiam com quem estavam mexendo, apesar de eles a terem encontrado na calçada de um bairro popular. Os psiquiatras não quiseram saber de você. Na realidade, não se conhecia nenhuma família para pagar o seu tratamento. Você ficou na rua, diante da massa iluminada de Sombê. O Espírito Santo que a havia deslumbrado impedia-a de ver desgraças como a sua. Você bateu na porta do Soul Food para se pôr nas mãos do Cristo africano. Lá também não quiseram saber de você. Você não tinha um centavo para dar ao guru em troca da intercessão dele junto à divindade reinventada. Você não tinha nem um pedacinho de terra que fosse seu para sacrificar as colheitas à prosperidade da congregação. Nessas condições, ninguém podia salvar a sua alma. Os policiais haviam pegado suas roupas, sacolas e sapatos para dar às esposas ou às amantes. Não lhe restava mais que o vestido que você estava usando desde a véspera e a casa de Embenyolo, para a qual você decididamente não queria voltar. A fome apertou apaixonadamente seus intestinos, e você nem percebeu que estava estendendo a mão para os clientes da Farmácia do Tubê. Você queria uma moeda. Deus retribuiria a bondade deles. Alguns tiveram pena e lhe deram uns trocados. Você comprou um espetinho de um cara que assava pedaços de cachorros de rua. Ele deixava esses espetinhos marinando por tanto tempo e com tanto tempero que não dava mais para identificar a carne. Para melhor disfarçar as pistas, ele a cortava em fatias muito finas. Você comeu com prazer, antes de voltar a mendigar. A noite chegou, você encontrou um pedaço de pepelão na entrada de uma butique de luxo que frequentava antigamente. Mendiga, vá lá, mas com alguma elegância! Você dormiu mal, obrigada a ficar à espreita. A polícia pegava os vagabundos da sua espécie. Bandos de assaltantes também podiam maltratar, pois a vontade de se divertir com você podia titilar. A partir do dia seguinte, você tentou encontrar Sessê. Ela lhe devia explicações. Nada aconteceu como ela tinha predito. Em lugar nenhum você encontrou sinal dela. Os vizinhos que se dignaram a dirigir-lhe a palavra disseram que ela tinha voltado para a cidade dela, um lugar de que você nunca ouvira falar e que ninguém sabia explicar onde ficava. De todo modo, você não tinha meios para ir até lá. Contudo, vocês vão ver o que vai acontecer, vocês não sabem com quem estão mexendo. Bem depressa você pegou o lugar de Epupa, cujo crime a pusera na prisão. Você se pôs a pregar nos cruzamentos da cidade, esses lugares assombrados por espíritos de todo o tipo. Seu vestido azul perdeu o frescor. Você se tornou esse rosto emaciado que me persegue em sonho, para repetir que meu sangue não é o seu. Tudo bem, mãe, se é assim que você quer. Apenas saiba que ele não é inferior ao seu.

Há apenas sombra nos meus dias, e você não me abandona. Conto as idas e vindas de Kwedi ao quarto onde estou deitada. Elas me indicam a hora. Depois da metade da noite, ela vem dividir esse espaço comigo. Recusa-se a ficar na cozinha aberta aos elementos e às almas errantes. Quando enfim dorme, ela ronca e fala durante o sono. Pede perdão a um certo Kinguê. Ela diz: "Você sabe que eu não queria isso... Mas que opção eu tinha, quer me dizer? E depois, foi você que quis ir embora! Pois bem, você partiu e eu estou aqui. Eles dizem que a hora logo vai chegar. Eu poderia deixar este lugar. Você sabe que eu não queria isso, hein, Kinguê". E depois ela não diz mais nada. Geme por horas e afasta como pode as forças que a atacam. Passa a noite tentando escapar de seus tentáculos gelatinosos. O dia a encontra exausta, mas obrigada a se levantar para cumprir suas tarefas, até que chegue a hora em que estará livre. Ela também deve algo a Luz e Dom de Deus. Talvez Kinguê seja um filho, um irmão que sonhava "fazer a França" ou até a China, para lá entregar-se a uma batalha qualquer, contanto que fosse bem longe do Mboasu. Talvez ela tenha vendido sua liberdade por um passaporte falso. Talvez Kinguê não lhe pedisse isso, mesmo porque, agora ausente, ele vive a vida dele. E se ele dorme entre as pedras e detritos do estreito de Gibraltar, ao menos seu sonho não conhece fim. Às vezes, quando Kwedi dorme, eu me esgueiro para fora. Seus roncos não me deixam pregar os olhos. Avanço na noite na direção da mata. Ela é uma forma compacta cujas partes altas se movem, impelidas pelo vento, tal como os cabelos de Górgona. Ela está viva. Sua fala de estalidos e rangidos chega a mim para me fazer entender que outrora ela era soberana. Os humanos fizeram um pacto com ela, com os animais ferozes em que materializava seu poder, a fim de se tornar acessível ao seu entendimento. Cada família tinha um totem, um animal cujo espírito a protegia, e que não podiam comer, sob o risco de adoecer ou morrer. Os homens sabiam que a mata e suas criaturas eram as formas que o divino escolhera para melhor se oferecer a sua piedade. Não eram às árvores, nem aos animais, nem mesmo aos elementos que eles dirigiam suas orações. Era a Nyambey, que é irrepresentável e sabe quanto os humanos precisam ver e tocar para acreditar.

Agora, a mata não é mais que um corpo que eles mutilam com a ponta afiada de suas facas, para subtrair cascas de árvores ou ervas, sem se dar ao trabalho de agradecer-lhe por seus dons. Quando invocam suas forças, não é mais para pedir que os comunique com o Supremo, mas somente para obter imediatamente algo para encher a pança. Mas se essas energias estão a serviço dos homens, é impossível que ofereçam o que Nyambey ofereceria. Portanto, eles não obtêm nada de muito grande, nada de muito valioso, e sobretudo nada durável. Elas os privam do esforço de encontrar o sentido da vida. Dizem que é da nossa cultura essa submissão à imediatez, esse abandono à necessidade primeira. Depois, dizem que é culpa dos outros se somos subdesenvolvidos. Deveriam saber que não é possível se desenvolver quando se ampara assim no dia que foge, em vez de sonhar com aquele que vem vindo. Não se pode construir nada quando se é inapto a encarar o futuro. Resistimos a esse exercício. Queremos resolver somente as questões do momento. Oprimidos por sua quantidade e urgência, só nos resta arriscar nossas vidas para ir "fazer a Europa". Depois, os que ficarem no país verão, graças às parabólicas que as difundem pelo mundo, as imagens de nossos cadáveres carbonizados num imóvel de lá. Eles dirão: "Cada um tem seu destino". Pegarão também a estrada do deserto, para seguir como puderem o traçado de sua linha da vida. Esquecerão que a linha estava em suas mãos, e que não indicava a fuga.

Uma noite em que estava assim fora da casa, pareceu-me ver silhuetas no mato. Passavam para cá, voltavam para lá. Cochichavam, procuravam um ponto de encontro. Calaram-se definitivamente. Uma cabra baliu. Uma mulher gritou. Aproximei-me, o coração batendo, o espírito determinado a desvendar o mistério. Meus olhos miraram um olhar fixo. Não havia mais nada além desse olhar. Nenhum rosto ao redor. Isso me gelou o sangue e eu fugi na direção da casa, de onde não saí mais por dias. Enquanto eu corri para o meu lado, o olhar e seus comparsas correram para o seu. Alguns dias mais tarde, Luz e Dom de Deus vieram com as sete meninas que estão aqui. Luz disse a Kwedi: "Espero que não tenhamos que deslocar vocês, teríamos dificuldade para encontrar um lugar mais discreto". Ela perguntou por que ele desejaria mudar de lugar, e ele respondeu: "Atravessando o mato para vir aqui, encontramos restos de uma cerimônia. Havia uma cabeça de cabra presa num tronco de árvore, com um maço de notas na boca. Havia também garrafas vazias, cheirando ainda a vinho de palma". Kwedi meneou a cabeça e disse em tom de evidência: "Ah, eles venderam alguém, só isso. A cabra representa a pessoa e..". Luz fez um gesto de impaciência com a mão: "Mulher, você acha que precisa me ensinar essas coisas? Eu sei exatamente o que aconteceu, e seria fácil descobrir quem fez esse sacrifício. O que estou pensando é que é preciso encontrar um meio de fazer com que ninguém venha tão perto da casa". Ele murmurou que ela podia ter certeza de que ele o faria. Aparentemente, ele sabia tudo sobre a escuridão que encobria o país, ocultando para sempre a vista do céu. Não sei o que ele fez, mas ninguém mais se aventurou nessas paragens. Perguntei-me algumas vezes se eu deveria ter alertado aqueles que vieram, se deveria ter pedido que me levassem com eles. Não é certo que eles me teriam oferecido uma sorte mais favorável. A cabra baliu e a mulher gritou. Nada de agradável. Depois, tinha aquele olhar, aparentemente desligado de todo o envoltório carnal. Acho que tive razão em ceder ao medo. Não era somente medo, era meu instinto de sobrevivência. Por muitas noites, esse olhar assombrou meu sono, interrompendo bruscamente meus sonhos de implosão feérica, substituindo o seu quando você examinava meu sangue para decretar que ele não era o seu. Claro que não é o seu, mãe. É o meu. Espere eu sair deste buraco para lhe dizer na cara: a vida que você pôs neste mundo é a minha. Você acha que me deu, mas você deveria saber, você, que nasceu aqui no Mboasu, que ninguém dá a vida. Ela precede os homens e permanece depois deles sob formas diversas. Eles só podem transmiti-la. Talvez minha alma seja mais velha, mais experiente que a sua: imagine só. Se eu não tivesse visto você sofrer do mesmo mal que eu, teria certeza de não poder ter macerado em suas entranhas antes de soltar meu primeiro grito. E se, mesmo depois de vê-la sofrendo, eu tivesse visto na ponta da estrada de terra que serpenteava em frente à nossa casa aquela mulher com quem eu sonhava sem jamais entrever seus traços, eu a teria seguido. Ela nunca veio.

Naquele dia em que as meninas chegaram, prometi a mim mesma que elas seriam as últimas que eu veria assim, com o rosto cavado e o olhar vazio. Não aguentava mais esses grupos de mulheres que vinham, sem armas nem bagagem, curvando-se sob o peso de uma cruz invisível, mas real. Elas deveriam ser as últimas. Levei-lhes um mingau de mandioca, que Kwedi tinha adoçado levemente, e bolinhos fritos de milho. Elas comeram sem uma palavra, enquanto eu as olhava como podia na penumbra. Todas tinham um ar aflito. Estavam de luto por si mesmas e sabiam onde seus cadáveres haviam sido abandonados. Seriam as últimas que eu veria, pois eu devia atravessar sozinha a mata para abrir um caminho na direção do mundo. Eu devia encontrar o mundo. Três anos eram o bastante. Aquela segunda gestação chegara a seu termo. Não conseguia me lembrar de todas as mulheres que tinha visto, embora lembrasse de algumas. Quantas haveriam morrido antes de chegar a seu destino? Quantas estariam ainda na Europa, com sua dívida estendendo-se a sua frente como um oceano infranqueável? Eu precisava partir, sem aliados à minha fuga. Elas tinham dado suas unhas e cabelos, eu não. Dois meses depois de terem chegado, tive essa crise que me mantém deitada. Vida Eterna disse a Kwedi — e foi a primeira vez que ele respondeu às súplicas dela para que encontrasse uma ajudante que prestasse — que eles não podiam me levar a Sombê porque eu poderia falar, e eles não iriam me matar. Nem eles podiam fazê-lo, ele disse. Cada um executava apenas os atos que pudesse assumir. Quando ele disse isso, eu soube que teria uma vida. Não somente a vida salva: uma vida de verdade. E para logo. Já está em curso. A próxima vez que ele vier, Kwedi não deixará de se queixar. É apenas um hábito, palavras que ela pronuncia para preencher o silêncio e abolir o medo. Como acham que estou doente, não vêm me procurar. Vida Eterna não vai procurar no carro. Ficarei no porta-malas que não fecha mais e que ele prende com um pedaço de corda fixado na fechadura e amarrado a um prego enfiado no seu interior. Ainda está de noite, mãe, mas o dia vem vindo.

Há muitos dias a crise passou, mas finjo continuar sofrendo. Kwedi me dá sua poção amarga, xingando. Engulo prendendo a respiração para não sentir o sabor. Entretanto, o gosto é tão forte que fica por horas agarrado em minhas papilas. Ela não desconfia de nada, habituada a me ver recusar a bebida assim que melhoro. Quando chegar o momento, eu me enfio pelo matagal até o carro, rezando para Nyambey proteger meus passos. Digo a Ele para não trair minha coragem desta vez, que eu estou pronta. Se Ele ainda não me chamou para junto de Si, é porque me destina a alguma coisa. Não há nada para mim neste mato. Penetro no porta-malas, onde um tecido fede a comida podre, e puxo a corda para que pareça ainda presa no prego. Vida Eterna só vê o fogo. Ele volta com Endalê. Está trazendo-a para administrar aquele tratamento particular que mencionou. Depois desses meses passados lá, o vestido dela não se parece mais com nada além de um amontoado de trapos cor de rosa. Seus sapatos de verniz brilham na grama, como um facho de luz derrisório na opacidade de uma noite infinita. Ao longo do trajeto, meu coração parece que vai arrebentar. Se ele pode bater tão forte, é certamente porque a vida dentro de mim domina a morte. Os glóbulos em forma de foice podem se entregar a uma batalha impiedosa, eles não são meu fim em si. Meu fim seria não tentar nada, resignar-me a não concluir nada. Talvez um dia eles se desagreguem para levar-me para o além, mas antes eu terei feito alguma coisa. Tento ver por onde passamos, mas não posso abrir muito o porta-malas. Não há nada para ver além de uma estrada de laterito ladeada de plantas selvagens. É o campo, um campo qualquer da África equatorial. Depois de um tempo, cerca de 15 minutos de estrada, vejo finalmente alguma coisa. É a alvorada. Vida Eterna passou a noite com as meninas e pegou a estrada mais tarde do que costumava. Homens vestidos de calças marrons e camisetas brancas aparecem e desaparecem na vegetação densa. Alguns munidos de canivetes sangram as seringueiras, antes de pendurar nelas um recipiente para recolher a seiva. Outros trazem no ombro uma longa vara de madeira cujas extremidades são lastreadas de baldes aparentemente muito pesados. Eles caminham com dificuldade, o olho embaçado pela desordem de seu destino. Suas camisetas levam o logotipo da companhia estadunidense que os emprega. Não vamos muito depressa porque a estrada está ruim. O ar tem o cheiro do amoníaco onde se derrama a seiva da seringueira para preservar sua maciez.

Vejo que entramos em Sombê pelo bairro norte de Lambolê. Passamos em frente ao convento do Perpétuo Socorro, onde os rebeldes assassinaram 12 religiosas europeias. Agora ele está abandonado. Nenhuma igreja do despertar quis ficar entre seus muros que as chuvas torrenciais mancharam de rastros verdes. Os habitantes mais pobres do bairro com certeza não querem se aproximar de um lugar onde tanta gente morreu, e de maneira tão trágica. Fantasmas poderiam querer castigá-los por não terem feito nada, apesar de essas religiosas os terem ajudado tanto. No dia seguinte à sua morte, alguns aventureiros vieram ver se não havia nada para roubar. Eles se serviram, sem deixar de fazer uma genuflexão diante do Cristo em tamanho natural que ficava ali, infatigável diante dos pecados do mundo, pacientemente exposto e purificando sem cessar. Sua limpeza não terá fim, mas ele aceita estoicamente sua razão de ser. Eles agradeceram e não colocaram os pés de novo no convento, abandonando os filhos de Deus a sua missão. Seus problemas eram de uma envergadura menor, mas urgiam. O existencial pode ser contingente, mas não é menos premente. E, além disso, eles não encontraram nada de importante. Os rebeldes tinham passado por lá antes deles, levando os víveres e os lençóis, deixando apenas os objetos rituais e móveis, muitos deles pesados demais. A casa onde viviam não podia comportar aqueles bancos de dois metros de comprimento, nem aqueles consoles de madeira maciça. Os rebeldes tinham pegado até as panelas, abandonando apenas as frigideiras e as formas de bolo, que os gatunos pegaram para não ir embora de mãos vazias, mas cujo uso ignoravam. Nessas paragens, a confeitaria se limita aos bolinhos fritos e ao coco ralado, ou aos amendoins caramelizados. Essas malditas irmãs não tinham nem televisão, nada além de um pobre transistor e de um monte de livros inúteis. Falou-se muito desse assassinato nos jornais. O Vaticano ficou chocado, mas tomou o cuidado de não qualificar o crime de bárbaro. Algumas palavras são humilhantes, mesmo aplicadas a rebeldes sanguinários: eles eram negros. Ninguém no Mboasu teria tolerado que eles fossem chamados de bárbaros. A população chorou as irmãs, e pediu sem convicção que fossem enterradas aqui, pois se haviam dedicado a este país durante décadas. Esses murmúrios evidentemente não tiveram efeito algum. As famílias pegaram os corpos, e passou-se a outra coisa. Ainda estava-se em guerra e era preciso sobreviver com um ardor duas vezes maior do que antes de ela começar suas barbaridades.

Atravessamos a cidade, que não mudou desde a noite de meu rapto. Pergunto-me o que foi feito de Wengisanê e das outras crianças, o que aconteceu com Ayanê e Aída depois que as deixamos. O dia clareia e os habitantes de Sombê saem pouco a pouco de suas casas. Crianças vestidas de aventais rosa pegam sozinhas o caminho para a escola maternal. Um homem leva suas filhinhas em sua *scooter* Vespa, uma sentada entre ele e o guidão, a outra agarrada a suas costas. Como um acrobata aguerrido, ele evita os sulcos e os buracos da rua, diminuindo a velocidade nas poças de água de louça estagnada para não sujar a parte de trás de suas calças impecavelmente passadas. Depois de deixar as crianças, vai para o serviço de Estado para o qual trabalha, e onde sempre lhe devem um ano e meio de salário. No fim de semana, ele vai roçar um campo nos limites da cidade e colocar armadilhas, esperando encontrar um porco-espinho que os homens não tenham devorado. Os adolescentes se lavam em frente a casebres de compensado, oferecendo à cidade e ao mundo uma nudez que não parece ter vergonha de existir, nesse tempo em que os beatões acham o vivente obsceno. Quando eles se aprontam para pegar um balde d'água para enxaguar a espuma branca que os cobre da cabeça aos pés, uma voz estridente os faz entender que Deus não gosta dos corpos que Ele criou. Eles se voltam para procurar a origem do sermão e encontram-na na figura infecta de um homem de tamanho pequeno, mas determinado a fazê-los aceitar as leis Dele. Ele se aproxima, o andar alentecido pelo peso de um terno de gabardine preto, grande demais para ele e quente demais para o clima local. Quando chega até eles, o carro vira numa esquina da rua. Escondo-me no fundo do porta-malas.

Ouço os barulhos da cidade. Os cantos de força dos carregadores que ajudam as pessoas a transportar seus móveis: eles vão atravessar a aglomeração a pé, fazendo avançar uma espécie de carriola perigosamente carregada. Mais que seus músculos, é sua vontade que faz rodar o engenho. Se conseguirem fazer diversas viagens, talvez tenham o bastante para pagar uma refeição no final do dia. Há também o riso das crianças. Elas soam como a própria inocência, como a pureza, como essa impossível despreocupação. Não fico alegre ao ouvi-las. Pergunto-me simplesmente quanto tempo, quantas horas serão necessárias para que tudo isso se perca. Eu, por fim, ri muito pouco em doze anos. Quando decidi fazê-lo, foi só para alegrar o papai. Ele precisava tanto acreditar que não tinha errado em tudo... Ele precisava de ilusões, de uma almofada de veludo colocada sobre o vazio de sua existência. Ele queria ter uma mulher, ela partiu. Comprara uma vaca gorda e um monte de outras coisas exigidas pela família dela, se ele quisesse realmente se casar com a filha de pele clara e diplomada em letras. Ele viu um marabu, para ter certeza do amor da recalcitrante. Um dia, chegou a propor a ela um pacto de sangue. Estava tão certo desde o início de que ela não podia ser sua, de que estava usurpando o lugar de um outro, que decidiu fazer essas loucuras. Tudo para tentar retê-la pelo maior tempo possível. Ele sabia que ela iria embora. Os encantamentos só duram um tempo. Ela lhe deu dois filhos e virou-lhe as costas, uma vez cumprido seu dever. Ele não podia reclamar de nada. Deixando-lhe os herdeiros, ela tinha concluído o pacto de sangue com ele.

O carro se enfia em uma garagem. Vida Eterna desce primeiro e Endalê o segue. Ele não se preocupa com o porta-malas, pois só deixou nele esse tecido cujo fedor me penetra os poros. Lanço um olhar ao redor. Jovens de batina branca conversam num pátio aberto para a rua. É impossível sair imediatamente, então projeto a orelha para ouvir a conversa deles. Falam do fim dos tempos. Nesse dia, eles estarão do lado dos vencedores, pois têm ouvidos e ouviram.[7] Um deles olha no relógio e diz aos companheiros: "Vamos nos atrasar para o colégio!" Como muitos jovens, eles às vezes passam a noite inteira em seu convento, como eles dizem, contemplando em imaginação o instante fatal em que o Criador destruirá raivosamente o mundo. Às vezes eles ficam semanas inteiras jejuando, até que tenham a sensação de voar, até que fiquem tontos, tendo visões, alucinações. Deus não lhes revela nada, então eles inventam. O corpo faminto raramente conduz o espírito pelas vias da transcendência. Com muita frequência, para no delírio. Pouco importa, uma vez que se pretende ver alguma coisa. Aquele que tiver uma visão ganha o respeito dos outros e o lugar que quiser na congregação. Torna-se um oráculo, um

---

[7] "Quem tem ouvidos, ouça o que o Espírito diz às igrejas. Ao vencedor, dar-lhe-ei a comer da árvore da vida, que está no paraíso de Deus." (Apocalipse, 2,7) [Nota do editor francês]

profeta. Os ambiciosos são muitos. Desviam a prática e a mensagem, adotando os métodos comprovados, repetindo as palavras do Livro, para abrir para si um espaço na nova sociedade de Sombê. Em seguida, os jovens deixam o pátio e eu os vejo reaparecer alguns minutos mais tarde, vestidos com o uniforme azul do colégio, livros e cadernos embaixo do braço. Quando eles se vão, precipito-me para fora do porta-malas e me autorizo enfim a respirar. O ar que me preenche os pulmões é quente e úmido: não se pode dizer que seja agradável de respirar, mas é tudo o que temos. Chegam aos meus ouvidos cânticos vindos do interior do prédio cuja fachada fica do outro lado. Tomada por uma curiosidade estúpida, não sigo o caminho que pegaram os rapazes e que, portanto, leva ao exterior. Agachada ao longo da parede lateral, avanço na direção da entrada principal. É o Soul Food. Seu letreiro vermelho ainda ilumina as noites deste bairro, mas não pelo mesmo motivo. A pesada porta estofada de couro carmesim leva diretamente até a calçada. Uma jovem muito influenciada pela cultura negra americana canta, acompanhada de guitarras e percussão: "Não vou morrer, vou viver. Cantarei os louvores de meu salvador..." Ela pontua ardentemente seus refrões com "yeah" e "ooh". Preciso vê-la, e esse prédio não tem janelas.

Hesito um segundo em abrir a porta. Uma voz grave às minhas costas me encoraja a entrar. Viro-me e dou de cara com Luz. Ele sorri, mas seus olhos se mantêm frios. Sua mandíbula superior tem caninos de ouro, e um colar à altura deles pesa sobre sua batina imaculada. Ele me empurra. A porta se abre. Caio sentada, no meio do que parece ser o ofício da manhã. Eles param de cantar. Levanto-me para olhar quem está lá. Dezenas de pessoas vestidas de branco e descalças sentadas nas poltronas de veludo bordô da antiga boate. Seus sapatos estão alinhados sob a arara cujos cabides antes acolhiam casacos e jaquetas. O bar fora transformado em altar, e o coral fica no meio da pista de dança. Reconheço Dom de Deus atrás do balcão, e ele também me reconhece. Luz e ele trocam um olhar tão negro quanto as trevas antes que a luz se fizesse. Não dizem uma palavra, mas compreendem-se perfeitamente. Dom de Deus faz um sinal com a mão para um homem sentado num banco entre duas moças muito jovens de rosto impenetrável: "Irmão Coluna do Templo, você pode me substituir aqui?", pede ele, e depois dirige-se à assembleia: "Irmão Luz e eu pedimos que nos desculpem. Louvem ao Pai e peçam a Ele que nos assista para que Sua vontade seja feita". O chamado Coluna do Templo faz com extrema má vontade o que o outro pediu. Sua batina fora tão bem engomada que não faz uma ruga enquanto ele se dirige ao altar, atrás do qual ainda se veem garrafas de bebidas destiladas. Seus pés nus penetram chatos no carpete vermelho, e as unhas de seus dedos dos pés brilham como se ele as tivesse pintado com esmalte transparente. Uma vez no lugar do oficiante, ele ergue os braços para o céu, gesto que fez com que parecesse um grande pássaro branco de asas trapezoidais e rosto negro. Suas mãos parecem garras na extremidade de seus braços erguidos. Queria observar mais essa estranha ave, mas Luz e Dom de Deus me empurram para fora da sala. Passamos por uma cozinha e uma pequena sala de estar. Devem ser os aposentos do antigo proprietário do lugar, um ocidental um pouco briguento que deu a volta ao mundo antes de acostar aqui. Não se sabe o que aconteceu com ele, se morreu durante a guerra ou se conseguiu fugir. Em todo caso, os homens que me seguram cada um por um braço não parecem temer que venham algum dia brigar por esse local. É preciso subir uma escada estreita, e Dom de Deus me precede, enquanto Luz encerra a fila. Eles só se falam em voz alta.

A sala é grande. Uma bela sala de estar com paredes atapetadas de púrpura, com fotografias em preto e branco que representam exclusivamente homens negros nus. Todos foram fotografados de modo a valorizar seu sexo ou suas nádegas. Não têm rosto. Luz se deixa cair numa poltrona de couro, mas Dom de Deus está muito febril para imitá-lo. É ele que fala primeiro: "Esse idiota do Vida Eterna! Eu disse que ele era burro demais! Agora, o que vamos fazer com essa garota?" Luz responde calmamente: "Precisamos refletir, já que nenhum de nós vai voltar a Ilondi em muitos dias. Vida Eterna veio com a pequena que abortou. Ah, sim", exclama Dom de Deus, "aquela que fez um filho de seu padrasto! Na verdade, replica Luz, foi ele que o fez, e a mãe da menina fez o aborto à unha. A moça teve uma crise mística. Jogou-se em nossos braços depois de um serviço". Eles riem. Não prestam atenção em mim. Percebo que são bastante jovens. Mal chegaram aos trinta. Não devem ter encontrado lugar nos bandos armados e nenhum emprego os esperava em lugar nenhum. Então eles fundaram sua própria empresinha. Trabalham no embuste espiritual e no tráfico de mulheres. Pelo menos sei onde estive presa por três anos. Ilondi... Nunca tinha ouvido esse nome antes, mas o país abunda em buraquinhos perdidos que não figuram em mapa nenhum. Luz se lembra de minha presença e me olha atentamente. Depois suspira, segurando a cabeça entre as mãos: "Mas por que comprei essa menina? Eu sabia muito bem que aquele Maboa só podia me propor um mau negócio. Não posso matá-la! Primeiro, não sou assassino. E depois, não posso jogar fora uma coisa pela qual paguei". Dom de Deus diz: "Nesse caso, será preciso levá-la de volta para o lugar de onde veio. Você sabe onde está Vida Eterna?" Não, responde Luz, "mas vou passar um sabão nele! Mais uma dessas e eu... Lembre-se de que você não é um assassino!", diz o amigo. Eles riem ainda mais. E eu continuo lá, de pé.

Quando Vida Eterna reaparece, os dois outros ralham com ele e ordenam que não fique um passo longe de mim, até que eles tragam as meninas de Ilondi. Ele diz que tem o que fazer com Endalê por nove dias inteiros. Se deve me vigiar permanentemente, será obrigado a me mostrar coisas que não devo ver. Eles respondem que, de todo modo, eu já sei bastante coisa, e é necessário simplesmente ter certeza de meu retorno ao barraco perdido no mato. Portanto, não sou mais uma sombra, mas minha carne não me foi devolvida. Ando atrás dos passos de Vida Eterna, que vigia Endalê de manhã até a noite. Eu também uso uma batina branca agora. Assisto aos serviços e algumas vezes partilho as refeições da congregação. Da manhã à noite, bandos de mulheres trabalham na cozinha para preparar comida para a multidão. São elas também que lavam as batinas dos membros importantes da congregação, que são Luz, Dom de Deus e Coluna do Templo. Sejam ou não casadas, elas levam para casa as batinas sujas e as trazem de volta perfeitamente brancas, meticulosamente engomadas e passadas. Posso imaginá-las em suas casas, esperando as brasas vermelhas esquentarem um ferro de passar a carvão. É o que há de melhor para as batinas. A eletricidade atualmente só é fornecida de forma alternativa, e o ferro a carvão retomou o serviço na casa de todos que não podem comprar um gerador. As mulheres cozinham e limpam o dia todo. Rezam e se calam. Sobretudo se calam. Usam lenços amarrados sob o queixo que tampam as orelhas. Suas filhas se juntam a elas depois da aula. Trocam o uniforme pelo lenço e a batina. Todo mundo tem a mesma, para representar essa fraternidade reencontrada no Eterno e o fato de que a Seus olhos todos têm o mesmo valor. Entretanto, como cada um deve se encarregar de mandar costurar a batina segundo o corte elaborado por Luz, eles a fazem com o tecido que podem comprar. A qualidade da fazenda não deixa de comunicar a Deus, assim com aos homens, quem é quem aqui em baixo.

Comemos apenas um pouco de carne, mas nunca de porco. O porco não rumina. O porco é o animal para o qual Cristo enviou os demônios que acabara de expulsar do corpo de um desgraçado. Eles ainda estão lá. Portanto, não comemos esse animal maldito. Honramos a memória dos profetas africanos que Dom de Deus, que sempre é o oficiante principal, ressuscita com fervor. Por pouco, imagina-se que ele acredita nisso: "Deus se dirigiu a todos os povos do mundo, sobre todos os continentes. Ele enviou emissários para pregar o advento de Seu reino. Caros irmãos e irmãs, sei que vocês viveram por muito tempo na ignorância. Respondam somente uma pergunta: como é possível que o Eterno possa ter-se esquecido de Seus primeiros filhos? Pois está claro que o africano é o que foi feito mais à imagem de Deus. Ele falou conosco antes mesmo de sonhar em conceber as outras espécies humanas!". Portanto, conhecemos esses profetas da religião, suas visões, suas conversas privadas com Deus, os milagres que lhes foi dado fazer, as ordens que lhes foram feitas. Houve muitos arbustos ardentes, mas isso nos foi omitido. Os profetas, cujos nomes e as mensagens foram apagados de nossa memória, haviam previsto todas as nossas desgraças. Rezamos a santos africanos ignorados pelo mundo. Em certas cerimônias, passamos caulim no rosto, como nos rituais tradicionais. Não falo com ninguém, nem com Vida Eterna. Depois que seus comparsas pediram que me vigiasse, ele me bateu. Não tão violentamente quanto você, mas me bateu. Eu tinha quase esquecido o calor pungente do chicote. O seu era uma correia de borracha, provavelmente alguma coisa que veio do seu carro velho. Fiquei com a pele inchada dois dias, mas não sangrou. A maior parte do tempo, ficávamos com Endalê. Ele recita orações escritas por ele próprio e encantamentos. Ela só come legumes verdes. Vida Eterna disse que sabe que ela logo verá seu sangue, que deve estar pronta. Eles vão trabalhar nela até que fique grávida, o que a purificará e garantirá a proteção do Altíssimo durante a viagem. Ele disse que as meninas que carregam uma criança durante a travessia sempre chegam ao destino, que ele deveria assegurar-se sistematicamente de que elas estejam grávidas ao partirem. "Mas o que fazer?", suspira ele, "Luz e Dom de Deus nunca me escutam. Felizmente consegui convencê-los a levar em conta a culpa de Endalê. Ela cometeu um assassinato! Eles dizem que isso os obrigaria a ficar com elas por muito tempo, se todas devessem estar grávidas, que bastam os rituais, que o que é realmente necessário é que temam e obedeçam direito... Eu não penso assim. Mais vale ter certeza de que chegarão em segurança. Se morrerem no caminho, não são rentáveis, mas eles não ligam. Substituem-nas tão facilmente!"

De fato, Luz e Dom de Deus sabem que as candidatas a partir são inúmeras, e dispostas a pagar. Em geral, como Mukom, elas podem adiantar apenas uma parte do custo e, portanto, contraem uma dívida com eles. Já as que são compradas não custam caro. As famílias não as querem mais. São trocadas pelo suficiente para o sustento por alguns meses. Já que não se controlam os nascimentos, eles são compensados como é possível. Não converso com ele, mas ele fala o tempo todo. Vida Eterna precisa dizer a importância de seu papel no dispositivo. Seu trabalho para a congregação é mantido em segredo, e os fiéis ignoram o que ele faz. Todos o tomam por um crente comum. Ele não é um dos membros-fundadores dessa nova igreja, como Luz e Dom de Deus, que a criaram há três anos. Não é o principal abastecedor de fiéis, como Coluna do Templo, que percorre as ruas para criar a urgência do arrependimento, à iminência do fim dos tempos, e que tem o privilégio de dizer a Palavra quando Dom de Deus não pode fazê-lo. As mulheres não lavam a batina dele, exceto se Luz as entrega junto com as suas. Caso contrário, ele deve se virar para arranjar dinheiro para a lavanderia. No entanto, ser preparador espiritual não é pouca coisa! Além disso, quando vieram buscá-lo em Losipotipê foi porque sua reputação já era conhecida... Endalê tem três dias de descanso. Depois, o calendário de Vida Eterna indica que ela verá seu sangue. Ele a tira das manifestações da congregação e a isola totalmente. Ela estará impura e não poderá receber a Palavra. Quando estão menstruadas, as mulheres não assistem ao ofício. Ficam enclausuradas em casa, e os maridos dormem em quarto separado. Dizem que o corpo de uma mulher impura contém larvas que os atacam se eles mantiverem a proximidade conjugal. Vida Eterna fecha Endalê na sala do alto, onde ficam as fotografias dos homens desnudos e sem rosto. Depois, manda vir um dos jovens que vi no dia de nossa chegada aqui. Ele deve se deitar com ela o maior número de vezes possível naquele dia. Depois, ele vai se purificar com um jejum seco de três dias, e um de seus colegas o substituirá. Enquanto os rapazes limpam a alma suja de Endalê, Vida Eterna e eu permanecemos na sala. Não há cama, e as poltronas se adaptam mal ao ato. Então a relação sexual se dá no chão. No início, os rapazes se incomodam com a nossa presença, mas logo a esquecem. Endalê não se debate, e sua voz, sufocada pelo peso deles, recita salmos, o que parece lhe dar coragem: "O Senhor reina, tremam os povos; Ele está entronizado sobre os querubins, estremeça a terra".[8] Eles gemem de cansaço, mexendo os quadris para a frente e para trás. A gota de suor que pinga de sua testa acaba caindo na gola do uniforme azul, que eles não tiraram. Apenas puseram seus livros perto da saída e tiraram seu sexo antes de se deixar cair sobre o corpo inerte de Endalê.

É para salvá-la, eles dirão. Alguns, contudo, pressentem, por meio da profanação desse corpo, a sujeira da própria

---

[8] Salmo 99. [Nota do editor francês]

alma. Eles se diferenciam dos outros pela reticência que manifestam ao chegar, o desgosto que aquilo parece lhes inspirar, a eternidade de que necessitam para chegar a uma ereção conveniente. Masturbam-se em vão. Saem da sala e a humilhação lhes arria os ombros. Já outros abolem a questão. Estes estão imediatamente em condições de erguer seu membro. Não poupam a pecadora. Perfuram-na e penetram nela, levando para suas mucosas este fim dos tempos, de que eles têm apenas as explosões no espírito. Olho para eles enquanto o sexo deles entra e sai do de Endalê, escondendo os pássaros rosados do vestido que deram a ela, para que não fizesse isso com o hábito branco da congregação. Observo tudo isso e me pergunto quem a essa hora está roubando o espaço que é nosso. Quem a essa hora mutila e imola o que resta de nós. Eles colocam as mãos espalmadas no carpete, como para fazer flexões, depois de introduzir seu sexo no dela, uma mão tão raivosa quanto insegura. Não a veem, fechando os olhos e levantando a cabeça em direção ao teto. Ela não reage, mal se move. São somente os movimentos dos garotos que a fazem de tempos em tempos contorcer ligeiramente o pescoço, porque sua cabeça se apoia obliquamente no acento de couro de uma poltrona. Colocaram-no ali para lhe servir de travesseiro. Ela também não os vê, o rosto virado para o vão embaixo de um console de madeira envernizado, onde seus olhos fixam resolutamente o vazio. Ela não reza em voz alta, mas seus lábios se movem sem cessar e ouve-se um pouco sua respiração. É tão fraca quanto a de um agonizante. Observo atentamente a cena, pensando que então é isso, apenas alguns repelões, nada além desse estertor e desse filetezinho de líquido translúcido na ponta da glande... É só por isso que os homens frequentam as ruelas escuras das cidades do mundo, para procurar um orifício capaz de engolir o nada que os habita, um buraco que possa receber sua miséria, como o fundo de uma lixeira, para a qual não se volta depois de se depositar o lixo. É só isso que nos faz vir à Terra. É só isso que liga um ser a outro. Não vejo nas caretas desses rapazes, que não são amantes, aquele prazer pelo qual essas mulheres serão exportadas. Há apenas traços contraídos, nenhuma emoção. Talvez em alguns casos o alívio que oferece a ação de urinar ou defecar, mas, na realidade, quando eles enxugam a ponta do pênis com papel higiênico rosa, não há nada além de uma operação higiênica.

O que vejo não me instrui sobre o fundamento desse gestual. Ninguém ainda me tocou por dentro, então não posso saber. Ainda nem menstruei. Parece que quando menstruamos é que nos vemos atormentadas por emoções que tornam a coisa necessária, irrepreensível. Não sei nada do que se sente quando os corpos se unem, apenas que dessa mistura, supostamente, uma vida emerge. Do fundo de minha ignorância da coisa prática, vêm-me, contudo, a intensa intuição de uma verdade: desses abraços desprovidos de sentido, as crianças podem apenas ser engendradas. A concepção dos seres implica que sejam considerados por si próprios, antes de serem postos no mundo. Necessita que se tenha presente no espírito a ideia de que eles são entidades completas, não ferramentas de purificação, não meios para se realizar, não bengalas para a velhice, não a remanência de genitores mortos, mas indivíduos. Gerações de humanos são portanto engendradas, mas não concebidas. Caberá a eles, se tiverem recursos, a terefa de definir-se, de dar-se um significado. Na miséria de nosso país, na demência que lhe suga o cérebro, pode-se apostar sem muitos riscos que essas vidas não farão mais que escorrer, como a gotinha translúcida de onde saíram. No entanto, agarro-me à ideia de exceção. Quero acreditar, apesar de tudo, no surgimento de vidas que tenham valor. Que seja possível arrancar da vida aquilo que não herdamos, e adquirir por vontade própria o que não nos foi transmitido. Que o fruto alimentado com uma seiva envenenada possa produzir o antídoto contra o nada atávico. Tenho um sonho, e o caráter revoltoso desse ato mental me aquece e me dá forças. Tenho doze anos. Penso. Respiro. Revolto-me. Sou o fim dos tempos que eles não veem chegar, o dia em que se saberá que o singular excede o plural, que o segundo só tem chance se permitir a emergência do primeiro.

Vida Eterna não para de resmungar enquanto a jovem se sujeita aos assaltos dos adolescentes. No meio da noite, ele vai tirar o vestido dela e quebrar ovos sobre seu corpo. Depois, invocará as entidades que se ocupam dessas questões. Endalê só terá direito de se lavar de manhã. Enquanto espera, ele fala sozinho. Diz que se esses pretensiosos do Luz e do Dom de Deus quisessem ouvi-lo, a ele que possui a chave dos mistérios, então eles o deixariam se ocupar da limpeza de todas as meninas. Mesmo que todas elas não estejam necessariamente grávidas, eles devem saber que uma mulher não pode ficar sem receber o sêmen de um homem. É o que realmente as protege das energias malfazejas. Podemos trancar essas infelizes, mas os poderes ocultos passam através das paredes. Chegam a se abrigar nas entranhas das mulheres, que a natureza expôs a tais poderes ao lhes dar um corpo aberto. Não é à toa que, antigamente, as viúvas e as mulheres solteiras eram dadas, pelo menos uma vez por mês, a um homem chamado de limpador, cujo trabalho era protegê-las. Esse homem não se casava e era remunerado por aquelas que precisavam de seus serviços, quer aquilo lhes agradasse, quer não. Na maior parte das vezes, tratava-se do idiota da aldeia, um ser de estatuto espiritual híbrido: corpo de homem, mas mente indefinida. Escuto-o, decidida a não lhe dirigir a palavra, ainda que fosse para dizer que tudo isso pouco me importa e que não vejo o que impede as forças negativas de penetrar nos homens pelo ânus, o que os obrigaria a pagar a idiota da aldeia para que ela viesse lhes tirar essa sujeira. Imagino a cena inversa, mulheres vindo em fila indiana cavalgar o corpo de um adolescente para salvá-lo da perdição, para que lhe fosse concedida a remissão de sua culpa. Que elas assentassem sobre o pênis dele seu sexo aberto, que o engolissem sem olhá-lo, balançando as ancas até o espasmo desprovido de emoção, e que se limpassem com o papel rosa, como depois de terem feito suas necessidades. Imagino-as virando as costas, convencidas de terem sido por um instante o instrumento da graça divina, e ele, deitado no chão, consentindo a tudo isso e se sentindo devedor.

Durante o tratamento de Endalê, Vida Eterna não vai ver as outras meninas em Ilondi. Imagino que isso as deixe descansar um pouco. De qualquer maneira, elas já sentem bastante medo. Ele vai anunciar a Luz e a Dom de Deus que precisará de nove dias para se ocupar do caso. Na verdade, precisará de mais. De fato, é conveniente ter certeza dos resultados da operação. Se por acaso ela não estiver grávida — o que desejo, ao contrário dela própria — pergunto-me o que ele vai fazer. Ele deixa nós duas nessa sala, tomando o cuidado de fechar a porta a chave, para ir buscar comida. Normalmente, não falo nada com ela. Ela não parece querer conversar. Hoje é o último dia, o sexto em que os rapazes vieram visitá-la. Sem aguentar mais, pergunto por que ela parece aceitar tudo aquilo. "Eu pequei", responde ela. "Atraí o marido da minha mãe e forcei-o a se deitar comigo. Fiquei grávida, o que deixou minha mãe furiosa. Por minha culpa, ela cometeu um crime, matando essa criança inocente. Por minha causa, ela sujou sua alma." "Mas Endalê", pergunto eu, "você seduziu esse homem?". Ela me diz que sim, que fez sem querer, porque o mal estava nela. Ela era má, e foi preciso que a mãe lhe mostrasse o feto, que ela havia jogado numa bacia, para que ela compreendesse isso. A visão daquele monte de carnes vermelhas a perseguiu por dias, até que Deus lhe disse para abandonar os seus e partir para fazer penitência. Ela caminhou pela cidade sem saber o que fazer, e seus passos a conduziram até aqui. Era de noite. Pessoas vestidas de batina branca se espremiam na entrada do prédio com velas acesas nas mãos. Ela as seguiu. Ao longo do ofício, entrou em transe e confessou seus pecados. Luz imediatamente se aproximou e se encarregou dela. Ela nunca poderá agradecê-lo, nunca. Ele ficou junto dela por muitos dias. Fez com que descobrisse a Palavra e a maneira de se remir para esperar um dia encontrar a porta do Reino. Ela sabe que é preciso descer ao inferno para chegar ao Paraíso. Luz dispensou a ela ensinamentos diários fora da congregação durante dois meses, porque viu muito bem que o caso dela era particular. Ela precisava de algo além do que aqueles que iam lá atraídos pelos anúncios imprecatórios que Coluna do Templo distribui nas ruas, com um sino na mão a soar o dobre dos descrentes e um alto-falante na outra para se fazer ouvir mesmo pelos que não tem ouvidos. Luz fez com que ela compreendesse que a Palavra não continha toda a redenção, e que, sem as obras, ela estava morta. Numa situação como a dela, o Eterno exige um sacrifício para conceder Seu perdão. Um sacrifício de si mesma, ainda mais importante que o do jejum. Quando estiver satisfeito com sua dor, Ele porá fim a ela.

Escuto-a sem acreditar no que estou ouvindo, e pergunto em que ela se assemelha às outras meninas e por que precisa "fazer a Europa". "É a minha cruz", diz ela. "É a vontade Dele". Fico com raiva por ter perguntado. Ela me irrita. A mãe a fez perder a cabeça ao tomar o partido do marido, sem dúvida por medo da solidão, sem dúvida para não perder o sacrossanto estatuto de esposa. Para evitar o disse me disse, ela nem teve o trabalho de pagar um médico para fazer o aborto na filha, pois tal ato é proibido no Mboasu. Preferiu extirpar com as próprias mãos o feto e arriscar a vida de Endalê. Essa mulher devia ter ciúmes da filha jovem e bonita, para a qual o olhar concupiscente do marido se voltava. Como você, ela pensou ser a sombra do marido, e não sua companheira, estabelecendo em relação a seus pobres bens materiais uma vida de parasita. As sanguessugas não podem amar seus filhos. Elas só os têm para consolidar sua posição social. Aqui, é cada um por si. Uma criança pode se tornar o pior inimigo de seus pais, mesmo sem sabê-lo. Não existe mais uma comunidade verdadeira, papai tinha razão. As pessoas vivem perto umas das outras, mas não juntas. Elas se espreitam, se invejam apaixonadamente e vivem lado a lado por um hábito mais gregário que solidário. É isso que chamamos de valores ancestrais de nosso povo: a solidão em grupo. Vêm-me de repente à cabeça a ideia de que você está morta. Antes mesmo de se completarem três anos, a miséria, a fome e a doença venceram você. É com o seu fantasma que estou falando todo esse tempo, e você nunca me verá vivendo a minha vida. Por um instante, minha determinação se esvai. Recupero-me depressa, mentalmente. Esta vida, eu não devo mais a você. Paguei-a, cada centavo. Agora quero esquecê-la, mas não posso. Talvez consiga quando a tiver olhado nos olhos para dizer que absolutamente não preciso de você. Nunca seremos mãe e filha, e você nunca terá nada para me transmitir. As coisinhas que você me ensinou me voltam à memória. De novo, você para à porta do banheiro. Tenho sete anos. Você fala comigo com os dentes cerrados, como para evitar cuspir, e seus olhos me enviam raios de gelo: "Com a mão esquerda", você diz, "quantas vezes precisarei explicar que as mulheres se lavam com a mão esquerda? Jogue mais água, vamos ver, e passe bem o dedo médio entre as dobras, e bem no fundo, aí no meio. Não adianta nada usar esses vestidos importados lindos que o seu pai compra, se você está suja aí embaixo!" Você fala e olha entre minhas pernas. Eu me pergunto o que exatamente está vendo. Não aguento mais ficar acocorada desse jeito na banheira. Os músculos das minhas coxas falham, e eu escorrego. Você entra no banheiro como uma dessas borrascas que anunciam as tempestades. A palma da sua mão se assenta em meu rosto, na bochecha. Você bate e grita ao mesmo tempo. Pergunta-se o que fez ao Céu para merecer uma filha assim. Tão desajeitada. Tão estabanada! Incapaz de ficar agachada na sua idade. Você me bate com a palma e as costas da mão. Não sei por que protejo meu sexo com as duas mãos. As suas são ossudas, mãe. Você parece tão frágil que não se espera que se possa sofrer tanto sob as suas garras. Agora, eu sei fazer minha toalete íntima. Mesmo quando meu espírito sonha em transgredir a lei e mudar de mão, ainda seguro o recipiente de água na direita, enquanto minha mão esquerda remexe e desliza entre as dobras de meu sexo. A água é pura. Meu sexo, lá no meio, bem no fundo, não é. Foi o que você me ensinou.

Ainda me resta uma coisa de você: os glóbulos em forma de foice e uma tradição cujos fundamentos jamais me foram explicados. Você nunca me mostrará, se é que ela existe, a árvore sob a qual você enterrou a placenta e o cordão umbilical do meu nascimento, para que continuassem ligados à cadeia infinita da vida. Você nunca me dará as roupas íntimas da jovem noiva, dizendo: "Minha filha, aqui estão os adereços de cama que mandei bordar para você. Esta aqui encomendei assim que você nasceu. Aquela ali foi cosida quando você fez nove anos". Você não me dirá: "Quando seu esposo e você estiverem juntos, olhe como você deve proceder, e esses são os gestos que você deve esperar dele". Você não virá, à frente das mulheres de nossa família, executar, ao som dos tambores, as danças bruscas do longo alvoroço que precede os jovens noivos ao longo do trajeto que os leva até a casa deles. Você não cantará os meus louvores para que a família de meu esposo saiba de que ouro sou feita. Você não irá, ao longo dos dois primeiros anos que se seguirão ao meu parto, ocupar-se da criança para que eu volte a me deitar com meu marido, porque ser mulher não é somente ser mãe. Você nunca me fará ver a beleza dessa cultura cheia de contrastes, deixando-me sozinha separar sombra e luz. Não faz mal, mãe. Talvez não seja culpa sua. Descanse como puder, enquanto eu penso na maneira como vou sair daqui, para ir enfim encontrar essa vida que é minha e que desconheço. Um dia, eu a porei no mundo, a minha vida. E vou amá-la, ainda que não dure mais que uma fração de segundo. Ela será minha, pelo tempo que durar. Não sou mais uma sombra. Meu coração bate e meus pensamentos têm um sentido. Contudo, ainda sou uma coisinha trancada, uma existência potencial. Sou um possível em espera.

Vida Eterna nos traz mangas e bananas. É tudo o que conseguiu achar, diz ele. Frutas e um pote de mel. O ofício da noite terminou há duas horas e a assembleia se fartou, como sempre. Desconfio que alguns fiéis só vêm por causa da comida. As pessoas dão tudo à Igreja e não têm mais nada para comer em casa. Vida Eterna diz que, de qualquer maneira, não é para comer muito à noite, e que temos sorte de ter mel. É um alimento mágico. Por si só, cura muitos males. Ele se volta para mim e diz: "Você, a bruxinha de olhos amarelos, o mel pode curar seu mal, a menos que você esteja de fato possuída. Daí será preciso desencantá-la". Os olhos dele brilham quando pensa na cerimônia de desencantação. Ele ama rituais. É a droga dele, uma comediazinha que ele encena para si mesmo para se dar importância. Cada um se vira como pode com sua vida. Não respondo. Estendo o pote de mel a Endalê, que recusa. Ela não quer se curar. Quer que seu mal, qualquer que seja ele, acabe por vencê-la. Por fim, a compreendi. Ela não sabe como se suicidar. O padrasto abusou dela, e é ela que se sente culpada.

A mãe torturou-a, e é a ela que a vergonha não abandona. O mundo onde vive não a autoriza a se queixar, sobretudo se for preciso incriminar seus parentes. Mergulho os dedos no pote e chupo-os ruidosamente para me ouvir existir. O mel é doce e meus dedos são salgados, sem dúvida porque não estão muito limpos. Gosto desse sabor. Quando termino, sento-me em posição de lótus numa poltrona de couro que me envolve toda, como um ovo de casca escura dentro do qual deslizo. Fecho os olhos para não ver mais Endalê e Vida Eterna. Reencontro o espaço interior que me protege desde sempre, o espaço de uma consciência que é minha verdadeira identidade. Se Endalê pudesse encontrar um lugar como esse, saberia que os criminosos são aqueles que a deixaram partir. Se as pessoas dispusessem de um abrigo semelhante, nunca precisariam se sujeitar a esses horrores. As pessoas daqui são assim porque não sabem nada de íntimo sobre si mesmas, porque levam uma vida sobre a qual nunca pensaram. Dizem-lhes apenas que receberam uma vida e que devem conservá-la. Alguns a levam como uma bala de canhão, outros a suportam como uma longa e incurável doença. Todos são estrangulados pelo vazio dessa vida que devem conservar sem razão dada, sem razão aceita. É porque vivem por nada que morrerão num dia próximo, e o mundo não sentirá a menor falta deles. Assim é essa terra primeira, o famoso berço da humanidade: não cria mais do que fatos para os jornais. Às vezes, o rastro fugaz de um outro tempo passa diante de nossos olhos. Então vemos na folhagem densa dos grandes baobás e nas flores vermelhas dos flamboaiãs que em algum momento do passado tivemos um destino. Nós o colocamos no túmulo. E quando, desse sepulcro profundamente enterrado onde o abandonamos, ele grita que ainda está se movendo, que está lá, que basta lhe darmos uma chance... tapamos as orelhas com a palma das mãos, para ouvir apenas as cadências revoltas que inventamos para nos aturdir e nos livrar de nós mesmos. No fundo de nós, há apenas a voz cavernosa de um deus de desamor e a imagem irreal de uma Europa a se fazer. Os baobás e os flamboaiãs nos olham e seu tronco vai secando, ficando oco por dentro. Se pudessem falar, diriam que nossa maior falta, a blasfêmia perpétua que cometemos, reside nessa incapacidade de olhar para nós mesmos.

Agora Endalê deve esperar para saber se está grávida. Está convencida de que está, e Vida Eterna também acha que sim. Luz, que é um rapaz pragmático e sabe quando se fiar no invisível e quando acreditar somente no que vê, disse que vai comprar um teste de gravidez na farmácia. Ele quer que todas as meninas se partam, e sobretudo que a barriga de Endalê ainda não esteja grande quando atravessarem. Se ele se deixou convencer por Vida Eterna da necessidade da limpeza, foi apenas porque Dom de Deus insinuou a ideia de que homens de gostos particulares seriam atraídos por uma moça grávida. É preciso oferecer produtos variados à clientela. Eles falam muito abertamente das perversões ocidentais. Dizem que os brancos são viciosos, que é porque o corpo deles é frágil que eles têm o sexo mental, que precisam imaginar sujeiras para gozar. Eles riem e contam a Vida Eterna como Dom de Deus o substitui com as meninas que estão em Ilondi, e como ele se permitiu acrescentar ao ritual práticas de sua fantasia. Na realidade, Luz e Dom de Deus não acreditam em nada além do capitalismo. Fazem o negócio que a época favorecer. Criaram a congregação há três anos e em seguida se lançaram ao tráfico de muheres. A fé que professam no seio de seu templo é um sincretismo anárquico, que compreende pretensos hábitos africanos e uma interpretação pessoal de passagens escolhidas do Livro. É preciso abalar os espíritos, pôr as almas de joelhos, lavar os cérebros, tudo isso com o único e exclusivo objetivo de tirar dos fiéis uma parte de sua renda. Não há desempregados entre os sectários. Funcionários de escritórios, comerciantes e até algumas personalidades compõem a assembleia dos fiéis. Eles ignoram totalmente as atividades profanas de seus pastores. É num bar de Losipotipê, a periferia sul de Sombê, que Luz e Dom de Deus recebem as moças que querem "fazer a Europa". Quando vão ao interior para comprar meninas das famílias pobres, vão sozinhos e levam-nas imediatamente a Ilondi. Tomam muito cuidado para preservar sua vida dupla. No entanto, cometeram um erro com a purificação de Endalê, ao envolver adolescentes ignorantes do começo ao fim do negócio. Evidentemente, eles encarregaram Vida Eterna de escolher os mais impressionáveis e assegurar-se de que eles não vão falar, mas os segredos não permanecem muito tempo ignorados nesse país. Bem depressa, já se encontram no pregão das ruas.

É noite. Vida Eterna, Endalê e eu nos juntamos à assembleia para o ofício. Chegamos atrasados, quando Coluna do Templo lia uma passagem das Epístolas de Paulo. Ele se expressa com afetação, a mandíbula contraída e os lábios encolhidos, como para dar um beijo. Sua pele é de um negro intenso e brilhante, que indica o amor louco que tem por sua aparência. Imagino-o fazendo máscaras e tendo cuidados regulares para preservar a imagem de Deus de que é a réplica. Ele tem a unha dos dedos mínimos muito longas e lixadas na ponta, para limpar eficazmente as orelhas e melhor coçar as partes debaixo do tecido engomado da batina. Dessa vez, estou longe demais para ver suas unhas dos pés esmaltadas. Quando pegamos um lugar num banco de veludo, a voz dele se propagava: "Quero, porém, que saibais: a cabeça de todo homem é Cristo; a cabeça da mulher é o homem; e a cabeça de Cristo é Deus... Na realidade, não é o homem que provém da mulher, mas a mulher do homem;

e também não foi o homem criado por causa da mulher, mas a mulher por causa do homem".[9] Ele se cala e fecha o Livro. Seus olhos abarcam a assembleia, e depois se fixam em cada rosto. As senhoras da plateia estão todas usando um lenço, as meninas também. Sob as luzes vermelhas do Soul Food, mal se distinguem seus rostos. Elas usam apenas as batinas de algodão grosseiro branco e os lenços. Porque a glória do homem tal como professada nesses lugares exige total submissão delas, e esta passa por uma morte que não diz seu nome. É para isso que elas foram criadas, para serem cadáveres vivos. A roupa delas, que também é a minha nesta noite, parece se confundir com uma mortalha.

Será que escapei do reino das sombras para vir parar no dos mortos? Não sinto, no entanto, que meu fim esteja vindo. De repente, não posso mais tolerar essas pessoas e seu teatro. Não posso mais tolerar ficar calada. Não adianta nada esperar para fugir mais uma vez, para dizer o que penso e o que sei. Levanto-me quando Coluna do Templo começa a expor sua interpretação da carta de Paulo. "Irmãos e irmãs", diz ele, "a tradição é nossa referência, o caminho traçado que nos conduzirá à harmonia e à felicidade. O Livro encerra essa tradição, à qual devemos voltar para nos salvarmos. Olhem para aqueles que estão no mundo, os pagãos que ainda não se juntaram a nós na graça do Todo Poderoso... Eles adotam hábitos proscritos! Seus lares estão em ruína! Suas mulheres não os servem mais, e seus filhos estão abandonados sozinhos!" Ele se cala um instante, depois recomeça: "Alguns de vocês serão tentados a objetar que isto aqui", diz ele brandindo o Livro, "não é nossa tradição. Estão errados! O que estas páginas encerram é puramente africano, e não

---

[9] Primeira Epístola de Paulo aos Coríntios 11:3, 11:8 e 11:9. [Nota do editor francês]

é à toa que os brancos se desviam das Escrituras: depois de usurpá-las e por muito tempo interpretá-las de modo a estabelecer sua dominação no mundo, eles acabaram reconhecendo que elas não fazem parte de sua essência. É assim que eles se voltam para as cavernas de que vieram, a caverna da impudicícia, da fornicação e da violência". Coluna do Templo afirma que é tempo de os africanos se reapropriarem do Livro, que outros simplesmente copiaram nos monumentos egípcios, e de reabilitar na prática cristã os rituais africanos que foram banidos. Foi esse banimento que tirou o poder da fé cristã, ainda que o mundo hoje imagine que só os muçulmanos tenham um deus. Não é certo que apenas os muezins estejam autorizados a berrar cinco vezes por dia do alto de seus minaretes. Os fiéis da congregação devem, munidos de um alto-falante, percorrer as ruas de Sombê e pregar sem descanso, a fim de trazer de volta ao rebanho as ovelhas perdidas. Quanto às práticas africanas que se devem reintegrar ao culto, trata-se principalmente de invocar os ancestrais que também estão no Céu, de profetizar caso se tenha o terceiro olho aberto — o que é dado somente aos grandes iniciados —, e de fazer regularmente oferendas às entidades que Deus colocou junto dos homens, para que recorram a elas todas as vezes que for inútil incomodá-Lo pessoalmente. É assim que, a partir de amanhã, a congregação inteira marchará em procissão na cidade. Depois, os fiéis se reunirão às margens do Tubê. Será necessário fazer nova obrigação de fidelidade junto às ondinas. A elas será oferecido leite condensado sem açúcar, perfume e joias. Elas também apreciam as flores brancas, portanto, aqueles que puderem encontrá-las, é favor trazê-las.

Inicialmente, ele não vê que eu me levantei. A iluminação particular das boates é concebida para favorecer uma semicegueira. Além disso, o assunto do reinado, do poder e da glória do masculino o apaixona, e ele nem tinha começado sua demonstração sobre o fato de que a mulher foi criada para o homem, e não o contrário. Ele acaba por me ver. Permaneço de pé, e é a primeira vez que a consciência disso me é dada tão claramente. Depois de um longo minuto de silêncio meu e dele, é toda a assembleia que me olha, e vem-me uma força que me leva a perguntar: "Senhor Coluna, pode me dizer quando exatamente os africanos abandonaram o culto de seus ancestrais e as oferendas feitas aos espíritos? Parece-me que eles sempre praticaram a mistura da fé cristã e de suas religiões ancestrais. Em que o seu método difere desses hábitos?" Ele me olha estupefato e pergunta: "Mas quem é você e de onde vem uma tal audácia na sua idade? Senhor Coluna", respondo, "me chamo Musango. Há três anos, minha mãe, que me tomava por um demônio, me expulsou de casa. O senhor sabe tanto quanto eu que as crianças, que são uma força de trabalho no campo, tornam-se rapidamente uma carga na cidade...". Conto a ele como fui levada por um bando de adolescentes, depois vendida a seu amigo Luz, que não está aqui esta noite, mas que certamente confirmará o que digo, se lhe perguntarem. Conto também que Dom de Deus e Luz me mantiveram cativa durante três anos numa barraca perdida no fundo da mata de Ilondi, onde ficam mulheres que eles destinam à prostituição. Essas mulheres devem partir em breve para a Europa. Coluna do Templo e os fiéis me escutam falar de minha fuga no porta-malas da velha Subaru de Vida Eterna, que ia ver as reclusas regularmente para praticar com elas a religião afro-cristã. Acrescento também que: "Infelizmente, quando cheguei aqui, Luz me pegou de novo". Um murmúrio percorre a assembleia. Ouço pessoas dizendo que pensavam que eu era muda. Alguém suspira que eu não estou em sã consciência. Um outro murmura que conhece bem esse lugar chamado Ilondi, que as pessoas vão até lá para fazer magia negra. Diz que se eu de fato passei três anos ali e os espíritos que rondam por lá me deixaram viva, é porque minha mãe sabia o que estava fazendo quando me expulsou. É assim que Coluna do Templo pensa também, e ele fala. Ele me olha. Posso supô-lo mais do que vê-lo, com essas lâmpadas coloridas piscando e as garrafas de bebidas alcoólicas que elas fazem brilhar às costas dele, como enormes pedras preciosas.

    Acabei com a calma da plateia. Ela vai se esvaindo pouco a pouco, aos pedaços. Vida Eterna, que permaneceu sentado enquanto eu avançava para falar, vem até mim e me pega pelo braço. Com uma voz neutra, diz que não está me ouvindo, que estou aqui para fazer rituais de purificação, pois o Maligno me habita. Disse que minha mãe não me expulsou, mas me confiou aos cuidados dele, e que minhas histórias de Ilondi não passam de bobagens. Quando tenta me arrastar consigo para o banco para que o ofício recomece, mordo sua mão. Essa atitude me vem naturalmente, e mordo sua pele fria até que meus dentes se reencontrem e o sangue corra insípido entre meus lábios. Ele dá um grito, tenta se soltar. Arranco um pedaço de pele e cuspo-o no carpete. Ele olha para as costas de sua mão, depois para o meu rosto. Limpo minha boca com a manga imaculada da batina, perguntando-me por que demorei tanto para me defender. Um homem da plateia se levanta e interpela Coluna do Templo e Vida Eterna. Diz que é o comissário Djanéa, do comissariado principal de Sombê, e que a esposa o levou àquela igreja do despertar. Minhas declarações a respeito de Luz, Dom de Deus e as mulheres de Ilondi interessam-no sumamente. Não é a primeira vez que ele ouve essas coisas. Há algum tempo, rumores falam de fatos similares, e se a esposa não o tivesse convencido de que os sentíssimos Luz e Dom de Deus não poderiam em hipótese alguma praticar o tráfico de mulheres, ele já teria tido há muito tempo uma conversa séria com eles. "Aliás, pode-se saber onde estão estes senhores?", pergunta ele. Em seguida, dirige-se a Vida Eterna: "O que o senhor tem para responder diante das acusações dessa moça?". Vida Eterna permanece mudo. Vai recuando em direção à porta estofada do Soul Food, aquela que dá para o exterior. Esbarra em uma poltrona desocupada, cai, xinga e se levanta para retomar sua marcha ré. Seus olhos parecem piscar com as lâmpadas coloridas, que pintam suas pupilas de vermelho, roxo e um rosa tão vivo que deixa no espaço um rastro de luz branca. Coluna do Templo continua preso atrás do bar-altar. Ele se faz perguntas, tenta pensar o mais depressa possível. Não sabe nada do tráfico de mulheres. É cúmplice apenas do sistema espiritual. Não sabe o que fazer com esse comissário que ameaça fazer tudo capotar. Ele sente que já não tem mais seus fiéis.

Uma mulher tirou o lenço para enxugar o rosto. Está calor na sala e ela não quer mais suportar estoicamente a climatização quebrada. Sentada ao lado dela, uma outra propõe irem embora: "Eu falei para você que eles eram péssimos aqui. Vamos para A Porta Aberta do Paraíso! Lá pelo menos eles fazem milagres, e o grupo musical está presente todos os dias. Você sabe, são os 'Frutos do Paraíso'. O CD deles está à venda em todo o lugar e eles aparecem até na TV!". A que enxuga o rosto responde: "Tenho uma ideia melhor. Vamos ao Boogie Down! Lá tem montes e montes de brancos. Não precisamos mais procurar na Internet!" As máscaras caem. Essas mulheres querem um Deus que faça performances espetaculares ou que lhes dê um marido branco. Levantam-se ao mesmo tempo em que o comissário Djanéa se lança na perseguição a Vida Eterna. A mulher dele, que até agora não tinha dito nada, segue-o na noite, jurando se divorciar caso ele toque em Vida Eterna. Ela diz que foi Satã que falou pela minha boca, para testar a fé dos participantes. Já que eles não dividem os mesmos valores, já que ele toma os santos por vagabundos, ela quer deixá-lo imediatamente, obter a guarda das crianças e a metade dos bens do casamento. As pessoas falam entre si, cada vez mais alto, e a tradição africana contida no Livro deixa de ser levada em conta. É a tradição do cotidiano que retoma seus direitos, na divulgação das fofocas e na disputa vã. O olhar de Coluna do Templo cruza com o meu. Algo me diz que ele não vai fazer nada se eu der o fora. O que ele quer é poder retomar o controle das coisas. Vou na direção de Endalê, como sempre, ausente do mundo, exilada ao mesmo tempo de sua consciência e da realidade. Ela canta um cântico sozinha, olhando para os pés. Canta uma canção que fala do Último Dia. Inclino-me na direção dela e digo: "Venha comigo". Ela não me ouve, ou não me escuta, não sei. Repito: "Endalê, venha comigo". Ela então me fita com um olhar que lança faíscas de uma cólera fria e, pela primeira vez, ouço-a falar pausadamente, não como quando está salmodiando: "Ir com você, para quê? Quando nascemos, éramos sozinhas. Quando morrermos, não vão nos colocar num caixão de dois lugares. Nunca se está com ninguém. Deixe-me". Obedeci, dizendo-me que não posso saber o que ela é de fato, nem do que precisa. Presunçosamente, leio o mundo ao meu modo, decretando verídicas as conclusões que meu espírito formula. Endalê talvez faça o mesmo, e, nesse caso, não posso salvá-la de si mesma. Além disso, eu não preciso antes me salvar de você de uma vez por todas? Estou de novo na cidade. Nada mudou. Os postes de rua iluminam os sulcos e os buracos. Gafanhotos saltitam ao redor da luz amarela, e crianças de rua saltam para pegá-los em pleno voo. Quando os capturam, aprisionam-nos em garrafas de plástico. Assim que tiverem o bastante, vão acender um fogo para assá-los com uma pitada de sal no fundo de uma frigideira velha e sem cabo encontrada no lixo. As asas dos insetos então se soltarão sob efeito do calor, e seu ventre gordo deixará um rastro brilhante na frigideira. Eles vão segurá-los pela cabeça para comer esse ventre minúsculo que não vai saciá-los de verdade. Alguns vão devorar a cabeça do inseto, encontrando nela um sabor de camarão seco. É pequeno, um gafanhoto. Só um tira-gosto. Eu os observo um tempo, imaginando quanta fome é preciso ter para partir à caça dessas criaturas aladas e praticamente impossíveis de se pegar. Há meninos e meninas, que saltam com os braços levantados para o céu para tentar agarrar esses gafanhotos verdes e amarelos. Parecem marionetes gigantes de braços esticados e com molas nos pés. Um dos garotos me olha. Deve ter quinze anos. Seu corpo longilíneo tem apenas uma bermuda. Volto para o meu caminho. Ignoro que horas possam ser, mas não é muito tarde. Ainda há passantes na rua, gente chamando um táxi. Nem sinal do comissário, da mulher dele ou de Vida Eterna. Um dia vou ao comissariado principal de Sombê rever esse homem e repetir para ele a minha história. No momento, pergunto-me onde vou passar a noite, esta e as outras. Preciso pensar numa maneira de enfim me aproximar da minha vida. Sinto-me no ponto de sair da casca, como um pintinho que vai quebrá-la. Não vou ter ninguém para cuidar de mim. Não tenho sapatos. Eles nunca me deram. Caminho com a borda dos pés, para evitar senti-los fissurando-se no meio, o que sempre acontece quando se anda por tempo demais. A dor é tão viva que se tem a sensação de que os pés estão chorando. O asfalto sucede a terra batida. Sob os pés, sinto o calor do dia. Aqui, o frio não vai abaixo dos 15 graus. Há detritos no chão. Cacos de garrafas, pedaços de fios de ferro, farpas maliciosas, escondidas onde o olho humano não alcança. Ando olhando onde coloco os pés. As farpas me picam assim mesmo. Penetram em minha carne. Não tento tirá-las. Vivemos todos com espinhos no corpo. Basta saber como se mover para que eles nunca atinjam um órgão vital. Eles me picam. Não grito. Caminho na cidade e estou quase livre.

No cruzamento, um casal briga ao lado de um carro de portas abertas. O homem diz: "Sua mukokê,[10] quem você pensa que é? Quando uma pessoa não tem genealogia, aprende a ficar no seu devido lugar!" E a mulher responde com um sotaque estrangeiro: "Eu bem sabia que você era um nego ordinário. Pode me chamar de cana-de-açúcar, se quiser. Pelo menos nunca vendemos ninguém!". Ele dá um tapa no rosto dela. Ela cospe nele e se afasta do carro. Está vestida como para uma festa, e a brisa levanta um pouco o tecido leve de seu vestidinho preto, descobrindo-lhe a barriga da perna e um pedaço da coxa. O homem grita que ela está vestida feito uma puta. Ela se vira e responde que era justamente isso que o agradava antes de ele trazê-la para cá, para este lugar de selvagens. Ela diz: "Não foi porque aqui é a sua terra que você quis vir para cá. Não foi porque você queria ajudar o seu povo! O que você quer é um estatuto social que a França não está muito interessada em dar para você, e pelo qual você não era capaz de lutar. Coitado! Aqui tudo é mais fácil! Basta parecer para existir...". A mulher mal recupera o fôlego entre as frases, e o homem parece descobrir a virulência de que ela é capaz. Ela grita a plenos pulmões para enfim dizer o que pensa dele, que ela vê que aqui ele consegue mobilizar sua energia. Basta encher o peito e falar alto para impressionar o povinho. Basta fingir que se quer fazer alguma coisa para imaginar que está feita. É tão fácil ser um homem na África. De início, ele não diz nada. É como se cada palavra da mulher o atingisse em pleno coração, para feri-lo como somente a verdade pode ferir. Ela diz que não o ama mais, e que é só ele arranjar uma segunda mulher, já que ele quer tanto. Ela deixa seu lugar e volta para a terra

---

[10] Palavra duala do Camarões que significa "cana de açúcar". Termo ofensivo usado para designar os antilhanos. [Nota do editor francês]

dela, onde as pessoas não têm genealogia, mas também não têm nenhum crime na consciência. Ele se precipita para ela. Ela corre, mas seus escarpins têm o salto alto demais para esse chão irregular. Ela cai. Ele a alcança, se joga em cima dela e bate no rosto dela com toda a força. A cabeça dela bate no chão e ouve-se um estalido. Ela grita. Um homem para e pergunta: "Mas o que está acontecendo? Você quer matá-la ou o quê?" O marido se levanta. Bate a poeira de seu *smoking* e volta para o carro. Sai com um movimento rápido e violento. A porta do lado do passageiro fica um tempo aberta, depois a ouvimos bater. Eu me aproximo do passante e da mulher deitada no chão. Ela não está morta. Murmura algo incompreensível, uma frase em que as únicas palavras que se distinguem são "castanha" e "fruta-pão".[11] Seu rosto está coberto de equimoses, os lábios estão inchados e um pouco de sangue escorre por sob o crânio. O passante pergunta se ela tem dinheiro, porque gostaria de levá-la ao hospital, mas não vão cuidar dela se não puder pagar. Ela não diz nada além de "castanha" e "fruta-pão". Ainda inclinado por cima dela, o passante diz: "Claro, senhora, ele lhe deu umas boas castanhas. Claro... Mas se a senhora não tiver dinheiro, nem um curandeiro vai cuidar de você". Ele se levanta e vira as costas. "Não vai nem levá-la para casa", resmunga ele. Quando ele se distancia, percebo o pavio de uma vela azul pendendo para fora de seu bolso direito. Vai rezar em algum lugar, fazer um ritual qualquer que requer que a vela seja acesa numa hora precisa. Ele está atrasado. Aperta o passo. Cada um deve primeiro se preocupar em garantir sua própria salvação.

Sento-me perto do corpo da mulher. Há uma poça preta embaixo da cabeça dela. Ela não diz mais nada por um

---

[11] Fragmentos de um provérbio crioulo: "A mulher é uma castanha, o homem uma fruta-pão". [Nota do editor francês]

tempo, e depois ri docemente: "Que idiota eu fui. Dez anos perdidos, achando que eu era Ast,[12] acreditando que poderia juntar os pedaços espalhados desse homem para que ele se tornasse alguém, para que confiasse em si mesmo, que se realizasse. Ele é que tinha razão, eu era boa demais para ele. Sou boa demais para um cara que quer casar com a amante, para agradar à mãe, que não quer uma descendente de escravos...". Ela está falando consigo mesma. Minha presença é indiferente. Ela diz que queria um africano, um negro original, tudo isso porque pensava que eles eram todos tão orgulhosos quanto Kunta Kinte.[13] Mas eles não são orgulhosos, já voltaram ao pó. Ela também viu que vivíamos no reino dos mortos, num lugar onde se conta como era a vida, sem ter certeza da validade dessa lembrança. Olho para ela, estendida sobre o asfalto fissurado, e vejo nitidamente como uma folhagem morre, alimentada somente pelas raízes murchas. Fico com a mulher, e mais ninguém passa. Do outro lado da calçada, um imóvel abandonado abre para a rua buracos negros que há muito tempo devem ter sido janelas. Parece-me que formas se movem no interior, mas talvez seja apenas ilusão, uma impressão gravada no meu cérebro pela memória de antigas figuras humanas. Imagino ainda que essa terra seja povoada, sem dúvida porque me é insuportável a ideia de que eu mesma não sou mais que uma marquinha no pó, em breve invisível. Começo a chorar e não sei por quê. Nunca chorei. Quando você me batia, eu só gritava, e depois sangrava. Lágrimas, nunca. Ouço meus soluços e sinto, ao mesmo tempo, meu peito se sobrelevar. Como esse choro parece real, eu devo existir. Na

---

[12] Ísis, Aset ou Ast. [Nota do editor francês]

[13] Ancestral de Alex Haley em seu romance *Raízes* e na novela baseada nele. [Nota do editor francês]

dimensão paralela onde somos projetados, também existo. Se essa realidade é artificial e nós somos apenas imagens numa tela, eu no entanto existo, porque minhas emoções são reais. Sinto as coisas. Experimento-as indiscutivelmente. Então, estou na vida, e apenas o sentido me falta. Vou inventá-lo, se não puder descobri-lo, esperando o dia em que Nyambey me dirá enfim por quê. Por que as mães não amam necessariamente seus filhos. Por que a dor e a errância, por que a solidão e por que a loucura. A alvorada está chegando e a mulher está morta. Não vai rever sua terra. Logo a pegarão para colocá-la numa gaveta no necrotério, e talvez venha alguém lhe arrancar o coração para fabricar uma poção do amor. Depois, se o marido não vier reclamar os despojos desta que ele abandonou sobre o betume, jogarão seu corpo nas ondas do Tubê. O cadáver dela vai se pôr sobre os milhões de outros que deixaram essa margem para jamais alcançar nenhuma outra. Milhões de outras que não choram seus ascendentes. Há uma outra África sob as ondas, da qual não podemos prescindir quando marchamos em procissão pela cidade para vir à margem do rio e novamente prestar uma obrigação de fidelidade aos gênios das águas.

O dia nasce e ainda é noite, pois você ainda está aí. Minha mãe raivosa, minha mãe assassina, minha mãe inconsolável de um sofrimento que não pode nomear. É noite no meu espírito, onde você assume todas as formas da tristeza. Quero andar na direção do rio e sentar um tempo às suas margens. Talvez ouça o que dizem essas outras crianças mal amadas, esses esquecidos por quem ninguém carrega luto. Como podemos sobreviver a eles, nós, que cremos com tanta força que os mortos estão vivos? Há no rio que se despeja no oceano uma nação inteira de vivos esquecidos. Os feiticeiros das famílias não cantam seus nomes. Quando contam a memória dessas longas linhagens de que temos tanto orgulho, não dizem como se chamava a moça, o rapaz que foi à mata colher plantas medicinais e não foi mais visto. Em lugar nenhum se erigiu uma estela a esses desaparecidos que nunca se tornarão os "sem genealogia". Eles descansam na tormenta, e toda a paz nos é proibida. As ondinas não vão anular nossas dívidas com nós mesmos. Os crânios de nossos ancestrais ciosamente conservados nada farão por nós. Os oráculos dos videntes só poderão anunciar inverdades, e as velas de todas as cores só queimarão para convocar entidades enganadoras. Seguro na mão a barra comprida demais da batina branca, que arrasta no chão e me impede de avançar. O sangue de Vida Eterna deixou uma mancha escura na manga direita. Os habitantes da cidade se deixam levar pelo turbilhão desses dias vãos, ao longo dos quais a agitação se confunde com a ação. Quando cai a noite, contarão seu magro ganho e se sentirão roubados, sem saber direito por quem. Os letrados dirão que é culpa dos outros, dos que vendem armas e sustentam os ditadores. Os outros dirão que é o destino, o azar. Ninguém vai perguntar se é porque temos armas que precisamos nos matar. Ninguém vai querer saber quem mandou o ditador espoliar seu povo. Ninguém vai interrogar o destino, o azar, sobre essa paixão louca que faz com que se agarrem ao nosso corpo descarnado de que não se pode tirar mais gozo algum. Sabemos fazer os mortos falarem, mas não o destino. Incontáveis divindades descem a nós para nos pôr em transe, mas nenhuma delas se chama azar, e ignoramos o que quer a má sorte. Que holocausto por um semblante de paz. Então, fazemos do jeito que dá: expulsamos as crianças, queimamos uma vela preta, fazemos orações à reencarnação africana do Cristo, "fazemos a Europa".

Está chovendo. O trovão ressoou subitamente, raios riscaram o céu e trombas d'água arrebentaram as nuvens. Parecem milhares de cordas de forcas que descem do céu. As crianças riem. São crianças, e não sabem que não se brinca com essas cordas. Eles se jogam, vestidos com a cueca de todos os dias, para improvisar uma dança. As mulheres colocam bacias em frente à porta de entrada de suas casas. Poderão ao menos lavar a louça com essa água, que é mais limpa que a que sai da torneira, quando sai. Logo, todos desaparecem. A chuva é forte demais e, além disso, parece disposta a durar. Às vezes, ela fica por dias inteiros, como um credor decidido a recuperar seu débito, até o último centavo. Quando ela se vai, lamentam pelos mortos. Bebês que ela leva durante o sono e que são encontrados sem vida no fundo de uma ravina. Famílias que haviam construído uma frágil habitação numa região rebaixada demais, onde um curso d'água se forma em alguns dias, no qual elas se afogam, sempre pegas de surpresa pelas evidências. Uma criança grita do alto de uma mangueira em que tinha trepado para brincar. A árvore balança e cai no chão. A mãe sai de uma cabana de tábuas mal postas. Primeiro ela chora e treme, procurando o garoto perdido sob a densa folhagem. Ela esboça espontaneamente os passos da saudação aos mortos, a dança que serve para expulsar a dor. Primeiro ela maldiz com grandes berros o destino que esmagou o corpo de seu pequeno sob uma mangueira gigante. Depois, quando o encontra, ela bate nele com toda força. Não sabe se está vivo, mas ficou com muito medo de não voltar a vê-lo. Ele volta si aos prantos, e ela o leva de volta para casa. Como ele quis comer manga verde em vez de esperar a refeição da noite, como fizeram os irmãos, vai ganhar só pés de galinha e uma colherada de molho. Talvez ela nem lhe dê os pés, que ainda são saborosos demais para um cretino assim, mas somente a cabeça, que ele deve quebrar com seus dentinhos para tentar chupar um pouco do cérebro. Sim, a única vez que tem carne em casa, ele não vai poder comer. Assim, ficará um pouco em casa nos dias que vierem, se essa chuva selvagem ainda autorizar os dias a virem.

Ela tem razão, é uma chuva selvagem. As gotas me caem na cabeça como pauladas. Procuro abrigo e não ouso bater na casa de desconhecidos. Tiro minha batina e ponho-me a correr descalça no barro que é a terra tumefata, reduzida a uma papa. No ar quente e úmido, o cheiro de água estagnada apodrecendo nos pântanos afronta o fedor de um monte de imundícies, num duelo sem piedade. Não se sente mais o cheiro da terra molhada. Corro. Não tem abrigo em parte alguma. As casas daqui não têm toldo. Nesse bairro próximo ao rio, não há lojas. Nada além de casas de pescadores, contruídas sobre pilotis. As pessoas que as habitam sempre viveram aqui. Sombê e o resto do Mboasu foram contruídos às costas de suas choupanas, que permanecem lado a lado, como no dia em que seu ancestral Esossombê veio se instalar às margens do Tubê. É a mais antiga das populações da atual Sombê. E para todos que conhecem a cidade, o bairro deles não se chama Tongo, ainda que este seja o nome que lhe dão os mapas cadastrais. Para todos nós, aqui é simplesmente a "aldeia dos pescadores". Suas casas são trancadas com duas voltas da chave. As pessoas ficam presas. Não vivem mais em harmonia com os elementos. Eles, que outrora se diziam filhos da água e que não temiam nada que viesse dela, quer descesse do céu, quer subisse das profundezas insuspeitas da terra, agora se escondem atrás das paredes de toras de suas casas.

A água sobe rapidamente sob as palafitas instáveis que sustentam essas moradias. Se ela se revoltar de verdade, de nada adiantará eles terem se escondido. Ela põe para rolar todas essas cabaninhas, arrebentando-as nos rochedos cinzentos que margeiam o Tubê, e, de longe, veremos na superfície do rio apenas os argueiros de palha. Está chovendo e as gotas tamborilam no telhado das casas, no fundo das marmitas esquecidas fora das choupanas, nos galhos nus de uma árvore morta que se recusa a cair. Essa cadência de percussões desenfreadas guarda uma mensagem. Não há, no reino dos elementos, nenhuma fúria que não se justifique, mas nós não escutamos mais. Ouvimos e não compreendemos. Não tem abrigo em parte alguma. Fechados em suas casas, os pescadores só se preocupam com eles mesmos. Corro sem ver nada. Mal consigo manter os olhos abertos. Logo chego perto das margens do Tubê. Sinto meus joelhos se dobrarem. Desta vez vou arrebentar ou somente dobrar? Sinto que meus glóbulos afiam suas armas. A luta é para logo mais. Todo o interior de meu corpo será pego de assalto. Não posso mais dar um passo. Minha temperatura sobe de uma vez, e a chuva me esmaga. Protejo a cabeça com os braços, enquanto meu rosto se abate na lama. Ainda estou pensando. Mesmo que seja apenas para me imaginar inchando por causa da lama que me penetra lentamente as narinas. Ainda estou pensando, mesmo que seja apenas para considerar que eu não tinha previsto morrer assim.

Interlúdio: resiliência

Só restam alguns dentes frágeis em seu sorriso, mas ele é doce. Ela é pura doçura. Sua pele é amarrotada, mas cada dobra conta uma ação de graças. Os gestos são lentos. Para ter uma pele como a dela, é preciso ter visto os primeiros dias do século passado. Ela me acaricia o rosto. A palma de sua mão narra longos anos passados a semear, a pilar, a escamar, a acarinhar, a limpar, a recortar, a engravidar, a lavar, a ninar, a sangrar, a esmagar, a catar, a recomeçar sem fim. Ela nunca viveu em uma casa como a nossa, com sanitários. Talvez até ignore o que é a eletricidade, pois a primeira vez que viu os postes de luz de Sombê, pensou que fosse uma manifestação sobrenatural. Ela sorri, e ouço-a cantarolar uma canção, com um jeito um pouco mal-humorado porque a voz tremula. Não falamos. Seus olhos mergulham no fundo dos meus, e compreendo perfeitamente o que me dizem. Não é preciso ter medo. Ela me encontrou estendida, imóvel na entrada da aldeia dos pescadores. Levou horas, sob essa chuva torrencial, para me levar até ali. Ela carregou fardos na vida. Acontece que já não tem a mesma força... Enfim, a chuva nos deixou passar. Viro um pouco a cabeça e constato que estamos no interior de uma gruta, provavelmente sob a falésia que marca o limite do território dos homens. Ela vive separada da aldeia. Seus olhos estão no fundo dos meus, e compreendo que ela também é uma excluída. Ela continua sorrindo. Ela tem uma vida. Portanto, eles podem fazer o que quiserem agora. Ela faz com que eu me sente. Estou nua. Minha batina está sobre um galho enfiado numa das paredes terrosas da gruta. Está limpa. Nem sinal de lama. Nem a sombra da marca escura deixada pelo sangue de Vida Eterna. O sorriso me dá uma tigela. Nela há camarões e peixe assado. É tudo o que ela tem. É o que comi de melhor.

 Olho-a com atenção e gostaria de estar sorrindo também, que meus olhos dissessem "obrigada" em vez de chorar. É a segunda vez em pouco tempo. O que significa isso, mãe, quando glândulas secas desde a primeira hora se põem de repente a produzir tão abundantes secreções? Você nunca pôde responder às minhas perguntas. Há tantas coisas que você não me ensinou. Tento descobrir como viver, descobrir sozinha, mas é difícil. Você que deveria ter dito essas coisas para mim. Se você não tinha palavras, devia ao menos ter me mostrado como fazer, me dar o exemplo. Talvez você mesma não tivesse nada. Enxugo minhas lágrimas, pensando que preciso nadar contra a corrente, ir à fonte da sua existência para encontrar a origem do mal. Quero saber quem você é de verdade, o que você escondia na cozinha quando as suas irmãs vinham vê-la e você me mandava ir brincar no meu quarto. O sorriso me olha e eu enxugo minhas lágrimas. Lá fora, há um sol como nunca vi em todos esses anos em que não chorei. Enquanto eu cerrava os dentes, não via o sol. Enquanto eu me endurecia e me esforçava para não sentir o seu incompreensível rancor, cercava meus dias de escuridão. A luz era apenas uma palavra que eu lia nos livros que papai me dava, nos dicionários que decorava para que ele pudesse dizer aos amigos como sua filha era inteligente. Ele queria que eu fosse brilhante, para que o iluminasse. Por meio de minhas proezas e de minhas respostas rápidas, de certo modo era o seu próprio espírito que ele achava admirável. Nada disso podia ser meu. Devia vir de alguma parte, de um lugar que, com certeza, não tinha nada a ver com você. Ele queria acreditar que eu era dele, que tinha puxado ao lado dele.

Foi unicamente graças a mim que ele a manteve por perto. Se eu fosse burra, não se referiria a mim como "minha filha", mas como "sua filha". "Vá lá cuidar da sua filha", em vez de: "Vou ler uma história a Musango, minha filha". Talvez seja por isso que você me odeie. Por causa desse peito caído e dessas estrias, do sacrifício da sua beleza, que nunca foi grande o bastante para que ele a achasse digna de um batimento de coração. Ele a apresentava dizendo: "A mãe da minha filha". A mulher dele sempre foi aquela que se foi, que desdenhara dele, aquela que era esse sonho que ele sabia não poder nunca mais sonhar. Os homens desse país só amam as mulheres que não os querem. Querem dar tudo àquelas que desdenham deles. As outras os assustam com seu amor e as múltiplas exigências que eles pressentem em seus olhares, em suas esperas silenciosas, nas lágrimas que elas vertem em segredo e que deixam no cotidiano a marca visível do insatisfeito. Aquelas que os amam confrontam-nos com o impossível, com suas inaptidões. Elas foram ensinadas a pegar, não a dar. Portanto, esse desejo, essa esperança, essa paciência que perdoa as faltas e se conforma com o pior, tem alguma coisa que os apavora. Eles logo correm para fora de casa, para procurar qualquer coisa, para atordoar-se em braços que lhes oferecem apenas o calor efêmero das pulsões ordinárias. Eles pagam. É mais conveniente para eles. Nenhuma implicação emocional, nada além de um vasto território onde desdobrar a imensidão de sua vaidade. As mulheres de fora, aquelas com quem eles não se casarão, aquelas com as quais eles nunca viverão, ainda que tenham filhos deles, estão sempre na medida do que eles sabem de si mesmos: que não se amam o suficiente para ter o que quer que seja para dar, que a modernidade lhes furta a cada dia um de seus privilégios de direito divino, e que interiormente só lhes resta uma grande perda. Eles são um vazio a ser preenchido, uma alga frágil que precisa de um rochedo ao qual se agarrar, uma torrente de dúvidas a ser contida, uma onda de incertezas a ser barrada sem cessar. Eles não são feitos para as grandes apaixonadas, mas para as realistas, que sabem que sempre deverão de ter esses homens em conta, mas jamais contar com eles.

Você não é daquelas que vivem com homens porque eles precisam delas. Contrariamente a essas mulheres de aço temperado que admitem que o casal não passa de uma imagem social, você nunca conseguiu ter um amante, e provou-se inapta a tirar do papai a garantia do seu conforto, a se preparar para o dia em que ele não estivesse mais. Como fazem as outras, mãe? Todas aquelas que você queria imitar. Elas não se dão, elas se emprestam, e cobram juros usurários. Uma vez que esses senhores voluntariamente se resumem a suas contas bancárias, uma vez que eles próprios se definem por seu belo carro, uma vez que suas relações sociais elevadas os determinam, e uma vez que está fora de questão eles deixarem entrever o que quer que seja de íntimo, muito bem, então que mostrem um pouco o que valem esses atributos todos: que eles paguem. Elas não são estupidamente venais como se pensa. São o que eles pedem, o perfeito *alter ego* do macho de papel. Papel-moeda, claro. O amor, é em outra parte que elas o procuram e encontram. Quando seu homem sai para espalhar sua semente, elas põem no mundo, sob seu teto, o filho de um jovem vagabundo que não tem onde cair morto. O esposo não diz uma palavra. Não pode declarar: "Não é meu filho, faz meses que não toco em você". Não ousa pedir aos berros: "Um teste de paternidade, faça um teste de paternidade... Minha mulher está dormindo com outro". Ele reconhece esse filho como sendo dele. As mulheres de Sombê, com certeza, sabem perfeitamente como tratar seus homens. Mas você, mãe, a que espécie você pertence, e por que não pôde, como elas, levar seus cálculos ao termo? Você bem que tentou entrar na dança, aprender esse *pas de deux* que é o toma-lá-dá-cá. Mas você parou no meio do caminho, pensando que seria suficiente dizer a ele: "É sua filha", tecendo você mesma a trama de sua exclusão. Ele fingiu acreditar em você. Era um jogo. Ele não deixou nada para você. Fui filha dele apenas enquanto lhe interessou. Tomando posse total dessa paternidade que você lhe ofereceu, ele se pôs entre nós. A atenção que dedicava a mim era tirada de você. Para ele, você era apenas a minha sombra, a mulher que teve o privilégio de acompanhar a vinda ao mundo de uma menininha tão excepcional. Ele aceitou minha doença, nunca me censurou por isso, como você, que temia que eu morresse e a sua presença se tornasse um peso. Ele não tinha nada a perder. Se esse mal me levasse, faria somente descer a cortina sobre o palco. O teatro terminaria, deixando-lhe o amargor de seus dias, a interrogação muda que palpitava em cada diástole, em cada sístole de seu coração: "O que esse guianense pode ter que eu não tenho? Um maconheiro, um vagabundo que nem diploma tem... Você fala de um artista! Nunca vi a cara dele num cartaz, desse rapaz aí...". Ela não partiu nos braços de John Coltrane, mas partiu; e não voltou, como ele esperava, destruída por uma vida de miséria, para ajoelhar-se diante dele e dizer: "Perdoe-me, eu suplico". Talvez tenha preferido morrer de fome a voltar para esse homem que ela não escolhera. Suas costas irremediavelmente viradas faziam-na soberana no coração dele, até que Deus o chamasse para junto de si ou o diabo o carregasse.

O sol está alto no céu. Envia seus raios para visitar o fundo da grota. A velha mulher faz sua sesta. De tempos em tempos, ri docemente. Seu corpo filiforme está estendido sobre uma esteira de ráfia no chão, e seu sono parece tão pacífico como se repousasse sobre algodão em rama. Crianças vestidas com uma camiseta ou uma cueca — em função da parte de sua anatomia que estimam dever preservar dos olhares — aparecem na entrada da gruta. Estão armadas de pedrinhas brancas, que devem geralmente jogar na velha senhora. Elas recuam ao me ver. Levanto-me para olhá-las fugir numa corrida estranha. Seus pés são espalmados. São os filhos dos pescadores. Conhecem melhor a água que a terra firme. Nadam como peixes, mas não correm em linha reta. Vejo-os ziguezaguear na direção das choupanas sobre pilotis e ouço-os gritar: "A comedora de almas não está mais sozinha! A comedora de almas tem um espírito na casa dela! Sim, uma menina nua que a gente nunca viu! Ela deve ter vindo das profundezas marítimas...". Ela abre os olhos. O sorriso ainda está ali. Ela se levanta para observar as crianças. Algumas se voltam. Ela lhes faz uma careta e ri às gargalhadas, enquanto as pedras que elas jogam com seus estilingues não a acertam. Ela sai para catar as pedrinhas brancas e alinha-as com outras, uma quantidade de outras que formam uma boneca feita no chão escuro do fundo da gruta, lá onde ela guarda as ervas secas e as pimentinhas verdes com que incrementa sua comida. Ela me olha, os olhos risonhos, e diz: "Eles nem sabem mirar". Eu pergunto: "Então você sabe falar?". "Mas claro", diz ela, "sou mais velha que você! Como iria ignorar alguma coisa que você sabe?". Então eu afirmo saber de coisas que ela certamente ignora. "Sim, sem dúvida", diz ela, "mas quais dessas coisas permitem que você entenda o mundo e as criaturas que a cercam? Você está cheia de cólera, menininha, mas a cólera é vã. Não faz passar a dor". Quando pergunto o que faz passar a dor, ela levanta os ombros e suspira: "Isso depende do que a causou. Depende também da capacidade de cada um de lhe dar uma outra cara. Você está vendo, é a minha dor que está aqui no chão. Está no chão e não mais em mim. Não me prende mais em seu cerco". Ela se aproxima da boneca e vai apontando as pedras: "Aqui são as pedras do apedrejamento, da rejeição, da injustiça. Tudo isso não passa de uma forma no chão, que às vezes tenho prazer em contemplar dizendo para mim mesma: 'Você é poderosa, mulher, porque pôde anular a raiva fazendo dela essa figura inofensiva e cativante'. Olho para estas pedras brancas e fico em paz. Fico inteira". Então eu pergunto: "Mas você é feliz?". "Sim, sou", diz ela docemente, "cada vez que a melancolia me deixa, sou feliz. A felicidade vai e vem. Não se pode prendê-la. É uma grande viajante". Sento-me em posição de lótus na frente dela. Ela tem os olhos amarelos como nós, mãe, e as faces cavadas. Minha batina ainda está pendurada na parede. Não tenho pressa de vesti-la. Pergunto à velha senhora por que a chamam de comedora de almas. Ela responde: "Foi o que encontraram para expulsar as velhas inúteis. É a minha aldeia, lá atrás". Ela faz um gesto indicando atrás da gruta, como para apontar através da parede as poucas choupanas sobre pilotis cujas fundações o Tubê acabara de fazer mofar. "É a minha terra, e o povo é o meu. Antes, eu era respeitada. Tinha um marido e filhos. O tempo me tirou meu homem e a doença me arrebatou meus três filhos. Disseram no hospital que era uma nova doença e que não tinha remédio. Enfim, meus filhos morreram um depois do outro. Interrogaram as ondinas, para saber a causa de tantos felecimentos na mesma família. Parece que elas responderam que era uma mulher próxima dos mortos que havia comido a alma deles". Ela sorri e acrescenta: "Acredite se quiser, não tenho ideia do sabor das almas. Queria pelo menos saber que gosto têm, já que foi por ter devorado tantas que fui expulsa". Agora ela está rindo. Eu também, e é a primeira vez que rio de boa vontade, não para agradar. É a primeira vez que chego tão perto do que é a alegria. Aqui, na toca de uma devoradora de almas. Pergunto se ela não acredita nas ondinas. Ela responde que sim, claro. Só não acredita naqueles que acham que ela comeu a alma dos filhos e do marido. Ela deixou a aldeia, pois era isso que eles pediam. Instalouse ali, no ventre aberto da terra, ali onde o rio lhe bate nos flancos e onde para pegar um peixe só precisa se abaixar. De que mais ela precisa, além de comer quando tem fome e de se recordar? De todo modo, ela não tinha vontade de morar entre as pessoas que a haviam maltratado. A boneca que está ali parece nos olhar. Reparo que ela representa uma mulher cujos braços longos se confundem com os cabelos de pedra que lhe chegam à cintura. Sua boca é um seixo achatado e cortante, a única pedra cinza do conjunto, sem dúvida lançada por uma mão raivosa, para machucar. "As pessoas daqui sofrem", diz ela. "Elas têm medo. Então, precisam encontrar gente menor que elas, mais fracas, para pisar. Estar em condições de causar sofrimento a alguém, isso conforta!".

Ela se cala e volta a ser esse sorriso que dispensa palavras. Não precisamos mais falar. Ela não me pergunta por que estou aqui, por que ela precisou me tirar da lama, como uma coisinha que tivesse caído no chão sem que se notasse. Ela não pergunta e eu não respondo. Ela acaba de me mostrar onde encontrar a chave, como tirar os últimos ferrolhos que ainda me mantém longe da liberdade. É isso que desejo, agora eu sei. Quando falo de viver minha vida, trata-se de me sentir livre. A chave está escondida debaixo da cólera, debaixo desse peso morto que carrego comigo por toda parte, debaixo desse ar de bravata que pretende rechaçar essa verdade que aqui ninguém nunca diz: "Me sinto mal. Não entendo o que está acontecendo comigo, e essa incompreensão me causa ainda mais sofrimento que os acontecimentos em si mesmos. Não suporto mais essa obrigação de me calar que me é imposta...". Nomear a dor para poder expulsá-la, tal é a lição que você não me ensinou, porque não aprendeu. Quero perdoá-la, mãe, e aceitar que é você a menininha perdida que nunca cresceu. Quero perdoá-la, e subir com você o rio caudaloso dos seus sofrimentos de criança. Fecho os olhos e encontro a casa de Embenyolo, aquela em que você cresceu e da qual tem tanta vergonha. Empurro a porta e digo: "Sou Musango, a filha de Ewenji". Fico onde encontro um lugar, olhando os ocupantes dessa casa. Escrutando os rostos deles, é o seu que vejo. Você não é mais a violência descontrolada de palavras e atos. Você é como antes. Antes de conhecer o papai, antes de me pôr no mundo, antes mesmo de saber dizer este nome: *Ewenji*. Agora sei por que você não pode me amar. Sei de tudo que você precisou e não recebeu. Sei o que é não passar de uma boca entre uma multidão de outras para alimentar, e não uma pessoa. Sei o que é precisar do olhar da mãe, de suas palavras e gestos para existir. Sei mais precisamente. A casa de Embenyolo me mostra, na linguagem simples da estrita realidade, a força motriz dos crimes perpetrados, não contra a sua filha, mas contra a sua própria carne. Pois é isso que sou, mãe, sua carne. Quer eu queira, quer não. A água do rio me mostra um rosto que se parece com o seu. Os olhos amarelos, as faces cavadas. Jamais poderia fazê-la sair de mim. Essa cólera é vã. Quero jogá-la longe, como um escravo se desfaz de suas correntes. Você não será mais, mãe, essas formas da mágoa que povoam minha solidão e minha obstinação em ser uma pessoa. Não será mais necessário lutar contra você para me construir, para ter uma vida para mim. Eu tenho a minha vida. Desde o primeiro dia, e mesmo sem sabê-lo. A despeito dos silêncios coléricos do longo mal-entendido que nos isola uma da outra e nos apoia uma na outra, já vivo a minha vida. Pela manhã, deixo a gruta. A velha senhora se levanta para andar um pouco comigo na manhã brumosa. O ceu está cinzento. As cabanas dos pescadores ainda estão fechadas. Eles se escondem e se calam, como no dia em que vim para cá. A velha me diz sem falar: "Você se lembrará de mim, não é? Eu me chamo Musango. Sempre pensarei em você. Obrigada por ter-me conhecido". Ela sorri. Não a vejo mais.

A chuva cessa. Meu rosto ainda está na lama, e as choupanas construídas sobre pilotis abrem aqui e ali uma janela. Ouço-a ranger, bater ao vento. Ouço falarem também, saírem aos passinhos. Pés como ventosas se agarram à terra úmida. Estão nus e espalmados. Aproximam-se de mim, olham-me. Estou morta? E, aliás, quem sou eu? É isso que se perguntam. Não me tocam. Não se inclinam de fato sobre mim. Apenas ficam ali, esperando para ver. Levanto-me enlameada e ancilosada. Parece que dormi. Por uma vez, dormi e viajei em mim mesma. Vi todos os meus rostos: Musango, a menininha; Musango, a velha quase desdentada. Vi-me sorridente e apaziguada. Sou mais em meu interior que uma chuva de lantejoulas vermelhas e brilhantes. Sou mais em meu interior que o pó de ossos e essa implosão constantemente a ponto de acontecer, por causa desses glóbulos em forma de foice que são minha herança. Há mais em mim que essa metralha sanguínea, essa malformação que diz que sou diferente demais para encontrar um lugar para mim na terra dos homens. Meu lugar é onde estou, onde eu bem quiser. Levanto-me e ando até o rio, onde sei que há uma gruta. Quero dormir mais. Nada mais me apressa. Quando acordar, comerei peixe e camarão. Os filhos dos pescadores me deixam avançar. Sei que eles pensam que não sou real. À noite, falarão de mim para os pais. Dirão que sou grande, branca, que meus pés não tocam o chão. Os pais confirmarão que venho das profundezas marítimas, que eles fizeram bem em se manter à distância. Sorrio para eles de longe, voltando-me. Eles não estão com seus estilingues. E, de todo modo, não sabem mirar. Ninguém me pegou até agora. Nem Sessê, nem a guerra, nem a doença, nem a rua, nem a casa escondida no fundo da mata. Tenho uma vida há mais tempo do que pensava.

Em frente à gruta, junto pedrinhas brancas. Elas são lisas. Os séculos as poliram. Talvez já estivessem aqui no primeiro dia do mundo. Encontro um seixo achatado, cinzento e cortante. O interior da gruta é seco. Ali reina um calor doce, e eu choro sem tristeza, desenhando no chão o adeus à minha dor. Se escrevesse livros, seria com palavras. Traçaria adeuses poéticos à cólera que por tanto tempo secou minhas lágrimas. Jogaria sobre o papel um sudário sintático que cobriria de uma vez por todas o sofrimento de não ter sido amada por minha mãe. Mas não escrevo, ainda que tenha as palavras na cabeça. Conheço apenas o silêncio que suspira ou berra entre duas batidas do tambor. Conheço apenas a espessura das formas que não devem mais ser disfarces, máscaras, mas a face revelada de nossos dramas interiores. Portanto, fabrico essa boneca no chão para lhe confiar todos os meus dias privados de luz. Eles passam, e eu fico. Tiro a batina para lavá-la no rio. A lama se vai, o sangue de Vida Eterna também. Tudo passa. Deito-me. Não estou com fome. O seixo cinzento e cortante forma um círculo na parte inferior do rosto da boneca. Parece que ela exclama de deslumbramento. Tem os olhos fechados para se ver por dentro, para saber quem ela realmente é, sem recorrer aos oráculos dos videntes, aos murmúrios das ondinas, às orações dos falsos pastores. Cantarolo uma canção de Musango, a velha, pensando em todos aqueles que foram expulsos porque os tempos são duros e não sabemos como enfrentá-los. Enquanto estou aqui, as crianças fuçam as lixeiras de Sombê. Seus pais fingem dormir quando a noite cai, mas assim que os olhos se fecham, veem-se cara a cara com sua vergonha. Então vão rezar no dia seguinte, por uma salvação que nunca virá. Enquanto estou aqui, a ofensa feita a si mesmo se perpetua, e paga-se o dízimo como se abrem as veias, e entra-se em transe para se extirpar do mundo. Ele continua girando, deixando-nos fingir de mortos, e sem rir. Nosso povo não pariu repentinamente uma geração de serezinhos malévolos, e muitos dos demônios só existem no fundo de nós mesmos. Acreditamos que isso acaba tomando os corpos e os devorando. Acredito profundamente, mãe. Não nas alegrias artificiais que batem com pés e mãos sob as abóbadas dos templos ou sob a luz fosforescente das boates, ou, de acordo com a sensibilidade, procuram até mesmo o delírio. Acredito no autêntico prazer de viver a alternância entre a melancolia e a alegria, e acredito que a miséria seja uma circunstância, não uma sentença.

Segundo movimento: geração

A cidade ficou sendo a lembrança fugidia do que tentava ser antes do conflito: um lugar onde viver e trabalhar. As construções destruídas pelas batalhas, pelos motins e pilhagens decorrentes da guerra se mantêm como podem, arrombadas, queimadas, dirigindo, como os homens, súplicas vãs ao Céu. Os sulcos deixados pelas rodas nas ruas afundaram visivelmente. As pilhas e montes de lixo aumentaram. Os habitantes de Sombê são duas vezes mais numerosos do que antes. A guerra arruinou o interior. Os lavradores viram seus campos devastados. Aqueles que não deixaram o país se aglutinaram na barriga da cidade, onde agora pululam como vermes gigantes. Eles se agarram a cada centímetro da pele desta cidade, cujos poros entupidos não respiram mais. Vieram na esperança de juntar migalhas de vida, mas os citadinos já as haviam pegado. Fatigados pela viagem, desprovidos, ficaram por ali mesmo, desertados pela esperança, instalados para sempre numa espécie de apneia. Um clarão furtivo de consciência os empurra na direção das Portas Abertas do Paraíso, aonde também vão algumas personalidades, para pedir a Deus que opere os milagres que relata o Livro. Que o maná chova de novo, e que Ele faça Seu povo sair desse cativeiro que forjou para si mesmo. Que Ele incendeie as sarças e faça ouvir a Sua voz. Uma voz atroa, justamente nas ruas, vestida de branco, a cintura envolvida por uma larga faixa de algodão azul e os pés calçados com essas sandálias rasteiras a que chamamos "solas de Jesus". Armada com um sino e um chicotinho, a voz fende a multidão dos descrentes. As mulheres vestidas de saias curtas ou calças recebem dela um golpe seco de bengala. Que vão logo esconder essa carne imunda de que o Criador as fez, Ele, que podia muito bem reduzi-las a gás. Elas seriam de éter ou azoto, se Ele quisesse. Pergunto-me quem vai livrar o Eterno das religiões, enquanto a voz se sobrepõe aos rumores da cidade. Cita trechos que as almas enfraquecidas pela fome escutam e entendem como podem: "Guardai-vos cada um do seu próximo, e de irmão nenhum vos fieis; porque todo irmão não faz mais do que enganar, e todo próximo anda caluniando".[14]

A voz caminha pela cidade. Pouco importa seu rosto. Ela é o espectro que todos abrigam no mais profundo de si, o pretexto para o ódio. Poderia ser Coluna do Templo. Não é ele. Não é ninguém que eu conheça, e são todos que conheço. Aqueles que roubam o espaço que é nosso. Os passantes retêm o som da voz. Conservam no coração a estranha

---

[14] Jeremias 9:4.

injunção: desconfiar de seu irmão, mais do que protegê-lo. Caminho ao longo do muro da prisão de Sombê. É próximo ao bairro administrativo da cidade. O muro é alto. Não se vê nada do exterior. Apenas um pedaço de telhado. Não se vê nada, mas se ouve. Gritos como rugidos. Longos soluços, queixas infinitas. Lá dentro se morre antes de se ter vivido, e os pregadores recitam suas ladainhas. Nenhuma piedade pela longa miséria dos ladrões de galinha encarcerados. Nenhuma compaixão pelo grande tremor dos toxicômanos em abstinência, que erraram a mira e foram presos. Fora, na poeira, há latas de cerveja, embalagens de doces e espinhas de peixes. O comissariado principal não está longe. Uma menina muito jovem encurtou a saia de seu uniforme. A barra bate abaixo das nádegas, e nada indica que ela esteja usando calcinha. Abriu os três primeiros botões da camisa. Seus seios não passam de dois gominhos secos, mas não faz mal. Talvez ela vá ao colégio à tarde. Por ora, trata-se de arranjar dinheiro para pagar suas roupas, um novo par de sapatos. Ela avança com passos determinados na direção de um lugar qualquer onde passem carros. Nós devemos ter a mesma idade. Suas sandálias gastas estalam no chão e engolem a poeira que se insinua entre o couro falso e a planta de seus pés. Ela não sente a agressão dos grãos de areia. Apenas caminha até o fim da rua, onde sua infância se perdeu antes de desabrochar.

O comissariado principal de Sombê é um prédio amarelo, recentemente pintado, para indicar que a segurança é novamente uma prioridade. Fica ao lado do prédio da Caixa Nacional de Previdência Social, que na realidade nunca previu e não tem nada para dar aos indigentes, que são a imensa maioria dos moradores da cidade. As assistentes sociais vêm trabalhar todos os dias para se lembrarem de que têm uma profissão. Não são pagas desde tempos imemoriais, e se por ventura as somas destinadas à população forem liberadas, elas primeiro retirariam do montante a parte delas. De tempos em tempos, uma delas sai para falar com a multidão que faz fila em frente ao prédio. Ela diz: "Não há nada aqui. Nem auxílio financeiro, nem bens alimentícios. Vão comer hambúrguer no Boogie Down!". E depois volta para o escritório onde não há mais nada a fazer além de contar as moscas, que sempre encontram o que comer. A multidão não se mexe. Os bebês choram e as pessoas protestam brandamente. Dizem algo sobre os direitos humanos: habitar, comer, esperar. Tudo lhes é proibido. Eles ainda ficam um pouco. Logo se vão. Vão ver em seu velho casebre se encontram um bem qualquer para vender. Entro no comissariado por uma porta verde-escura cuja pintura recente tem um brilho de esmeralda bruta. Os escritórios estão fechados. Estamos no meio da manhã e ninguém chegou ainda. Não há por que se apressar para trabalhar. No pequeno saguão — onde há duas mesas cujos pés foram calçados com um pedaço de jornal porque não têm o comprimento certo ou porque o chão é desigual —, há apenas uma jovem vestida com uma saia azul-marinho e uma blusa azul-celeste. Não é uma faxineira, mas uma agente da polícia, embora nesse momento esteja trepada num banquinho para limpar o alto dos armários, que está transbordando de dossiês mal arrumados. Cumprimento-a. Ela se volta e me olha. Desce para se aproximar de mim. Digo que gostaria de ver o comissário Djanea. Ela me responde com uma voz cansada, que sai com dificuldade, como uma câmara de ar furada. Diz que o comissário Djanea não está, que não ficará mais naquele lugar e não terá mais o título de comissário. Pelo menos, não em uma cidade tão importante quanto Sombê. Digo a ela que é impossível, que o vi na semana passada, que ele estava a ponto de desmantelar uma rede de proxenetas.

Os olhos da jovem se franzem e sua cabeça recua um pouco, enquanto o corpo gorducho permanece estático. Parece uma enorme marionete apenas com o pescoço articulado. Ela me pergunta como sei disso. Respondo que foi o meu testemunho que informou o comissário, durante um ofício religioso no Soul Food. *"Menina"*, ela me interrompe com sua voz que não passa de um sopro, "a sua semana passada remonta a 21 dias... Escute, o comissário foi mandado embora por causa dessa questão. As pessoas que ele acusava de tráfico humano são os pastores de uma igreja do despertar frequentada por gente importante aqui de Sombê. Meu conselho é que você não fale mais nessa história". "Mas", digo a ela, "eu posso levá-los ao lugar onde ficam detidas as futuras prostitutas...". Ela faz um gesto com a mão, como para dizer adeus, e seus dedos curtos fazem um barulho de hélice no ar. "Não quero mais ouvir. Cuide dos seus problemas, você ainda é pequena. Agora, saia daqui. Meus colegas não vão demorar, e você terá problemas se eles a ouvirem contar sua história". Ela me dá as costas e sobe de novo no banquinho. Seus joelhos estalam e ela geme baixinho. O banquinho balança. Ela se agarra num armário até ele se estabilizar e vira-se para mim: "Mas eu não lhe disse para sair?". Afirmo que quero fazer uma declaração, que a polícia não pode esperar que Nyambey se encarregue das questões que concernem a ela, que os cidadãos do Mboasu têm direito de recorrer à ajuda daqueles entre eles que... "Eu vou bater em você, hein! Acabei de lhe dar toda ajuda que posso, e você ainda está aí me dando lição de moral. Você acha que estamos em condições de ter moral neste país? Pela última vez, saia daqui depressa!".

Meus olhos cruzam a irritação que queima nos seus, enquanto ela desce prudentemente do banquinho. Não espero ela chegar até mim. A rua me acolhe de novo, pois não recusa ninguém. Caminho sem escolher uma direção precisa, dizendo para mim mesma que Luz e Dom de Deus sem dúvida têm ajuda de gente importante. É molhando a mão das pessoas certas que eles se safam. Atacá-los é pôr em perigo aqueles que os apoiam. E, além disso, depois de ter dado os cabelos e as unhas a esses homens, as meninas não os denunciarão. A justiça dos homens é tão pouco confiável, e o poder do oculto tão temível... Minha coragem fraqueja. Não encontrará eco em parte alguma nesta terra.

Meus passos me levam para frente da minha antiga escola. Paro. O sinal toca e as crianças vão sair correndo. Carros de quatro portas com ar-condicionado, *scooters* Vespa e veículos utilitários já estão esperando ao longo da calçada. Um vendedor de amendoim pela, com uma mão destra, suas sementes torradas. Elas têm a casca púrpura, um pouco esbranquiçada pelo sal derramado em profusão na frigideira onde ele as torra. Há tanto tempo que não como esse amendoim. Eu comprava aqui mesmo, antes de o papai vir me buscar na escola. Ele me proibia de comê-los, como me proibia toda comida feita na rua. Ele sempre se atrasava um pouco, então eu comprava os amendoins. Só de ver o vendedor, sinto o gosto do sal em minhas papilas. Depois de pelá-las, o homem lança-as no ar, com um gesto amplo, mas firme. Só as cascas voam e aterrissam no chão, enquanto os amendoins que acabaram de ser erguidos caem pelados no fundo da frigideira. É todo um espetáculo, e os clientes se aproximam. Pelo preço que eles oferecem, o homem serve os amendoins embrulhados em jornal. A lata que usa como medida tem o fundo deformado, amassado de propósito para lhe diminuir o conteúdo. Todo mundo sabe. Ninguém se incomoda. No seu lugar, fariam a mesma coisa. As crianças saem como uma nuvem de gafanhotos. Atravessam correndo o espaço que separa as classes do portão de entrada. Os carros buzinam. Eles aceleram e se veem de novo presos nessa via estreita. Vai levar horas para sair daqui, principalmente por causa dessa caminhonete com motor recalcitrante que não consegue avançar. Garotos esfarrapados surgem do nada para oferecer ao condutor confuso: "Patrão! Quer que empurre?" Eles vão empurrar, claro. Por algumas moedas. Se ele não pagar, a próxima vez que vier, vão furar seus pneus. Nem pensa em discutir. Os outros buzinam e xingam. O sol urde pacientemente essa enxaqueca cujo segredo ele detém, e os canos de escapamento tossem nuvens opacas. O ar está irrespirável. Os carros desaparecem como por encanto, depois de uma meia hora de uma algazarra cujos ecos a rua guarda por um tempo. Crianças que ninguém veio buscar voltam para casa a pé. Aqui, os alunos almoçam em casa e autorizam-se uma sesta antes de retomar as atividades. Os que não voltam para casa porque ninguém os espera ficam em pequenos grupos nos restaurantes de rua. Comem todos os dias a mesma coisa, bolinhos ou arroz, tudo coberto de gordura. Alimentar-se é uma necessidade, raramente um prazer. Quando as aulas recomeçam, a gordura lhes cai no fundo do estômago, tapando seus ouvidos e fechando seus olhos. Parece que são idiotas, lentos da cabeça. Repetirão de ano com determinação e as pessoas vão lastimar essa estúpida insistência em querer alçar-se até o diploma. Os dedos da mão teriam o mesmo tamanho se os humanos tivessem sido criados iguais. Portanto, ninguém vai se preocupar de fato com mindinhos muito ambiciosos.

Uma palmeira me oferece a sombra de sua folhagem em frente à escola quase deserta. Os professores primários se enfiaram no meio da multidão de alunos e pais. Só a diretora ainda caminha pelo pátio, as mãos enlaçadas às costas, o cabelo curto e a sobrancelha franzida. Ela inspeciona o lugar, a escola que ela fundou começando por uma única classe na sua varanda. Eu não pertenço a essa primeira turma de crianças escolarizadas no maternal e instruídas na época por professores vindas da França. Cheguei muitos anos depois. Quando sumi, estava no 7º ano.[15] As professoras brancas haviam voltado para o clima temperado de seu país e eu não as conheci. Tudo o que vi foram os ditados surpresa, o cálculo mental a toda velocidade e a promessa do chicote ao menor desacerto. Amei apaixonadamente a escola, que me permitia fugir de casa, onde o seu rancor acompanhava o amargor do papai, onde eu precisava me submeter a você e ao mesmo tempo iluminá-lo. Não éramos uma família, apenas três solidões dependentes uma das outras. Às vezes, quando eu estava acamada, ia à escola em imaginação. Recitava para mim mesma as fábulas de La Fontaine e as lições de história que falavam do tráfico de negros e da guerra de independência. Nos livros, as imagens ingênuas representavam os antigos chefes da costa do Mboasu, os ancestrais dos atuais pescadores de Sombê. Estavam vestidos de saias de ráfia, os olhos exorbitados diante dos baús de pérolas de vidro, ou se miravam estupefatos num vidro de moldura feita de prata falsa. Não muito longe, viam-se homens em fila indiana, nus e acorrentados uns aos outros. Mulheres os acompanhavam, seus seios pontudos não conseguiam mascarar a tristeza. Algumas páginas mais para frente, podia-se mergulhar nos séculos posteriores e descobrir o tempo em que a África Equatorial Francesa honrava de todo coração a pátria, oferecendo a um general sem exército sua força e seu sangue. Depois, o general desertou. Quando aqueles que haviam salvado a sua pele quiseram se tornar seus irmãos e não mais seus vassalos, ele se indignou. Mandou um de seus capangas fazer a caça aos independentistas. O capanga e sua equipe trabalharam com fervor. Os independentistas

---

[15] Nas escolas francesas, o 7º é o último ano da escola primária, frequentado por alunos de 10 a 11 anos de idade. A seguir, vem o 6º ano, o primeiro do ciclo denominado *collège*, que dura três anos e, portanto, deve ser concluído quando os alunos têm 15 anos. [N. da T.]

foram mortos, seus restos devorados pelos cachorros, depois arrastados pelas ruelas dos bairros populares. O povo deveria assim aprender o preço de querer fraternizar com a raça superior. Às vezes, os cadáveres dos insubmissos eram castrados. O sexo enfiado na boca como um charuto — a isso eles eram expostos. O povo entendeu. Os que não queriam um Mboasu independente tomaram o poder. Ainda estavam lá. Para mim, eram apenas histórias. Estavam nos livros, como as palavras do dicionário, unicamente para me preencher o espírito com algo que não tivesse relação com o empenho que vocês, papai e você, dedicavam a serem tão infelizes juntos. Não terminei o 7º ano. Não me apresentei no concurso nacional de entrada no 6º ano, que determina, para os alunos das escolas públicas ou privadas, a admissão no *collège*. Mesmo inseridos na modernidade, não nos permitimos a passagem de uma classe etária a outra sem provações. Precisamos de ritos, diversas iniciações. Fazemos tudo isso, e não aprendemos nada a mais que os outros. Aliás, sabemos disso. Por trás da fachada, por trás das longas listas com o nome dos aprovados, é o tutu que fala. Paga-se a entrada no 6º ano, e se pagará tudo o que o dinheiro puder oferecer. Portanto, quase tudo, mas unicamente para aqueles que têm. Os outros, que se lembrem apenas que os dedos da mão não têm o mesmo comprimento! É isso, a única justiça. A ordem natural das coisas. A vontade de Deus. Fecho os olhos para não pensar em mais nada, para fazer um pouco como se eu não estivesse aqui, nesta rua, como se não soubesse que era hora do almoço e não me lembrasse mais de minha última refeição. Fecho os olhos e ouço as formigas que sobem pelo tronco da palmeira. Elas não pensam em me picar, atraídas pelos tesouros que guarda a árvore: despojos de insetos, restos vegetais, coquinhos de palma carnudos e gordurosos. Em alguns minutos, volto a Ilondi, na escuridão e no desconforto da cabana perdida no fundo da mata. Aquilo era uma prisão ou um refúgio? Enquanto meu estômago gorgoleja, não sei. Lá eu não era livre e não era nada. No entanto, comia. Ninguém me batia. Eu não era nada menos que as outras, e se às vezes me parecia ter algo a mais que elas, era porque essa presunção que não me abandona me obrigava a inventar um horizonte. Você era a hachura permanente, a barra que eu precisava serrar para chegar à vida. Essa batalha de cada instante ainda me prendia no limiar do seu corpo. Pretendia afastá-la, e me prendia a você. A distância que procuro está longe dessas lutas. É um deslizamento, mais que um rompimento. Deslizo para fora, mãe, para vê-la como você é, e não para negá-la. Mais do que nunca, procuro o seu rosto. Em nosso corpo a corpo, distingui apenas traços aumentados pela proximidade. Faces cavadas. Olhos amarelos. Falta-me ainda a curva de seus lábios e a aresta de seu nariz, a altura de sua testa, que me instruiria sobre o fundo dos seus pensamentos. Fecho os olhos e não vejo você. Há apenas os seus vestidos, como uma boia colorida cada dia por uma tinta do arco-íris. Nem mesmo sinto seu cheiro. Nem o de dentro, quando você me carregava, nem o de depois, quando, mesmo contra a sua vontade, você precisou me embalar.

O vento canta nas palmas uma ária rouca, um ritmo mal arranjado. É a tonalidade do mar no oco das conchas, mas sem a sua doçura. Esse vento tem raiva. De repente fica frio, frio como podemos conceber aqui. Não me mexo um centímetro, mas estão pensando em meu lugar. Estão pensando em voz alta, para me dizer as palavras que meu espírito refuta quando meu corpo sente as evidências a que elas se referem: "O que você está fazendo aí, Musango? Não vê que a chuva está chegando? Não posso acreditar que seja você, vestida desse jeito ridículo! Vamos, levante-se, venha comigo". Uma mão firme me faz ficar de pé e me arrasta para dentro dos muros da escola, num canto do pátio onde fica a casa dela. É a Sra. Mulonga, a diretora da escola. Ela diz que me viu de longe e que lhe pareceu conhecer esse rosto, então saiu. Mais ninguém conhece meu rosto. Sigo-a como um afogado procurando a superfície da água, o fôlego que ele não conseguirá reter para se salvar. Ela diz que me procuraram em todo lugar. Que, primeiro, quando viram que eu não voltava para a escola, pensaram que eu estivesse doente. E depois, isso durou mais tempo que de costume, e meus pais não vieram perguntar das lições que eu tinha perdido. Então eles ficaram preocupados. Foram até nosso domicílio, o que não se faz nunca, a fim de manter relações impessoais com as famílias, pois o papel da escola é transmitir o saber, não se misturar com o cotidiano. A casa estava fechada e o vigia disse que nada sabia de mim. Eles deram meia-volta, pensando com tristeza que certamente este país tinha devorado mais um pedaço de seu futuro. E depois, um dia, quando não se pensava mais nisso, porque é assim que as coisas são, viram você em frente à escola. Era o horário da saída. Meio-dia. Você esperava com os outros pais, como num dia comum em que eu estivesse lá. Isso surpreendeu muito, porque eu não estava lá, e porque nos dias comuns nunca era você que vinha me buscar. Você estava usando um vestido azul, cuja cor mais se adivinhava do que se via, de tão desbotada. Seu rosto parecia ter secado e seus lábios tremiam. Você ficou lá, imóvel, depois que todo mundo partiu. Ficou debaixo de uma palmeira, como eu. A Sra. Mulonga aproximou-se de você para perguntar: "Ewenji, o que você está fazendo aqui?" Você respondeu: "Devolvam a minha boneca preta. Ninguém queria uma boneca preta, mas só me resta ela. Devolvam a minha boneca preta!". Pensou que você talvez estivesse falando de mim. Então murmurou: "Há muito tempo que não vemos Musango na escola". Você não quis entrar para tomar um lanche. Estava com pressa. Ela não ousou segurá-la. Pensou por um instante que você era uma aparição, que ela estava ficando senil. Depois, ouviu de novo falar de você: "Minha filha frequenta A Porta Aberta do Paraíso", disse a Sra. Mulonga, "aquela casa de loucos que só pode ser a ante-sala de um abismo ainda mais profundo do que aquele em que nos afundamos há anos. Ela viu a sua mãe. Mas espere. Minha filha vai lhe dizer pessoalmente. Sente-se aqui, vou ver se não atrapalho as constantes meditações dela". Ela vai em direção a um corredor, deixando-me sentada e muda na sala de estar. A Sra. Mulonga também continua a mesma. Suas ancas alargaram e seu cabelo branqueou, mas ela continua tão tagarela que não precisa de interlocutor. Ela fala e a gente escuta. Sempre foi assim. Uma grande janela envidraçada abre a sala para o pátio. O vento faz voarem folhas mortas e gravetos, que vêm se jogar contra o vidro. Parecem dedos fracos que quebram desesperadamente as falanges para que lhes abram a porta. Algumas gotas d'água ainda esparsas caem do céu e molham a poeira, como cusparadas minuciosamente lançadas na cara do mundo. De repente, não são mais gotas, mas filetes muito longos que se abatem pesadamente. A água cai. Bate como um exército de percussionistas tocando uma só nota. Os filetes se amolgam todos ao mesmo tempo, reinventando nos tons graves uma versão tropical do suplício chinês. Serei eu uma boneca preta? Era mesmo de mim que você falava? Uma boneca. Um pequeno objeto inanimado do qual se faz o que quiser... Pouco importa se você está me procurando, se eu faço falta a você, se você precisa de mim. A Sra. Mulonga volta com a filha, que deve ter a sua idade e aparentemente ainda é uma senhorita. Tem os cabelos curtos como o da mãe, e adivinha-se que ambas, por razões diferentes, renunciaram à faceirice. A Senhorita é sem graça, usa um vestido sem forma nem cor. Ela segue suavemente os passos da mãe, avançando em sua sombra para enfim se colocar no centro da sala. Os móveis são de ratã, com almofadas brancas. Bicos de papagaio parecem sair de um vaso de cristal. A Senhorita olha-os como se eu não estivesse ali, e é preciso que a mãe lhe dê uma cotovelada para fazê-la sair de seu torpor. "Fale, vamos ver! Esta é a filha de Ewenji... Diga a ela, por favor, o que você sabe da mãe dela".

O rosto da Senhorita se anima quando ela ouve o seu nome. Ela sorri de maneira estranha. Seus lábios parecem saber obscuramente o que é sorrir, mas esse conhecimento perdeu-se faz tanto tempo que ela tem dificuldade para fazê-lo emergir. Ela fala, e isso também é uma bizarrice, sua voz é tão quebrada, velada, quase sufocada. "Ewenji", diz ela, "é minha irmã em Cristo. Nós às vezes nos vemos na casa da Sra. Bosangui. Rezamos e jejuamos juntas. Sua filha se foi. Abandonou-a uma noite. Ewenji levantou-se uma manhã e a criança não estava mais lá. Mamãe Bosangui a conforta. Ela diz que tem visões da pequena. A menina está na estrada. Ela volta para sua mãe como o filho pródigo. Aleluia". Ela se cala, olha mais um pouco os bicos de papagaio e se vai. A Sra. Mulonga se instala ao meu lado, no sofá em frente à janela. Diz: "Receio que não foi uma boa ideia ter trazido minha filha. Enfim, você sabe onde encontrar a sua mãe. Será que você pode me dizer de onde veio e por que está vestida assim?". Eu digo. Conto tudo, e suas sobrancelhas cinzentas se franzem e relaxam, enquanto sua mão continua pegando a minha. Eu falo e parece que não é a minha história, que nada disso aconteceu. A palavra me descola dos acontecimentos aos quais o silêncio me prendia. A Sra. Mulonga diz que mal pode acreditar, que é absolutamente necessário ir a Ilondi, mas que, antes de tudo, devemos encontrar você. "Esta noite, atravessaremos A Porta Aberta do Paraíso e devolveremos a ela sua boneca preta. Agora que você me disse tudo isso, não sei o que esperar da sua mãe. Não tenha medo de nada, eu estarei lá. Na minha opinião, ela teve uma espécie de crise nervosa, uma depressão... É de um médico que ela precisa, não de fanáticos religiosos". Ela diz que agora vamos encontrar roupas decentes para mim. Um vestido de menina. Ela guarda em malas os vestidos de criança de sua prole, que devem estar cheirando a cânfora, mas que vão servir. Com o tempo que está fazendo, a maior parte das crianças não vêm à escola. É sempre assim na estação chuvosa. Só vêm aqueles que não voltam para casa, e o ruído da chuva no telhado embala sua sonolência até o fim da aula.

Em malas de metal, encontramos um vestido vermelho de flores brancas, com um cinto de amarrar nas costas. A gola bebê é bordada em renda branca, e tem bolsos em semicírculo aplicados sobre a saia. De fato, tem um cheiro forte de cânfora, mas está decidido que não fico com esta batina mais nem um minuto. "Você vai tomar um bom banho". Ela me leva ao banheiro e abre a água da banheira. Como muitas vezes neste país, a torneira cospe primeiro um líquido amarronzado, deixando no esmalte da banheira longos traços argilosos. Cinco minutos mais tarde, a água está quase clara. Quando está cheia o suficiente, ela me deixa. Não tomo um banho assim há muito tempo. Na casa de Ilondi, Kwedi e eu tínhamos uma tina de água fria em todas as estações do ano, e uma latinha enferrujada para molhar a pele. Ela fazia sabão com as folhas de certos tubérculos. Era um sabão castanho que cheirava a manteiga rançosa, mas, enfim, fazia espuma. Aquele sabão servia para tudo, lavávamos as roupas, a louça, fazíamos nossa higiene. Esta última era rápida, visto que era feita ao ar livre. Ainda que estivéssemos praticamente certas de que ninguém nos veria, fazíamos depressa, talvez inconscientemente por causa dessas histórias de espíritos rondando à espera de corpos femininos para penetrar. Não gostamos muito de tentar o diabo. Não me deito no fundo da banheira. Fico agachada como fazia quando criança, por medo de me afogar. Meus pés crostosos escurecem a água, e eu tiro a tampa do ralo. Levanto-me para tomar uma ducha, e seguro o chuveirinho com a mão direita para fazer minha higiene íntima. Assim, reverei você. Isso me causa não sei o quê. Nem mesmo sei se acredito nisso. Tudo o que sei é que o chão está frio e as lajotas são de um branco luzente que lembra ovos cozidos. Minha cabeça gira e eu escorrego. Vejo de longe a toalha ainda presa no gancho, que devia servir para eu me secar. Tudo escurece e meus olhos se fecham. A porta está fechada. Não chamo. Não penso nisso. Talvez eu não possa ver você depois de tanto tempo. O tapete de banho se dobra todo sob meu peso, e meu busto se acomoda no chão ladrilhado. Só pensei em você, mãe, ao longo desses anos. Lembrei-me de você com tamanha força, tamanha resolução, que não me ocorreu que você pudesse estar em outro lugar que não em meus pensamentos. Você era apenas o pesadelo das minhas noites, minha dor inexplicável. E você era também um sonho louco, um sonho de amor irrealizável, injusto. Uma dor de cabeça repentina prende-se às paredes sobreaquecidas de meu crânio. Sinto dor na barriga e náusea. Minhas pálpebras são de chumbo. Nunca mais esses olhos poderão se abrir para ver você.

A Sra. Mulonga e sua filha estão inclinadas sobre mim. Como sempre, é ela que fala. A Senhorita não diz nada, contentando-se em me fitar com seus olhos grandes e vazios. Parecem imensos fossos áridos, nos quais lagos teriam corrido no nascimento do mundo. Tudo nela parece ter desaparecido, depois de um longo processo de erosão interior. Resta apenas uma pele morta grudada nos ossos. Ela é tão inconsistente quanto sua mãe é tangível, potente, incontornável. A mãe afirma: "Está vendo, eu disse que ela logo acordaria. Ela sempre foi mais sólida do que parecia. Vá depressa buscar uma tigela de sopa". A Senhorita se afasta sem dizer nada. Seus pés, que não podemos ver se estão calçados ou nus, levam-na sem ruído em direção ao exterior do aposento. A Sra. Mulonga se senta perto de mim na cama. Passa em minhas bochechas uma mão de unhas curtas e quadradas. Surpreendentemente, seu toque é suave. Lembro-me das punições que recebiam aqueles que cometiam mais de cinco erros no ditado semanal. Abaixo desse número, era o professor que castigava. Acima, a Sra. Mulonga gostava de castigar pessoalmente os faltosos. A língua francesa era sua religião. A seu ver, era a matéria mais importante, e o valor dos alunos se media de acordo com os resultados obtidos em francês. Com relação ao ditado que fechava a manhã de sábado, a regra era simples: ele não era nunca preparado, isto é, os alunos não deviam ter, em hipótese alguma, conhecimento prévio do texto. Depois, eles recebiam tantas pancadas quantas faltas fossem cometidas, e os erros de gramática contavam por dois. A senhora diretora vinha à classe na segunda-feira, na primeira hora da manhã, com as folhas dos delinquentes. Ela lia seus nomes. Eles iam até ela no tablado, organizando-se sabiamente em fila indiana, o olhar respeitosamente fixo no chão. No Mboasu, as crianças não olham os adultos nos olhos. Uma vez que estivessem perto dela, ela dava à classe os detalhes de seus delitos gramaticais, de seus crimes ortográficos. Servindo-se da régua metálica que o professor guardava em sua gaveta, ela pedia às crianças alinhadas que fechassem os punhos e os estendessem para ela. Então a régua batia nas falanges: tantos golpes quantos fossem os erros. Os que estavam sentados ouviam e sentiam a precisão das pancadas, como se fossem administradas neles próprios. Os que as recebiam choravam em silêncio. Suas mãos tremiam quando o número de erros se aproximava dos dez, pensavam que não sobreviveriam ao castigo. Todos temíamos o primeiro dia da semana.

Aconteceu muitas vezes de a senhora diretora dar mostras de uma violência desenfreada, que não podíamos compreender. Lembro-me de uma segunda-feira particular: a Sra. Mulonga entrou furiosa na classe. Alguém havia cometido mais de 15 erros. Antes de se ocupar dos outros malfeitores, ela pegou o criminoso, levantando-o pelo colarinho e jogando-o sobre a mesa do professor. Em seguida, depois de tirar as diversas pulseiras que lhe subiam até o cotovelo, ela bateu na criança sem pudor algum. Dispensando dessa vez a régua metálica, foram suas mãos que ela usou. Estupefato pela avalanche de pancadas e tapas que caía sobre si, o faltoso não pôde proferir um som. A Sra. Mulonga parou apenas uma vez, os pulmões já completamente vazios. Olhamos horrorizados, soltando interiormente os gritos que nosso colega não ousava emitir.

É a mão implacável da Sra. Mulonga que desliza hoje em minha bochecha. É verdade que ela nunca teve que me punir. Minhas notas catastróficas de cálculo, minha insistência em não decorar a tabuada e não conseguir efetuar a mais simples divisão nunca foram problema. Eu não cometia erros no ditado. Conjugava perfeitamente os verbos em todos os tempos. Minhas redações eram consideradas inventivas e bem desenvolvidas. Dominava o francês o suficiente para me permitir brincar com ele, não levá-lo a sério demais. Não tinha mérito algum, pois só aprendi essa língua. A senhora diretora gostava de mim. Devíamos, em sua opinião, pertencer ao clã daqueles que possuíam o francês, a língua dos conquistadores, o único e exclusivo meio de nos igualarmos a eles. Pois os conquistadores tinham sobretudo uma língua e escritores para celebrá-la. Mesmo os cantores eram, antes de mais nada, declamadores de palavras. A Sra. Mulonga é de um outro tempo. Quando menina, ela os viu fazer a lei nestas terras da África equatorial. Como a muitos outros, foi-lhe inculcado que, quanto mais se parecesse com eles, mais digna ela seria de pertencer ao gênero humano. Assim, ela considerava inconscientemente, e sem dúvida com uma espécie de desespero, que aqueles que não tomavam o trem da cultura francesa estavam perdidos para sempre. Cada golpe assentado numa pequena falange, com risco de quebrá-la, era, à sua maneira, um grito. Ela gritava seu terror de nunca ver seu povo ganhar o respeito devido aos civilizados. Ela põe a mão sobre a colcha malva e mergulha seu olhar no meu. "Minha pequena", diz ela em tom de confidência, "você acaba de ter suas regras. Encontrei-a desmaiada no banheiro... Se me lembro bem, você deve ter 12 anos. Tudo isso é normal. É uma calamidade, mas é normal. Bem, você vai descansar. Vamos lhe dar sopa e, assim que você estiver melhor, vamos à Porta Aberta do Paraíso. Cabe à sua mãe ensiná-la sobre essas coisas". Ela me toca mais uma vez, depois vai embora. Teme que a filha não tenha sido capaz de encontrar o caldo de frango que, contudo, ela deixou bem evidente, numa panela em cima do fogão. Ela sempre precisa fazer tudo sozinha. Nada lhe será poupado. Essa menina vai matá-la. É o que ela murmura ao me deixar. A porta azul se fecha suavemente. Olho para as paredes brancas, onde há quadros pendurados: uma pequena leitora loira de faces rosadas, uma paisagem campestre onde coníferas resistem ao inverno à beira de um lago congelado. Os rodapés são azul-celeste, como a porta, como a pequena escrivaninha e as mesinhas de cabeceira. É supostamente bonito. Tento sentir o que é estar menstruada. Puseram-me uma calcinha, e sinto entre as pernas um objeto roliço. O fluxo sanguíneo pode ser percebido levemente, mas não é como quando se urina. É mais espesso, um pouco viscoso. Estou com dor de barriga. Tento me lembrar do que dizia Vida Eterna sobre a maneira como se pode saber que uma mulher verá seu sangue. É preciso contar os dias. Quantos? Não me lembro. Não sinto alegria nem pesar. É preciso crescer, pouco importa se sangramos. Portanto, vou crescer e vou ver você.

A Sra. Mulonga volta com uma bandeja. A filha a segue como uma sombra capaz de se manter de pé, em vez de ficar no chão esticando e encolhendo conforme a posição do sol. Ela tem os olhos fixos na nuca da mãe, que lhe diz em tom irritadiço: "Pare de me atrapalhar com essas perguntas, já lhe disse que não sabia onde estava. Você percebe as perguntas que faz na sua idade?" "Sim, percebo, e quero uma resposta". A Sra. Mulonga senta-se na cama, coloca a bandeja sobre os joelhos, mexe a sopa antes de me dar uma colherada. Digo que acho que posso me virar sozinha. Ela me dá a bandeja e suspira, enquanto a filha se aproxima. A Senhorita dá as costas a uma janela cujas cortinas abertas descobrem um pedaço de céu negro. Uma palmeira agita a folhagem ao vento. Parece uma mulher muito grande sacudindo a juba depois de um banho de mar. As palmas ainda estão molhadas da água da chuva. As gotas se projetam nas lajotas. "Desta vez, você vai me dizer tudo". A mãe não responde. Parece acostumada com esses interrogatórios. Estou comendo minha sopa. Não tem gosto de nada. Não tem sal nem frango dentro. É apenas água quente e o raminho de qualquer coisa que boia na superfície deve ser de plástico. Coloco a colher na bandeja e digo que não estou com fome. "Não tem problema. Você deve sentir todo tipo de coisa... Está com dor de barriga ou com vontade de vomitar?". Faço que sim. "É uma calamidade, mas tudo isso é normal", repete ela, depois acrescenta: "Bom, descanse. Você estará melhor amanhã". Ela pega a bandeja e quer levantar-se. A Senhorita pega a tigela e esvazia seu conteúdo na cabeça da mãe. Ela dá um grito, mais de surpresa que de dor. A bandeja cai sem barulho sobre o carpete. A Senhorita se esgueira segurando a tigela, enquanto a mãe recolhe sem uma palavra a bandeja, o guardanapinho e a colher. Ela me diz até amanhã. Está com o rosto molhado, e o raminho de qualquer coisa que boiava na sopa parece criar raízes no cabelo grisalho. Mais nada me surpreende, os emaranhados, os nós que forma o laço que une as mães a suas filhas, esse cordão cortado que representa somente a impossibilidade de ruptura. Nunca seremos mãe e filha, e no entanto sempre o seremos. Você está vendo, ainda estou pensando em você. O conforto deste quarto me impede de dormir. No aposento ao lado, ouço a invocação da Senhorita. Suplica mais do que reza para ser salva do mal. Não sabe que ele nunca se vai, que podemos apenas amansá-lo, mas não expulsá-lo. É assim que devemos viver. Foi o que me ensinou Musango, a velha, que habita as partes recônditas de minha alma, essas regiões que poucos entre nós alcançam, de tão potente que é o medo de saber. Saber que a paz só existe em razão do tumulto, e o prazer por causa da dor. Aceito-a agora, e não tenho mais medo do que você possa fazer comigo. Eu me arranjarei. Não tenho ódio. Mas você precisa saber, ainda que não compreenda, que não abdicarei de minha única certeza: o direito e o dever de viver.

Levanto-me e empurro suavemente a porta do quarto. Vestiram-me com uma camisola branca tão leve que mal posso senti-la. Apenas vejo-a ao redor do meu corpo, acima dos pés. A casa está silenciosa e escura. Só uma lamparina permanece acesa num canto da sala. A luz da lâmpada dela é uma mancha de cor no fundo negro da noite. Avanço na direção da janela envidraçada para olhar para fora. Não há nada além do vento que passa e das árvores que vejo. As classes ficam atrás da casa. Não posso vê-las daqui. A entrada da escola também se furta à minha vista. Fica à esquerda, a alguns passos da casa. Ouço apenas o vento que roça no letreiro, como para acariciar a inscrição: "Centro Pré-Escolar e Elementar de Dibiyê". Deito-me no chão, perto da janela envidraçada. A noite já vai da metade para o final. Reencontra regiões desconhecidas, onde os fragmentos do tempo descansam, um por vez. O tempo está sempre em vigília. Só suspende seu voo para trocar de roupa. Essa suspensão, de resto, é imperceptível, tão pronto ele está para se desfazer dos ornatos do momento. O dia e a noite são apenas cores, uma fantasia, facécias da eternidade. A duração nos precede e sobrevive a nós. Assim como esta existência, ela nos é emprestada apenas para nos fazer crescer. Não envelhece, acumula-se. É como um espaço em expansão permanente, que precisamos preencher com o sentido de nossa história. Vamos viver sem jamais dizer nada uma à outra, mãe? Talvez. Nossa história será somente esse silêncio intenso. Essa será nossa ligação. Gerações virão na hora dita, e não contemplarão como nós as idas e vindas do tempo que troca de roupa. Elas o capturarão a cada instante, não deixarão um minuto desocupado. Preencherão o tempo com sonhos realizados, com amor próprio e amanhãs risonhos que não lhes teremos legado, mas que elas saberão conquistar. Não peço outra coisa senão a esperança de ver-nos um dia parar de morrer. É ela que agora me fecha os olhos e me autoriza a dormir. Seu rosto vem de novo atrás de minhas pálpebras fechadas, para não me sorrir. A esta ausência dou tudo o que tenho, tudo o que, no entanto, me tornei: um ser vivo. Mais que o corpo nu expulso de casa, mais que o coração cerrado esses anos tão longe e tão perto de você, muito mais que a cólera e o impossível perdão. Encontrei no fundo de mim mesma essa parte inviolável que os seus acessos de loucura não poderão macular. Agora, deixe-me dormir. Verei você em breve.

O dia me encontra deitada no chão, e a Sra. Mulonga me censura por ter desdenhado do conforto do quarto. Ela não insiste. Daqui a uma hora, a aula vai começar. Ela precisa sair para fazer seu trabalho. Não é porque a desrazão tomou conta do país, diz ela, que precisamos desistir. Ela se sente no dever de continuar instruindo aqueles que ainda vêm à escola, aqueles que não se abandonaram às seitas ou à rua. "Você viu essas crianças que comem do lixo?", pergunta ela. "Não há mais nada para eles. Porque o suicídio é crime em nossa cultura, seus pais desnorteados os sacrificam. Eles viram e suportaram tantos horrores durante a guerra... É sua maneira de pôr fim aos seus dias: assassinando o futuro, mutilando o amanhã. Eles gritam sem palavras, e o mundo não ouve. Vestem-se de trevas, e o mundo recua, tomado de pavor diante do que lhe diz essa parte de si mesmo que ele gostaria de ignorar... Venha, vamos lhe dar um banho. Depois, você vai tomar seu café da manhã, e eu virei vê-la no intervalo das dez horas, quando as crianças estiverem no recreio". Escuto-a pensando que nem tudo está perdido, que a consciência não está totalmente morta, que, ao contrário do que pensamos, o grupo não se apoia sobre si mesmo, mas sobre indivíduos. Se nosso povo pode produzir individualidades audaciosas o bastante para enfrentar suas errâncias e covardias, resta-lhe uma chance de aspirar à grandeza. Nosso valor não reside nos metais do subsolo, aos quais outros deram uma importância que até hoje não compreendemos, que não sabemos nem delimitar, nem explorar para o bem comum. Eles fixam seu preço e nós aceitamos, porque não significa nada para nós. Talvez nos enganem, mas nós permitimos, sempre inaptos a decidir por nós mesmos o que quer que seja. Nosso valor também não está nessa mística desprovida de espiritualidade, por meio da qual pretendemos comandar os poderes ocultos, sem procurar nos conformar com os princípios superiores e universais que regem a vida. Nossa grandeza virá do fato de sabermos engendrar seres livres. Que fiquem de pé, que recitem sua longa genealogia apenas para melhor olhar para a frente. Que digam: "Eu sou porque existo. Nego o obscuro e recuso a demência como único horizonte". E depois de dizerem o quanto a África vale mais do que aquilo que pensa de si mesma, legiões vão seguir seus passos. A partir de amanhã, mãe, mesmo que eu e você não passemos do pó que eles espanarão de seus pés. Está vendo, eu ainda sonho, mas é porque tenho os olhos abertos sobre o campo de nossos possíveis.

A Senhorita come comigo. Só bebe chá. O leite lhe é proscrito. No entanto, ela se digna a morder um pedaço de pão, lamentando que ele não tenha sido consagrado. Então eu pergunto se o que o Eterno colocou sobre a terra não é necessariamente consagrado, uma vez que Ele quis que fosse. Ela me diz que eu gosto de aborrecer, que não surpreende que eu tenha fugido assim. Percebo que ela adoça mais uma vez seu chá, que a ideia do prazer não lhe é totalmente estrangeira. Então, sorrio. Digo: "Eu não fugi. Minha mãe me expulsou. Uma vidente disse a ela que eu era um demônio, mas eu não fiz nada de mau". Daí, ela responde: "Pode continuar falando, é na sua mãe que acredito. Você está cheia de duplicidade e incredulidade, como todos os descrentes". Ela se levanta. Digo que não precisa se preocupar, que eu lavo a louça. Estou usando o vestido vermelho de flores brancas. Quando abro a água para enxaguar a louça, pergunto como é possível eu estar aqui, vestida de vermelho e tão apaziguada, enquanto lá fora o mundo está exatamente como o deixei ontem. Nada mudou. A cidade não se levantou de suas cinzas e as pessoas não ressuscitaram de sua morte disfarçada de sobrevida. O desespero oprime Sombê, e leva a pessoa ao delírio, a formas sutis ou brutais de assassinato. Nada mudou do lado de fora, mas algo que sempre possuí se afirma em mim. Posso agora dizer a você, de uma maneira que jamais me ocorreu: estou feliz por estar viva. Procuro nos armários e na geladeira algo para preparar uma refeição. Não foi você que me ensinou os rudimentos da cozinha, mas Kwedi, que fazia o que podia com um nada. Vi-a preparar de mil maneiras a mandioca, essa raiz importada da Amazônia que se tornou a base de nossa alimentação. Nossas tradições não nos vêm unicamente de nossos pais, mas também dos encontros que fizeram já há muito tempo. O outro naturalmente se alojou em nós, e está claro que não podemos extirpá-lo sem irmos nós mesmos para o túmulo. Nós somos o outro.

A Sra. Mulonga reaparece, enquanto descasco bananas maduras. Cortei um frango e cebolas, que esperam sobre uma tábua até que eu termine com as bananas. Ela olha o rabo do frango para verificar se eu tirei a pontinha que há ali, e que nós não comemos aqui. Ela aprova minha ciência com um meneio de cabeça e diz que sua filha não sabe todas essas coisas. "Então é porque você não ensinou", digo. Ela se senta em uma cadeira que está ali e confessa que não lhe transmitiu nada. Agora ela se dá conta disso. Comprou roupas para ela, cuidou de sua instrução e de sua saúde, mas não lhe ensinou nada. Seu trabalho tomava-a completamente. Ela se sentia investida pela missão de civilizar este país. Assim, para acreditar-se mãe, era suficiente que não se separasse da filha. Isso lhe bastou, a ela apenas. À criança, na realidade, faltou tudo. Ela nunca se agradou da família de Tours, para a qual era mandada todo ano nas férias longas. Nunca gostou das aulas de balé clássico e nunca se dedicou ao ensino, como desejava sua mãe. Inscrita na faculdade de Letras em Paris, ela abandonou os estudos para voltar ao Mboasu. Disse à mãe: "Estou farta de viver apenas para você. Não quero mais que você projete seus desejos em mim. Vou ficar aqui até encontrar meu caminho. Ela ainda está procurando", suspira a Sra. Mulonga, e conclui: "Só fiz desviá-la". A Sra. Mulonga reconhece suas inabilidades, o erro que cometeu ao acreditar que a filha seria, e desejaria ser, uma reprodução mais brilhante de si mesma. "Quando meu pai morreu, precisei interromper os estudos para encontrar um emprego de professora primária. Jamais fiz meu doutorado, e queria absolutamente que ela tivesse sucesso onde eu fracassei. Dei a ela apenas o que eu queria ter tido. Estamos condenadas a nos olharmos uma para a outra e contemplarmos tristemente as vidas que nos escaparam e aquelas ao lado das quais passamos. É assim. Um dia vou morrer e me pergunto o que vai ser dela". Ela se cala um instante e murmura que sou jovem demais para escutá-la evocar o grande fiasco de sua vida. Diz ainda: "Perdoe a sua mãe, pequena. Perdoe, porque ela nunca encontrará mercê em seus próprios olhos". Digo que estou preparada para ver você e que, se não pudermos viver juntas, gostaria que ela me ajudasse a encontrar um lugar para ficar. Posso trabalhar para pagar o alojamento, mas gostaria sobretudo de voltar à escola... "Você não vai trabalhar com essa doença, Musango. E, além disso, você é muito jovem. Você viu muita coisa, mas é apenas uma criança. Pode ficar aqui. Tem uma escola bem aqui atrás. Depois, você passará na prova de ingresso no 6º ano. Uma formalidade para você". Já que me sinto pronta, ela diz que iremos à Porta Aberta do Paraíso amanhã à noite. Sempre tem ofício à noite. A Senhorita entra justamente nesse momento e lança: "Ela não pode atravessar a porta do templo, está impura". O som de sua voz ao pronunciar essas palavras é tão incisivo quanto a lâmina de um machado. A mãe responde com um tom diplomático, que suas sobrancelhas franzidas desmentem: "Muito bem, esperaremos alguns dias".

Uma semana se passa, e eu observo o *pas de deux* que a Sra. Mulonga e sua filha dançam. Elas se seguem, brigam, param de falar, rompem o silêncio com um gesto brusco que precede uma palavra insignificante. Enredada em sua culpa, a mãe aceita estoicamente as crises de raiva da filha. A Senhorita é seu fracasso, seu grandessíssimo erro. Foi ela que a amou como deveria, que não lhe deu nada. Foi ela que a prendeu em seus sonhos. Bem que eu queria, mãe, que você tivesse sonhos para mim. Não ser somente uma bonequinha preta na qual enfiar as agulhas que deviam fazer um sortilégio para a sua dor. Não ser somente o instrumento da sua revanche contra o seu nascimento miserável em Embenyolo. Ouço-as do quarto se esfalfando em vãs disputas verbais. Há aquilo que A Senhorita quer saber e sua mãe diz ignorar. Quando está farta de não receber resposta para sua pergunta, A Senhorita se retira para o seu quarto para se dirigir a Deus. Ela vive entre suas orações e seu questionamento. A oração não parece ser de utilidade alguma para abolir aquilo que a corrói, porque ela procura a solução fora de si mesma. Como todos aqueles que frequentam as igrejas ditas do despertar, ela está convencida de que Deus está fora, e não no fundo de nós. Quanto mais ela O procura ao longe, mas sofre, porque não se pode encontrá-Lo renunciando a si próprio. É preciso ser tudo aquilo que Ele quis: espírito, mente, coração, carne. É necessária essa completude para pretender se aproximar Dele. É na harmonia dessa totalidade que se encontra o sentido, e alcançá-lo é tocar o divino sem que seja necessário chamá-lo assim.

    A Senhorita assiste frequentemente aos ofícios noturnos da Porta Aberta do Paraíso. Volta para casa esgotada e de mãos vazias. Nenhuma alegria, nenhum apaziguamento em seu rosto desfeito. Ela é um montinho de trapos que não se parece com nada, um ser esfarrapado que se volta para o seu nada interior, assustando-se por não ouvir nada. Nada fala do lado de dentro porque nada foi colocado lá, porque ela se alimentou apenas de faltas que se acreditavam irremediáveis. De tanto acreditar nisso, elas de fato ficaram assim. Ela não pôde aceitar que seu destino precisasse tomar caminhos escarpados, solitários. Parou de andar. Estagnou. Acocorou-se. Não tem consciência alguma de que seu único problema é ela mesma. Eu, por minha vez, quero ser minha solução. No fim da minha solução, que haja alguma coisa.

E mesmo que não haja nada, quero preenchê-la com meus desejos e minha vontade. Ao contrário dela, mãe, não virei atacá-la com perguntas. Não lhe perguntarei por que, pois você não sabe. Os dias que nos esperam não devem morrer para vingar os que se foram. O que está morto está morto, e sem grandes consequências, pois que nós permanecemos. Estou em paz, mãe, e caminho na sua direção. Quando nos virmos, vou lhe dizer as palavras que nunca me ocorreram, e que você não espera. Vou dizer que amo você.

A Porta Aberta do Paraíso é uma grande construção branca que foi outrora a expressão da megalomania de um grande burguês do país. Ele queria construir um castelo, um monumento à ideia que fazia de si mesmo. Assim, o jardim é imenso e cheio árvores raras que foi poupado pela guerra e pelos diversos locatários que ocuparam este lugar depois do sumiço do proprietário. Enxames de abelhas ocupam as árvores frutíferas, e as graviolas assim como as goiabas apodrecem no pé. Ninguém ousa afrontar essas terríveis guardiãs. Paira no ar um perfume de frutas frescas, que um forte odor de podridão envolve a ponto de sufocá-lo. É como a vida aqui. Essa vida em que os mortos ficam por cima, em que os cadáveres pesam com tanta força. A Sra. Mulonga, A Senhorita e eu avançamos ao longo de uma alameda de traçado perfeito. De um lado e de outro, arbustos de flores brancas persistem orgulhosamente. Estão perfeitamente ordenados: uma roseira imensa depois uma frangipana, ao longo de todo o caminho que leva do portão de barras de ferro forjado, mantido sempre aberto, até a entrada do templo. As flores brancas são tão perfumadas quanto os frutos em putrefação que se percebem nos arredores. Sob os nossos passos, pedras brancas rangem, e esse barulho de pedra friccionada guarda um aviso cujo sentido nos escapa. As pedras rolam desagradavelmente sob nossos pés, e por pouco não paro ali. Eu encerraria a marcha se fosse somente questão de ir ao templo, se não se tratasse de enfim saber se o seu rosto é o mesmo, se é verdade que você está viva e não foi uma outra que eles viram e ouviram reclamar por sua boneca preta. Quero também saber se você virou a louca das minhas fantasias raivosas, ou se o tempo fez de você apenas uma mãe, a minha, desfigurada na dor da minha ausência. Avançamos, e eu olho as paredes imaculadas desta casa que parece ter resistido a tudo. As janelas e portas são arcos de círculo. Parecem grandes bocas abertas lançando de seu sorriso invertido um enorme grito mudo. Os que caminham à nossa frente usam batinas brancas e sandálias estilo espartano. Avançam de cabeça baixa, como se Deus estivesse embaixo. Cantarolam sem alegria canções conhecidas por eles e ignoradas por nós — pelo menos pela Sra. Mulonga e por mim —, e uma "irmã em Cristo" os recebe na entrada do templo. Eles param para cumprimentá-la com uma fala codificada que só compreendem os eleitos, e que A Senhorita enuncia sob nossos olhares estupefatos: "Eu proclamo a Shekina". E sua "irmã" responde: "Aquele que é tudo que é reconhecerá os seus". Suas mãos ficam juntas, enquanto ela afirma sua certeza de fazer parte daqueles que têm direito ao testamento divino. Ela abaixa um pouco a cabeça, tão vigorosamente amarrada num lenço que se pode objetivamente temer uma irremediável fratura craniana.

A Sra. Mulonga e eu não sabemos do que se trata. Supomos coisas sobre as quais não queremos de modo algum estar certas. Ela me lança um olhar de pânico ante a ideia de que precisaremos dizer as palavras que A Senhorita pronunciou e ouvir a resposta que lhe deram para sermos autorizadas a passar pela porta. A Senhorita se foi sem prestar atenção em nós, que continuamos dubitativas. Não que nos recusemos a reconhecer a presença de Deus, uma vez que

Shekina é Ele. É apenas o momento, a maneira, o fato de esta adesão ser assim comandada e de que subscrever à injunção tácita não seja sinal de fé, mas de sujeição à seita. Eu proclamo igualmente a Shekina, convencida de que a "irmã", que me responde que "Aquele que é tudo que é reconhecerá os seus", não desconhece meus sentimentos em relação a ela. Como boa cristã, ela me perdoa a ofensa que lhe faço, pronunciando sem fervor a profissão. A Sra. Mulonga, por sua vez, proclama, à força de suspiros, aquilo de que parece razoável duvidar: a presença de Deus nestes lugares. Seu nome está lá. Ele é escandido, berrado, soluçado, vomitado. Treme na comissura fremente dos lábios de um gago que sem dúvida espera que lhe digam: "Abra a boca e fale!". O nome de Deus é sacudido no chão, onde corpos enredados em batinas agora cinzentas por causa do pó se abandonam a uma reputação que se faz passar por um contato direto com "Aquele que é tudo que é". Seu nome soa, estala, arde, e se apaga num estertor, que logo retoma o fôlego para zurrar novamente com força redobrada. E todos esses ruídos prescindem completamente de Sua essência verdadeira. Deus é um vocábulo, uma atitude, uma fuga desabalada para longe da liberdade. Ele é posto no banco dos réus, em cada uma desses adventos febris que nos recebem para nos lembrar de Sua única e exclusiva vontade: a destruição da Criação.

Aqui, como em toda parte, nos templos, em todos esses grupos de oração improvisados no seio das casas onde reina a penúria, contam-se os dias até o fim do mundo. Que Ele faça descer aqui embaixo o homicídio de direito divino, que cuspa de novo o dilúvio que levará nossas responsabilidades. Em seguida, haverá uma nova terra. Uma tábula rasa, mais do que este palimpsesto que conserva custe o que custar a impressão das faltas acumuladas. Se não se estiver na nova terra, pelo menos se estará morto. Não será mais preciso enfrentar a existência. A Porta Aberta do Paraíso tem a particularidade de atrair pessoas em busca de fortuna. O fim do mundo que elas esperam é sobretudo o fim da pobreza. Enquanto alguns invocam a implacável cólera celeste, outros rezam com menos rumor para terem a chance de ser os primeiros nesta terra, e não no além. Querem gozar imediatamente. O que esperam Dele é o que Papai e Mamãe Bosangui obtiveram: carros e viagens pelo mundo, sem se cansar muito. Que enfim haja uma manhã que não os deixe extenuados e sempre tão desprovidos quando a noite cai. O Eterno pode tudo: reduzir a pó os que assim desejam, e cobrir de ouro os que quiserem. O que pedirmos, Ele nos dá.

A Sra. Mulonga e eu nos acomodamos num banco. Já são numerosas mulheres e crianças a dividi-lo. Instalamo-nos na extremidade da fileira, e sinto que apenas uma de minhas nádegas toca a madeira mais dura que já foi criada. Coloco firmemente os pés no chão para me apoiar. Quando os músculos de minhas coxas se enrijecem, fico pensando quanto tempo será necessário ficar assim. De repente, as vozes cessam de berrar, de gemer, de ganir. Os corpos não rastejam mais, não arrastam mais os joelhos no chão. As testas que pareciam decididas a perfurar o cimento das paredes também se concedem um pouco de descanso. Observo a assembleia. Todos procuram um lugar, e aqueles que não encontram se sentam no chão. Os homens se instalam à direita, as mulheres e crianças à esquerda. O silêncio se abate sobre a multidão. É sem dúvida o som original que envolvia "Aquele que é tudo que é", antes que isso O acabasse caceteando. Os músicos se mantêm imóveis ao lado do palco, atrás do qual uma tapeçaria escarlate, bordada de inscrições douradas, indica que A Porta Aberta do Paraíso é o caminho da verdade. O veludo sanguíneo e os bordados de ouro também expressam, embora prescindindo do verbo, que esta igreja é rica. Não há altar, apenas um púlpito. Sem dúvida, alguns eleitos mais eleitos que os demais logo virão nos instruir sobre as modalidades concretas de acesso ao caminho e à verdade. Mulheres vestidas de batinas vermelhas surgem não se sabe de onde e se instalam imediatamente na primeira fila, onde eu nem mesmo havia visto que ainda se podia sentar. Um dos percussionistas anuncia: "Caros irmãos e irmãs! Queiram aplaudir "Os Frutos do Paraíso", que interpretarão daqui a pouco algumas canções inspiradas pelo próprio Todo Poderoso, que revelou a letra a Papai e Mamãe Bosangui, Seus representantes designados". Enquanto ele fala e a multidão bate palmas, meu olhar confuso acredita reconhecer a sua nuca entre os membros do coral. Esses ossos salientes, essa maneira de usar um coque alto, essa inclinação preguiçosa da cabeça... Como você se tornou um "Fruto do Paraíso", se for você, e de fato é você? Você nunca cantou em minha presença. Nem mesmo uma canção de ninar, que você não terminaria, tendo esquecido a letra. Nem mesmo uma canção qualquer, que eu tivesse surpreendido você cantarolar num momento de divagação alegre. Só a conheci seca e irascível, constantemente insatisfeita. Agora, você canta, pois sei que, enquanto o fôlego me escapa, você é essa forma miúda que me vira as costas, que nem supõe minha presença. Os aplausos dão lugar a esse silêncio particular que nos penetra a todos. Papai e Mamãe Bosangui fazem sua entrada, vestidos de azul e adornados com prata maciça. A mulher, apesar de ter certa idade, exibe um vestido colante azul elétrico cujas alças estriam com razoável ferocidade seus ombros rechonchudos. Um alfaiate de Sombê deve tê-lo costurado direto no corpo. Não há nada com esse corte nas lojas. Ela tem a tez clara das mulheres que se exfoliam a pele com produtos americanos. Eles não estão ao alcance de todos os bolsos, e fazem acreditar facilmente numa mestiçagem antiga. Não é expressamente necessário se tornar branco, apenas lançar uma dúvida razoável acerca de algumas gotas de sangue de colono que se teria nas veias.

No braço direito, Mamãe Bosangui tem um bracelete de prata encrustado de grandes lápis-lazúlis, que, de tão pesado, impede-a de movimentar esse membro. Seu braço direito pende como morto, ao longo de seu corpo baixo e muito gordo. O esposo usa um terno feito do mesmo cetim que o vestido dela, e uma corrente de elos grandes lhe cai sobre o peito. É de capital importância expor os sinais exteriores da riqueza, a prova da bênção divina. A plateia olha-os fascinada. Bebe seu mutismo em vez de ingurgitar vorazmente a menor palavra que gostariam de dirigir a eles dois.

O homem fala primeiro. Ele cumprimenta, em nome "Daquele que é tudo que é", a multidão daqueles que, na contracorrente do imenso embuste que é a realidade deste mundo, vieram ouvir a Palavra. "Vocês são o sal da terra! Vocês são a luz do mundo, diz ele. Vocês compreenderam que o real era artificial, e isso lhes vale os gracejos e o desprezo da parte dos seus e da sociedade. Sim, este mundo é uma ilusão. A verdade está em outro lugar. Estamos aqui, Mamãe Bosangui e eu, para pegá-los pela mão e conduzi-los para o caminho". Ele se cala. É um homem velho. Só lhe restam dois tufos de cabelos brancos acima das têmporas. Parecem ponponzinhos de algodão imaculado. Sua pele é de um negro profundo, que contrasta com a carnação amarela de sua mulher. Ela continua com uma voz penetrante, tão elétrica quanto o azul de seu vestido, uma voz que somos forçados a escutar: "A vida que está ao nosso redor, aquela em que todos evoluímos, é uma mentira. No entanto, precisamos utilizar as armas do Mestre deste mundo, para frustrar os planos dele. Devemos agir de modo que aqueles que são tentados pelos caminhos dele se desviem para se juntar a nós e passar conosco pela porta aberta do Paraíso. Pois ela está aberta, irmãos! Suas folhas se separaram há muito tempo, como outrora as águas do mar Vermelho para passar Seu povo. Como desfazer as armadilhas de Satã? Simplesmente demonstrando às almas frágeis que aqui também há condições de assegurar conforto e prosperidade. Como fazer chegar o fim desses tempos nefastos que nos oprimem, senão trazendo a prova de Shekina e de sua capacidade de prodigalizar em profusão os bens que o mundo reverencia? Uma vez que os descrentes vejam do que Deus é capaz, entenderão nossa mensagem: não tenha medo!". Mamãe Bosangui tem dificuldade para dar um passo, de tanto que seu vestido a aperta, de tanto que seus escarpins prateados lhe dilaceram os pés. A despeito dos tratamentos que inflige à pele, ela é apenas uma mulher banta comum. Ainda não pensaram em fabricar sapatos elegantes para seus pés achatados, gorduchos e demasiado grandes. Mas nada disso altera sua bravura. Não é de hoje que ela sabe suportar apertarem seus calos e aturar as queimaduras à medida que eles incham. Agora eles fazem parte dela. Ela avança na direção dos fiéis silenciosos, dardeja-os com suas pupilas autoritárias, e recomeça: "Nós sabemos, Papai Bosangui e eu, que alguns ainda acreditam que só o Obscuro permite enriquecer. Não tenhamos medo das palavras, grita ela, quando se imaginava que sua voz não pudesse se elevar mais. Muitos creem que só o Diabo pode trazer o dinheiro que lhes faz falta. Saibam, caros irmãos, estejam certas, caras irmãs, que a fortuna que o Adversário traz é sempre efêmera. Só 'Aquele que é tudo que é' tem o poder de elevá-los, e, ao contrário do que dizem, não é num mundo paralelo que Ele o fará, mas aqui e agora". O dinheiro é bom, Mamãe Bosangui afirma. Diz que aqueles que transpuseram a água para nos ensinar o contrário simplesmente zombaram de nós, para que amássemos a pobreza enquanto eles nos roubavam. Vê-se, aliás, onde viemos parar.

O duo é perfeitamente orquestrado. Depois que a mulher vociferou sabiamente, o homem dá continuidade com um fôlego grave e profundo. Fala como um tenor que decidiu bancar o *crooner*, certamente porque, para enunciar as propostas que conserva preciosamente no fundo de sua caixa torácica, a vulgaridade não cai bem. As verdades profundas dispensam os berros. São tão surdas quanto implacáveis. Aqueles que têm ouvidos que ouçam! Não é mais tempo de convencer, como acaba de fazer a Mamãe Bosangui. Trata-se, isso sim, de desferir o golpe de graça, de dizer enfim de que maneira se põe as mãos à obra para encontrar o caminho e a verdade. "Os caminhos do Eterno são longos e escarpados, declara ele, e é por isso que muitos fogem deles. Alguns de vocês se negarão a tomar esses caminhos e se voltarão para o Soul Food, para o Boogie Down ou para os feiticeiros das aldeias. Por estes não podemos fazer nada... Mas reflitam um momento, sim, só um instante". Ele pontua suas palavras com pontos de suspensão que colam a assembleia a seus lábios. Seu fraseado é tão impecável quanto o dos maiores cantores de *jazz*, que sabem como o silêncio é essencial para a música, para a atenção do ouvinte, para a captação de sua emoção. Não é preciso preencher o ar de notas, mas saber destilá-las. Essa performance só é possível depois de longos anos de prática. Cada um tem seu gênero. Mamãe Bosangui, que não tem em seu repertório a delicadeza das vocalistas de *jazz*, mas domina totalmente a desmesura do soul, é uma espécie de Aretha Franklin velha e com espessura dobrada. Já o esposo é um Nat King Cole, que teria integrado em seu recital a dissimulação de Andy Bey. Penso no papai, ao olhar esse espetáculo perfeitamente encenado. Foi ele que me ensinou os códigos da interpretação do *jazz vocal*. Ele me pegava no colo enquanto escutava grandes cantores e me explicava, dirigindo-se mais a si próprio do que a mim, o valor expressivo do *vibrato* e das harmonias sugeridas pelos silêncios. Dizia que uma improvisação devia ser construída, ter um início, uma fermata e um fim. Enfatizava que a colcheia era a dominante, e que o tema deveria sempre poder ser reconhecido. Penso nele, que me transmitiu essas coisas por inadvertência, me apertando contra si em sua solidão como uma criança abraça um bichinho de pelúcia. No fundo, terei sido a boneca preta de vocês, dos dois, cada um fazia de mim o uso necessário à sua sobrevivência. O predicador, que dispensa o Livro, continua, depois de dar alguns passos no palco, a mão esquerda enfiada no bolso de seu terno e a direita estendida para a multidão: "Quando vocês querem ganhar na loteria, fazem o esforço de comprar um bilhete. Quando vão ao banco pedir um empréstimo, consentem que o banqueiro cobre um aporte pessoal. Por que razão vocês querem que Deus lhes dê o que estão pedindo a Ele sem que ofereçam nada em troca?". Ele se cala e nos olha. Seus olhos subitamente arregalados e sua cabeça levemente inclinada nos convidam a considerar esse axioma. Certo de que sua mensagem nos atingiu, ele conclui: "Como todos os domingos, vamos ungir aqueles que vieram nos ver para nos comunicar o que estão prontos a fazer por "Aquele que é tudo". Eles receberão na frente de vocês a unção dos milionários, e sua vida será radicalmente transformada. Agora, o ofício vai começar. Oremos juntos". Eles oram. Só os frequentadores assíduos conhecem a oração. Lançam sua invocação com sua última energia, como se não fossem ter nunca mais a oportunidade de dizer sua submissão ao Altíssimo. Os guardiões da Porta Aberta do Paraíso são falsários, como Luz e Dom de Deus. Eles também professam uma fé falseada. Aqui, não se crê de verdade. Finge-se. Tenta-se o golpe. Papai e Mamãe Bosangui sabem muito bem com quem estão tratando. Conhecem perfeitamente as engrenagens da mecânica mental desse povo que não pode acreditar em nada, uma vez que não acredita em si mesmo. Tudo deve vir de fora, do alto, de baixo, pouco importa, contanto que não seja do interior. Não ouço a oração. As palavras não passam de um zumbido. Tudo o que conta para mim é a sua nuca. Há apenas você; e o próprio Deus — que Ele me perdoe — é a menor das minhas preocupações. Todo o meu corpo quer se levantar, se precipitar na sua direção, abraçá-la, chorar e rir nos seus braços, dizer que não tenho nada para lhe perdoar, que eu não lhe repreendo em nada. Você é minha mãe. Você é a mãe que me foi dada para que eu seja quem sou. Que importa que isso tenha precisado crescer na aridez, que importa que tenha sido necessário levantar os escombros da insensatez, se tudo isso finalmente me levou até você. Meu corpo mal acomodado não aguenta mais, mas não consegue se mover. Meu desejo é forte demais. Quero-a demais para ir ao seu encontro. Você poderia mais uma vez se recusar a me reconhecer. Esse pensamento me atravessa com pavor. Mas deixa-me tão depressa quanto veio, dando espaço apenas para essa paixão por você, até então insuspeitada.

Sentada, fixo o que posso ver de você, esse corpo miúdo no vermelho de uma batina grande demais. Queria protegê-la, tão frágil você me parece neste instante. Suas costas não são mais aquela muralha seca, aquele tapume estanque que outrora se impunha entre nossos dois corações ávidos e jamais satisfeitos. Imagino que você está com as mãos sobre os joelhos e esqueço, mãe, o furor delas se abatendo sobre a minha pele por um sim, um não, pelos nadas de que aquele inextinguível furor que você trazia dentro de si se apropriava para extravasar sem contenção. Somos esse povo da oralidade que nunca diz nada de essencial, que só sabe fazer barulho para tentar sufocar a dor. Somos adoradores da palavra fútil ou prosaica. Calar o íntimo nos demanda tanto esforço que não surpreende que agora sejamos ao mesmo tempo loucos e exangues. A maior parte de nós. Não todos. Vozes se recusarão a calar. Virão revelar a todos os segredos de família, suspendendo assim a sentença de morte que pronunciamos contra nós mesmos. Por ora, olho você e tremo. Queria que você sentisse na nuca a picada desse olhar. Queria que você virasse, que, com um jeito surpreso, você se levantasse e me estendesse os braços. Que disséssemos sem pronunciar uma palavra que nos resta uma chance. Que seremos talvez um binômio manco, balançando constantemente sobre pernas incapazes de seguir na mesma direção, mas que estivéssemos sempre juntas. Que distração me desviou do seu perfil quando Os Frutos do Paraíso se acomodavam no templo? Onde passeavam meus olhos em vez de espreitar a chegada do seu rosto contemplado em imaginação ao longo de três anos? Não é possível que só as suas costas me sejam dadas. Não depois de todo esse tempo, não depois que a cólera me tenha construído e tornado forte o bastante para que eu pudesse me livrar dela. Amadureci dentro de uma bolha de raiva para criar uma identidade que fosse minha, para ser um indivíduo num mundo onde só essa palavra já é uma transgressão, uma blasfêmia. E depois, um dia, a bolha cedeu. Eu estava pronta. Ainda não completamente afinada, mas pronta o bastante para não mais temer vê-la tal como você é, e entrever que meu destino não repete o seu. Tenho vontade de chorar, mas não por minha sorte. As lágrimas que me sobem aos olhos acabam de afogar nossos anos desperdiçados. São, a seu modo, um dilúvio, que nos deixará em algum lugar um quadrado de terra seca e inviolada, onde construir com o que tivermos esse amanhã ao qual não posso renunciar. Aceito tudo do passado, seus trancos e sua escuridão. Aceito porque espero resolutamente que o sofrimento circunscrito nele não seja vão. Não fizemos o percurso de nossos antepassados, não o sabemos de cor? Restam-nos somente chances. Possibilidades. Quero agarrá-las para nós duas, fazer com que você as deseje, se você não tiver consciência delas. Eis aqui o brilho do novo sobre os meus dias: sua nuca frágil, sua túnica escarlate. Fragilidade dos nascimentos. Vermelho do sangue que nos liga para além de nossa vontade. Meu corpo permanece petrificado, mas meu coração sorri.

A Sra. Mulonga está sentada ao meu lado, a expressão grave. Observa a plateia em silêncio, procurando talvez os olhos da Senhorita, que nos deixou repentinamente, desde que chegamos. Ela se instalou três fileiras à nossa frente, em meio a outros frequentadores, com os quais se esgoela pretendendo orar. Como suas "irmãs", ela implora que o Eterno tenha piedade dela, que a perdoe pelas faltas que ela não acredita ter cometido de verdade, pois pensa que na realidade é vítima de inúmeras injustiças. Todos os que estão aqui se tomam por Justos perseguidos. Não fizeram nada de mau. O Mal simplesmente se apoderou deles, entravando o destino luminoso que lhes foi prometido quando nasceram. Eles pedem que a justiça seja feita, que seus inimigos inominados sejam mandados para sempre para a geena. Que os papéis sejam enfim invertidos, que o poder de prejudicar e oprimir seja tirado daqueles que o detêm, para ser transferido para suas mãos. E eles farão exatamente o mesmo uso de tais poderes. Passar do estatuto de último ao de primeiro implica fazer o que geralmente fazem os graduados da sociedade. Papai e Mamãe Bosangui ungirão daqui a pouco os futuros milionários, segundo disseram. Não consigo aceitar a credulidade da plateia, de todas essas pessoas que estão aqui. Parece-me, ao contrário, que ninguém é tolo. Todo mundo sabe que há uma farsa, e cada um espera descobrir a senha para fazer parte da gangue dos milionários ungidos no domingo.

A oração termina, e Papai Bosangui deixa sua voz se dispersar lentamente, em algumas colcheias bem apoiadas: "Não perguntem mais o que 'Aquele que é tudo que é' pode fazer por vocês, mas o que vocês podem fazer por Ele! Vamos agora passar aos testemunhos. Vocês sabem que nós não realizamos os rituais de cura em público, porque o Altíssimo não poderia tolerar que todos os Seus segredos fossem revelados à massa. No entanto, vocês conhecem os que vão falar esse domingo. Vocês os viram sofrendo. Eles voltam curados, a fim de testemunhar diante de todos vocês o poder que nos foi confiado já há muitos anos". Ele se interrompe brevemente e fixa a multidão com o olhar, antes de recomeçar, num murmúrio vibrante: "O poder foi confiado a nós, mas não é nosso. É "Aquele que é tudo que é" que cura através de nós. Acontece algumas vezes de Ele negar sua clemência àqueles que têm a alma muito carregada. A estes, temos a imensa humildade de confessar que não podemos fazer nada". Ele baixa os braços, que até então manteve erguidos, e conclui sua pregação com um suspiro. Um raio de sol aumenta o brilho do terno de cetim azul elétrico, e é como se as roupas do velho não pudessem mais conter uma gargalhada. É tão fácil, funciona tão bem... No fundo, seria estúpido impedir-se de pisar naqueles que se curvam por livre e espontânea vontade. Mamãe Bosangui o substitui, para enunciar a lista de testemunhas, aqueles que devem proclamar a Shekina daqui a alguns minutos, com mais fervor que os outros, por tê-la provado na própria carne. Eles se levantam. Vemos os fiéis aparecer aqui e ali. Deixam o banco, desculpando-se por incomodar os vizinhos. Abandonam um canto de chão duro onde precisaram se sentar por falta de lugar. Ignoro de que eles podiam sofrer antes desse bendito domingo do anúncio público de sua cura. Tudo o que posso dizer é que a velha senhora que se apoia em muletas, ali ostenta no rosto uma careta que permite duvidar de sua saúde reencontrada. Cada passo parece um suplício insuportável. Dá medo vê-la desmoronar antes de testemunhar essa cura milagrosa que não pôs fim ao seu sofrimento. De certo ponto de vista, ela está andando. Seus braços tremem, tão intenso é o esforço para, acima de tudo, não soltar as muletas. A despeito de sua boa vontade, seus lábios não chegam a sorrir. A única ordem que o cérebro tem condições de transmitir aos músculos é a de se manter de pé. Todas as suas capacidades cerebrais e motoras tendem para esse único objetivo. A alegria, ainda que apenas aparente, não pode fazer parte do programa.

Faço como todo mundo: fico calada, sofro com ela, não movo um fio de cabelo. As outras testemunhas já estão alinhadas perto do púlpito. Não tiveram, por sua vez, dificuldade alguma para chegar até lá. Real ou fictício, o mal de que sofriam não aparece mais. É impossível saber se alguma hemorragia interna, um sopro no coração ou uma dificuldade para procriar ainda os oprime. Não se vê nada. Eles não sorriem por isso. Os agraciados pertencem de fato a uma categoria superior, quase celeste. Habitam agora um exílio privilegiado, em algum lugar longe do que é próprio ao Homem. Têm o rosto liso, brilhante, não do sebo que abunda sob a pele dos africanos do centro, mas de uma luz indefinível para os mortais. A velha senhora chega até eles. Finalmente. Seu brilho se deve mais ao suor que à iluminação. Ela não aguenta mais esse milagre de que é, diante de nossa assembleia, o objeto extenuado. Mamãe Bosangui lança-lhe um olhar gelado, mas o esforço, como um fogo interior, não cessa de fazer o suor correr em grandes gotas sobre a batina azul-celeste da vovó. Os agraciados estão todos igualmente vestidos. Uma larga faixa de tecido malva lhes envolve a cintura, conferindo a seus modos uma rigidez vinda do alto. Só a velha senhora de muletas se esforça para demonstrar rigor. Sua humanidade estragaria tudo, se Mamãe Bosangui não tivesse a ideia de uma solução rápida para o problema. Depois de avaliar perfeitamente a situação, ela se aproxima da vetusta mulher e coloca a mão sobre seu ombro. A frieza recente de seu olhar dá lugar a uma doçura compassiva, cheia do maior respeito, de uma infinita benevolência. Envolvendo a velha senhora no aconchego de seus olhos, ela se vira na direção da assembleia para declarar: "Todos aqui conhecem a Sra. Ebabadi, anciã de nossa igreja e membro eminente da congregação. Todos vocês sabem que um ataque cerebral deixou-a paralítica e que os médicos dos homens não lhe prediziam mais que algumas semanas respirando o ar daqui de baixo. 'Aquele que é tudo que é' decidiu outra coisa... Vocês a viram andar, e seu tratamento ainda não terminou". Uma vez que a Sra. Ebabadi ainda não está sequer convalescendo, é inútil exigir que ela testemunhe verbalmente. Sua presença é suficiente. Basta que ela se inflija a tortura de se apresentar diante da multidão. Mamãe Bosangui esboça um movimento discreto com a mão, e alguns jovens vêm precipitadamente pegar a velha para fazê-la sentar-se. Pedem a duas pessoas para lhe ceder o lugar. É que a anciã apresenta esse traseiro imponente que têm as mulheres do Mboasu, esse bumbum cuja circunferência aumenta ao longo dos anos. Ora, ela viu épocas se passarem. E, além disso, não convém correr o risco de ela desmaiar se tiver de refazer o trajeto que a deixou encharcada de suor. Enquanto ela se acomoda no banco, exala um suspiro profundo. Faltando-lhe com o respeito, podemos compará-lo a um barrito surdo. Mas ninguém pensa nisso, evidentemente. Aqui é a África. Venera-se a proximidade com a morte, o fato de estar no limiar de um mundo evocado sem cessar, mas totalmente desconhecido. Ninguém pensa que a senhora emite barritos, tendo em vista a forte impressão que ela acaba de causar: não é todo dia que se assiste a uma experiência tão viva de morte aproximada. Todos prenderam a respiração. Mamãe Bosangui tira um lenço não se sabe de onde para secar o rosto da vovó. Seu gesto é delicado e reverencioso.

    Há alguns minutos estou ouvindo a Sra. Mulonga ranger os dentes. Ela não tolera mais esse circo, e não faz seu estilo calar as emoções. Ela se levanta. Suas narinas tremem.

Seu maxilar se enrijece. Quando apostrofa, Mamãe Bosangui tem os dentes tão cerrados que chega a ser curioso que consiga enunciar uma frase tão clara: "Ruth", diz ela com uma voz forte, amplificada pelas abóbadas do imenso salão, "não me surpreende que você tenha-se lançado numa empreitada dessas, e que seja muito hábil nisso. Já no tempo de nossa adolescência você tinha um senso do espetáculo mais que certo. Contudo, estou apreciando moderadamente a atração e gostaria de não perder mais tempo...". A interpelada domina imediatamente seu espanto e corta a fala da que perturba: "Thamar, o que quer que tenha para me dizer deve esperar o fim do serviço. Ninguém aqui admitirá a menor descrença. Você não tem tempo a perder? Muito bem. Nem nós. A alternativa é clara: você se senta ou sai". Durante esse preâmbulo do que sem dúvida será uma interação significativa, raios ardem. Seus olhos enviam-nos um ao outro, faiscando. As duas mordem os lábios de uma maneira característica vinda do fundo das eras do Mboasu, quando os habitantes deste país se deixavam levar de boa vontade por torrentes de adrenalina, em particular caso se tratasse de mulheres opostas por um assunto qualquer. Depois, viramos um povo civilizado, ainda que o presidente Mawusê tenha imposto uma revolução cultural proibindo os nomes cristãos, que atestavam nosso adeus à selvageria. A revolução em questão, de resto, teve pouco efeito. O nome do país foi africanizado. A Costa das Pedras Preciosas tornou-se Mboasu. As ruas que tinham nomes de grandes civilizadores foram rebatizadas, mas não se foi além. Logo perderam o fôlego.

A História não se reescreve. O francês é a língua oficial do Mboasu. De todo modo, as fronteiras associaram em seu interior tribos tão díspares e tão ciosas de sua língua que o costume do falar colonial foi considerado o meio mais seguro para se preservar uma forma de paz identitária. Portanto, o francês goza de certa neutralidade, independente da maneira como chegou ao seu trono. Os habitantes do Mboasu, que no entanto possuem uma raiz linguística comum, não se entendem de uma região para outra, de um quintal para outro. São todos bantos, mas isso não significa grande coisa. Um grupo étnico não basta para formar uma nação. Se porventura o país chegou a uma espécie de coesão, é à força das coisas que isso se deve. A vontade dos homens, por sua vez, tende para objetivos mais pragmáticos, como todos podem perceber na conversa das duas sobreviventes da aurora da independência. Depois, o sol se pôs. Não é mais que um disco luminoso que acaba de indicar aos humanos que é hora de fazer cara de vivo. Ruth e Thamar se fitam. As pupilas de seus olhos são adagas de lâmina escura, perfeitamente afiadas. Nenhuma pretende desistir. A Sra. Mulonga recomeça, os dentes mais cerrados do que nunca e o discurso sempre incrivelmente límpido: "Farei como entendo que devo fazer, e prometo dar o fora antes da unção dos milionários se, e somente se...". A adversária é feita de uma madeira tão rústica quanto a dela. Construída dessa mesma matéria eminentemente resoluta que considera que só a morte assinala o fim do combate. Nessas condições, como poderia ela não interromper de novo, para dizer o seguinte: "Mas você tem problema na cabeça? Você vem à *minha* igreja, profere esse 'se e somente se' na frente dos *meus* fiéis e, ainda por cima, zomba das *minhas* unções dominicais! Saiba, para o seu governo, que o *meu* óleo bento, uma vez aplicado na testa dos eleitos, garante a eles abundância e felicidade!".

A Sra. Mulonga considera longamente a silhueta de Mamãe Bosangui, cuja respiração quente está a ponto de estourar as costuras do vestido colado. As carnes adiposas não aguentam mais ser comprimidas, e, sob o efeito de um tal furor, Mamãe Bosangui tem cada vez mais dificuldade para contrair essa barriga impressionante, que agora treme sob o cetim. É nesse silêncio o mais denso possível — pois os fiéis que tiverem bom senso a essa hora sabem que não é o momento de emitir sequer um sussurro — que a Sra. Mulonga tem tempo de medir sua interlocutora com o olhar. Em seguida, ela formula uma asserção cujos vocábulos, perfeitamente isolados um do outro por uma elocução da qual ela tinha total domínio, assumiam cada um um significado bem mais considerável do que se fossem ditos na cadência habitual: "Minha caríssima Ruth", lança ela com uma voz gelada, "sugiro que desça desse seu pedestal. Ao contrário de todos que estão aqui, e incluo no lote o seu comparsa conjugal, conheço sua carnação de origem e tudo mais. Não me obrigue a ir até esse púlpito, onde falarei de fatos tão comprometedores quanto verificáveis a seu respeito. Tudo o que quero é encontrar Ewenji, cuja filha está sentada ao meu lado. Diga-me onde ela está, e paramos por aqui". Mamãe Bosangui suspira. O marido olha para ela. Ele sabe do que ela é capaz em diversos domínios, mas se pergunta manifestamente de que a Sra. Mulonga estaria falando. Os elos de prata de sua corrente dançam sobre seu peito, e, vestido com esse terno, usando esse penteado no mínimo perturbador, ele de repente tem o jeito de um cafetão que começa a envelhecer.

Sua mulher lança-lhe um olhar firme de quem não está entendendo muito bem do que fala essa velha louca da Thamar, e que parece querer lhe dar uma satisfação para ficar em paz. Eles terão uma "conversa séria" esta noite. Cara a cara. Por ora, trata-se principalmente de não passar para os fiéis a sensação de que ninguém além de "Aquele que é tudo que é" possa comandar Mamãe Bosangui como um rei. Assim, é com uma cara compassiva que ela responde, não separando as palavras umas das outras, mas usando o tom mais condescendente de que dispõe na larga gama de atitudes que compõem seu personagem: "Thamar, acho você muito ingrata. Há anos sou eu que cuido sozinha da sua filha. Todas as orações de meu sacramentário fazem parte da vida dela, mas tudo o que você faz para me agradecer é me envergonhar publicamente... Que seja, aceito. Você é uma intelectual. Aos seu olhos, todos aqui somos indigentes mentais!". Mamãe Bosangui acaba de cometer um erro. Desejando ter a última palavra, aventurou-se no terreno mais escorregadio que existe, ao chamar uma mulher do Mboasu de má mãe. Em nosso país, as crianças têm uma mãe, e só pertencem muito secundariamente ao pai. Quando têm sucesso, os genitores clamam sua paternidade. Quando fracassam, é sempre à mãe, e somente a ela, que cabe a responsabilidade. A Sra. Mulonga não é mulher de se culpar por esse assunto, e se ela se recrimina constantemente pelos erros da Senhorita, está fora de questão que quem quer que seja se permita acusá-la. Não são mais narinas frementes, mas um nariz de touro que ela tem ao responder: "Ruth, Ruth, Ruth! Então onde estão os seus próprios filhos? Como é possível que o seu Deus fabrique beatas inférteis e intelectuais fecundas? Na minha opinião, Ele sabe o que faz! Estou lhe perguntando somente onde está Ewenji". Mamãe Bosangui não vai conseguir se recobrar de uma alfinetada tão incisiva. Uma mulher estéril no Mboasu é um ser inútil, quiçá maléfico. Admitindo-se vencida, ela suspira: "Aquela a quem você procura não está mais aqui".

Elas continuam falando. A Sra. Mulonga se queixa de que não valeu a pena fazer todo esse barulho por nada. Suas palavras chegam-me apenas em surdina. Tudo o que ouço é que não é você. Não é a sua nuca que estou olhando febrilmente esse tempo todo. Mais uma vez, esperei-a em vão. Mais uma vez, lancei-me impetuosamente no vazio. Você não existe. Você não passa de uma fábula que inventei para me acreditar humana, nascida de uma carne viva e não apenas surgida de um buraco. Não quero mais esperar. Você não está aqui. Não há razão nenhuma para que esteja em outro lugar. A Senhorita, que até então esteve calada, levanta-se para trazer ao conhecimento de sua mãe uma decisão da mais alta importância: "Eu a renego! Você me dá vergonha! Não vou voltar para a sua casa, onde eu vivia apenas para respeitar o comando divino de honrar os pais!". Ela se senta novamente. Suas proposições não comovem sua mãe. Sem uma palavra para A Senhorita, a Sra. Mulonga me pega pelo braço, dizendo: "Venha, Musango. Não temos nada para fazer aqui". Ela sabe que a filha voltará. Elas são uma carne única, o calvário que cada uma deve escalar, até que a morte as separe. Não será assim conosco. Contudo, não posso deixar este lugar sem saber que corpo é aquele, que mentira é aquela que não cessei de contemplar, tomando-a por você. Desvencilhando-me do domínio da Sra. Mulonga, avanço na direção dos Frutos do Paraíso. Enquanto caminho para o grupo de batinas vermelhas, aquela que eu acreditava ser você não se move um milímetro. Aparentemente, nada disso lhe concerne. Quero ver o rosto dela, saber como uma criança pode não reconhecer sua mãe. Não é o tempo que opera na matéria. Não foram os anos passados longe de você que formaram essa ilusão em meu espírito. A multidão me olha avançando, sedenta de sensacionalismo. Ninguém se levanta para me conter, e aquela que devia ser você permanece imóvel. Ela não me vê chegando. Quando enfim me ponho em sua frente, ela me dardeja com um olhar frio que me faz compreender que, longe de estar ausente dos acontecimentos, ela participou deles voluntariamente de forma silenciosa. Ela se parece com você, e não por acaso. Os olhos dela são tão amarelos quanto os seus, quanto os meus. Ela tem as faces cavadas e a ossatura fina que minha memória conservou de você.

Nós nos observamos por um momento, um tempo interminável. O tempo de minha estupefação diante dessa semelhança, o tempo de sua irritação manifesta diante de minha audácia. Não lhe faço a pergunta à qual ela responde com uma voz mecânica: "Então, você é a filha de Ewenji... Sou sua tia Epeti. Evidentemente você não me conhece. Sua mãe errava nas ruas de Sombê a sua procura, quando a encontrei e a confiei a Mamãe Bosangui. Eu não podia abrigá-la em minha casa, e a ajuda de que ela precisava não estava de modo algum ao meu alcance. Ficou aqui apenas algumas semanas". Ela me explica que você sempre foi impermeável aos conselhos dela e que, em vez de receber na sua hora a unção dos milionários, de que muito precisava, você preferiu ir ver se a sua salvação estava em outra parte. Sua irmã mais velha ouviu dizer que você tinha sido vista ao lado da Igreja da Palavra Libertadora, o antigo Boogie Down. Olho minha tia por mais um instante, essa que não se teria virado para ver o meu rosto se eu não tivesse vindo até ela. Pergunto-me o que ela terá sentido ao ouvir a Sra. Mulonga falar da filha de Ewenji. Será que seu coração deu um saltinho nesse peito frágil, que sua respiração se tornou um pouco superficial, por uma fração de segundo que seja? Nada disso transparece. O que vemos, ao contrário, é como ela deve ter recebido a famosa unção. A pele dela é tão lisa quanto a de um recém-nascido, e, se usa a mesma batina vermelha dos outros membros do coral, os anéis que brilham com mil fogos em cada um de seus dedos são igualmente sinais exteriores de sua eleição pelo divino. O dinheiro é bom, disseram e repetiram há pouco. Cada congregação tem seu credo. O retorno às fontes africanas da cristandade para o Soul Food, a felicidade material neste mundo para A Porta Aberta do Paraíso. Despeço-me daquela que não consigo realmente considerar minha tia, perguntando-me se de fato tenho vontade de saber o que se prega no Boogie Down, se ainda quero fazer de tudo para reencontrar você. Minhas forças me abandonam, e o temor de uma nova decepção emerge.

A Sra. Mulonga já se foi. Aquela que procuramos não está aqui, e não há nada a fazer neste lugar. Encontro-a do lado de fora e repito brevemente as conjecturas de tia Epeti. Por um momento, não dizemos nada. Apenas levantamos os olhos para o céu, num movimento comum que parece ter sido previsto há muito tempo por um acordo tácito, para que agora o esboçássemos de concerto. Constatamos que choveu enquanto estávamos lá dentro. Não ouvimos a queda das gotas de chuva no teto do edifício. Um arco-íris fende as nuvens com sua curva colorida. Aqui, isso é sinal de que uma elefanta está dando à luz em algum lugar próximo na mata. A floresta nunca está muito longe na África equatorial. Como para nós o rei da floresta é o elefante, e não aquele felino de juba loira, essas cores vivas no céu são de bom augúrio. O elefante simboliza a sabedoria e o poder. Longe de zombar de sua aparência pesada e de sua lentidão, nós o respeitamos. A vida é uma maratona. A memória não é uma faculdade, mas um valor. Tais são os ensinamentos do rei da floresta. Eles escorregam por cima de mim, como a água por sobre as penas de um pato. Tudo o que sei é que, enquanto um paquiderme põe seu filhote no mundo, você continua escapando. Você não me quer, não me espera em parte alguma. Sou de fato como os outros, todos esses outros cujos pais os expulsaram e que se alimentam como podem nos numerosos lixões improvisados, onde os dejetos se amontoam em pleno coração da cidade. Sou daqueles que devem suportar o suplício do círculo de fogo. Eles às vezes têm cinco ou seis anos. Jogados na rua, são recolhidos por vizinhos exaltados que se investem da missão de justificar a expulsão parental. Um pneu usado é passado ao redor de seu corpo, imobilizando os braços. Depois colocam fogo. Se queimarem, são feiticeiros. É muito raro que um pneu gasto não fique imediatamente em brasas, que os gritos da criança não venham fazer entender que um povo inteiro renuncia a seu futuro, pisando furiosamente nele, mais ou menos como se esmaga um escaravelho ou uma centopeia. O futuro se tornou um inseto nocivo cujos restos esmagados emanam um cheiro tão nauseabundo quanto o da borracha carbonizada. Eu também estou queimando, é o que diz a Sra. Mulonga quando me pega pela mão. Ela pensa que estou com febre. Tem razão. É por dentro que me sujeito à tortura do pneu incendiado. Estou incinerada desde o primeiro dia, e não tenho mais certeza de que quero continuar adiando a minha destruição. Deixe-me morrer, mãe, e não me dê à luz em nenhum outro mundo. A cólera toma conta de mim novamente, e as palavras de Musango, a velha, são um murmúrio quase inaudível. Ela me cochicha que essa batalha se ganha depositando no chão a espada e o escudo. Já dei meu adeus às armas. Pela primeira vez, a cólera não é dirigida a você. É a mim mesma que chamo de idiota, por ter-me acreditado capaz de nos reconciliar. Eu só teria conseguido costurar com pontos frágeis, sempre demasiado frouxos, o vão que nos separa. E eles teriam se rompido rápido demais.

Quando nos aproximamos do portão de ferro forjado, que eles deixam sempre escancarado, percebo que as rosas e as frangipanas jazem no chão. Suas pétalas rasgadas estão espalhadas sobre a grama, como penas de pombas atingidas em pleno voo. Só os brotos permaneceram intactos em alguns galhos que ainda estão presos no tronco dos arbustos. A tempestade fez um massacre, como sempre. Nós tiramos os sapatos e patinamos descalças na lama. Enquanto os meus pés se lambuzam no laterito impregnado de água, penso nas sementes de laranja. Eu era bem pequenininha na época. Você me dizia para não engoli-los de jeito nenhum, que um pé de laranja iria nascer na minha cabeça. Claro que eu fazia o possível para que nenhum me escapasse, chupando meticulosamente a polpa da fruta descascada para sentir as sementes deslizando uma após a outra para o fundo da minha garganta. Na minha imaginação, elas deviam encontrar uma terra lodosa nas paredes de meu estômago. Os restos de minhas diferentes refeições forneceriam o adubo. Esperava que a árvore crescesse, separando minhas costelas, fendendo meu crânio, para que surgisse um tronco, galhos, folhas. Esperava as flores de laranjeira, as frutas que eu poderia colher apenas estendendo a mão. Eu as teria dado a você. Eram as suas preferidas. Por anos, engoli sementes de laranja, no firme propósito de me tornar uma espécie de monstro que o seu olhar não poderia evitar. Diante do horror, ou simplesmente da estranheza, queremos desviar o olhar, mas é em vão. Transformada nesse híbrido vistoso, eu andaria como agora, aos trancos e barrancos, sob o peso da excrescência vegetal. Teríamos descoberto a origem daquelas cefaleias que invadiram minha cabeça quando fiz cinco anos e que ainda vêm me visitar de vez em quando. Eu teria aterrorizado você, mas você teria me visto. Em pouco tempo, eu só comia frutas com semente. As grandes melancias de carne vermelha, que eu esperava que me explodissem o peito. As uvas importadas que o papai comprava junto com seu *camembert* no supermercado, uma empresa francesa que à época tinha aberto uma sucursal em Sombê. Era nas minhas costas que devia crescer a vinha, e já me via obrigada a andar de quatro enquanto as cepas se alinhariam ao longo de minha coluna vertebral, alcançando o pescoço e o meio do crânio.

Nada jamais cresceu. Eu não era fértil. Você mentiu para mim. Para me salvar da transparência, meu despeito pôde apenas molhar meus lençóis até o dia da nossa separação. Ao menos, quando você precisava estender ao sol meu colchão molhado, à vista de todos os vizinhos, lembrava-se de mim. Envergonhá-la desta criança incontinente a essa idade era tudo o que me restava. A memória desses esforços dissipa minha lassidão. Certamente preciso continuar procurando você, para por fim saber o que aconteceu com você. Precisei de tempo para dar a volta nesse vulcão, nessa massa que guardo no fundo de mim mesma: um ódio compreensível, um amor corrosivo. Precisei de tempo para abolir a ambivalência. Agora, caminho sobre a outra encosta de nossa dor, mãe. Caminho pelas duas, talvez a despeito de você. Não me dê mais à luz, mãe: deixe-me recriar você.

Chegamos à feira de Kalati. A Sra. Mulonga quer comprar bacalhau seco. É domingo, mas, quando chegamos à feira, numerosas comerciantes estão lá. Vendem víveres dispostos em pequenos montes, sobre lonas estendidas direto no barro. Algumas enrolaram os pés em sacos plásticos que às vezes faziam de estranhas pantufas. Reconheço Kwin, ali, em frente a seus cachos de bananas. Ela continua tão grande, tão corpulenta. Com ela, não se vende muito. Ela conhece a qualidade de suas bananas, o preço que pagou por elas e as noites passadas na feira em todas as estações do ano, na esperança de fazer alguma economia. Parece que ela não se moveu de lá durante esses três anos, que seus olhos não viram nada além deste lugar. Nossos olhares se cruzam. Acho que meu rosto não lhe diz nada. Há tantas crianças e adolescentes nas ruas desde que a guerra acabou que ela não pode se lembrar de mim. A emoção que me toma estranhamente me impede de ir agradecê-la por ter-me tratado como um ser humano. Ela não fez aquilo para receber um agradecimento, e certamente não em palavras, uma vez que, com a idade que tem, ainda se mantém no meio desse campo de batalha. É o sétimo dia. Nada de repouso para as pragmáticas. Nada de berros dirigidos ao Céu para aquelas que sabem que, tendo em vista o burburinho que chega a Deus vindo daqui, devem esperar um momento em que Ele distinga a voz delas entre todas as outras. E, além disso, toda a vida delas é uma oração, uma sequência de rituais, uma soma se sacrifícios. O que mais é preciso Lhe oferecer além de todo esse sofrimento? Não reconheço nenhuma das outras mulheres que estão aqui neste domingo, mas sei de todas elas. A Sra. Mulonga sabe onde conseguir seu peixe. Ela me arrasta atrás de si por entre as barracas, e eu fico pensando como fazemos para comer o que comprarmos aqui, de tanto que fede. Se nos fiarmos no cheiro, não dá para duvidar que tudo está podre. Mas não é o caso. Os robalos e linguados que estão aqui foram pescados de madrugada no Tubê. A menininha que os está vendendo tem os pés espalmados dos moradores da aldeia dos pescadores, e o olho selvagem das feirantes aguerridas. Ela tem apenas alguns peixes, bem bonitos, que logo encontrarão comprador. A Sra. Mulonga olha-os um instante, antes de insistir em sua ideia: bacalhau seco, molho de amendoim e quiabo. Proclamar a Shekina quando se duvida dela e brigar com Mamãe Bosangui, tudo isso cansa. A menina nos mede com o olhar de desprezo que deve dirigir a todos que fazem isso. Ela não tem a intenção de chamar o freguês, mas quem parar em sua barraca, que não faça a afronta de lhe dar as costas.

Quando avançamos com dificuldade para o objetivo da Sra. Mulonga, um grito se faz ouvir: "Pega ladrão! Pega ladrão!". Paramos imediatamente, e, como a multidão das feirantes e seus clientes, esticamos o pescoço para ver quem está pedindo ajuda dessa maneira, e principalmente quem é o acusado. Primeiro, não vemos nada. Depois, bem depressa, um tropel se forma num canto da feira, não muito longe do lugar onde Kwin oferece suas bananas. Eu tremo por dentro. Geralmente, a multidão não tem dó dos ladrões, mesmo os apenas supostos. Nunca lhes é dado tempo para se explicar. Se quisessem devolver seu butim, normalmente magro, não poderiam. Num país governado por canalhas impunes, a população transfere sua raiva para os peixes pequenos. Em feiras como esta, na maior parte das vezes trata-se de crianças famintas. Com muitos dias de jejum forçado causando-lhes tonturas, eles têm a audácia de passar a mão num peixinho defumado. Parece que é este o caso, hoje como ontem, hoje como amanhã. A cena que se desenrola à nossa frente não passa de uma repetição do cotidiano. Não é de admirar: na língua dos habitantes de Sombê, ontem e amanhã se dizem do mesmo modo. É a mesma palavra. Um menininho magrelo é arrastado no meio do tropel de que nos aproximamos, depois de a Sra. Mulonga esbravejar contra esses selvagens que a fazem perder seu tempo. Ela que só queria comprar bacalhau... "Se eu não for até lá, pode ter certeza de que esse garoto não vai ver o sol se pôr". Sei que ela tem razão. Ninguém defenderá esse menino. Todos querem bater nele, um por vez, colocar pó de pimenta em suas feridas ou nos olhos, castigá-lo por todas as injustiças que atormentam o país. Ademais, acho a Sra. Mulonga bem confiante. Ela com certeza é naturalmente autoritária, mas, que eu saiba, não há nada que possa conter uma multidão descontrolada.

Não se contam mais os cadáveres que juncam as calçadas, pretensos ladrões tornados irreconhecíveis pelo tratamento a que foram sujeitados. Se seus parentes por acaso tivessem vontade de reconhecê-los, não conseguiriam. A prefeitura de Sombê, quando tem tempo, recolhe esses corpos para jogá-los numa vala comum, fora da cidade. Uma repartição foi criada para esse fim. Enquanto esse trabalho não é feito, os passantes pulam sem pestanejar os despojos abandonados e se voltam para suas ocupações. A criança sabe o destino que a espera se não se puser imediatamente de joelhos para pedir graças, como está fazendo agora. Não vale a pena negar, defender-se. Ele deixa suas lágrimas correrem e pede perdão a uma mulher com o rosto precocemente serenado. Ela fita-o longamente, os punhos enfiados na carne abundante de suas ancas, e esse olhar não deseja ter piedade de ladrãozinho nenhum. Nem dele, nem de ninguém.

Peixinhos defumados encontram-se na lama diante dos pés calçados de plástico da feirante. Não estão perdidos. Basta passá-los na água, secá-los com um pano qualquer e recolocá-los em montinhos na lona. Os gritos dos curiosos se sobrepõem ao choro da criança, cuja única roupa é uma cueca suja. Ele tem as mãos arranhadas, as unhas pretas de sujeira, as costas cobertas de dermatoses e a planta dos pés estriada por longas caminhadas sobre uma terra impiedosa. Inesperadamente, a reivindicante lhe assenta um chute no queixo, que o faz cair de costas. Seu corpo raquítico se acomoda na lama. A multidão aprova com um longo murmúrio que, emitido em uníssono por todas as vozes, torna-se um clamor, no qual a feirante encontra a justificativa para seus atos, a afirmação de seu direito legítimo. Ela pega um pilão que guarda ali, sem dúvida para pilar o milho de suas magras refeições. Brandindo-o tão alto quanto permitem seus braços roliços, ela se prepara para bater no garoto. Duas vozes fortes a interrompem: "Tuté, pare! Você está louca, senhora, é só uma criança!". Kwin e a Sra. Mulonga falaram ao mesmo tempo para evitar o drama. Elas ainda têm muito que fazer. A multidão, privada de sua vingança irrisória sobre o destino, investe contra elas: "Cuidem da sua vida! Ela tem razão, ele roubou um peixe! Sim, eu vi! Mais um desses meninos soldados! Vou me lembrar para sempre daquela noite em que eles vieram pôr fogo na nossa aldeia. Por que ter piedade deste aí? Deus sabe quantos crimes ele cometeu. É simples justiça. Tuté, dê um corretivo nele!".

Com um movimento idêntico, Kwin e a Sra. Mulonga fendem a multidão e se precipitam sobre o menino. Elas o põem de novo em pé, sobre as pernas tremendo, e ficam uma à frente e a outra atrás dele. O pequeno não ousa levantar os olhos. Fita seus artelhos cascudos. Uma voz de mulher grita: "Olhem para este espertinho! Ele faz como se nada fosse, mas eu vi muito bem que ele surrupiou um peixe! Se não for um desses antigos rebeldezinhos, é um feiticeiro. As crianças normais não ficam andando sozinhas pelas ruas...". Kwin procura com o olhar a acusadora, encontra-a e lhe diz calmamente: "Todos aqui sabemos que só um feiticeiro reconhece outro". A multidão se cala, chamada novamente à ordem. A fala do oculto é a única que ela escuta em todas as circunstâncias. A Sra. Mulonga acrescenta: "Que espécie de mulher pode deixar uma criança morrer de fome? Que povo nos tornamos...". Kwin sabe que esse tipo de discurso moralizante não tocará a audiência. Assim, ela não deixa sua aliada continuar, e exclama: "Silêncio! Vocês não estão todos saindo do culto? Sei que a maior parte de vocês acaba de pedir a remissão de suas faltas, a chuva do maná e a aniquilação de seus inimigos...". Vestida com esse amplo vestido pareô que é a roupa tradicional das mulheres da costa do Mboasu desde que a esposa de um missionário britânico pôs na cabeça que devia cobrir-lhes a nudez, ela afunda a mão no único bolso de sua vestimenta. É do lado direito, bem entendido, que se situa a fenda onde ficam preciosamente guardados os objetos que estimamos dever conservar conosco. Talismãs, documentos de identidade, patentes autorizando o comércio nesses locais, notas de banco cuidadosamente embrulhadas em um lenço firmemente amarrado, cascas de árvore para mastigar para tirar uma dor de dente aguda. A larga mão de Kwin vasculha nas profundezas do vestido, e a multidão suspensa em seu gesto prende a respiração. Ao fim de alguns minutos, depois de apalpar uma quantidade considerável de objetos que não eram o que procurava, ela acaba por mostrar uma Bíblia. "Não acredito em uma palavra do que está escrito aqui", diz ela. A multidão deixa escapar um grunhido surdo em sinal de desaprovação.

O que está escrito ali, como ela diz, é a Palavra! Para alguns, a tradição roubada dos nossos por povos que fizeram apenas copiá-la em monumentos no Egito. Para outros, o verbo mágico que basta pronunciar com a mão em cima de um óleo qualquer para que este se torne um unguento sagrado. O que está escrito ali todos respeitam. Pouco importa que vão às escondidas consultar esse feiticeiro que expulsa o mal simplesmente jogando água de chuva ou polvilhando o chão da casa com algumas pitadas de sal. O Livro não contém a história de um fazedor de milagres, de um mágico poderoso? O Livro não fala de sacrifícios a fazer para atrair as graças do Supremo? Sim, ele relata esses acontecimentos. Desde os primeiros capítulos, dá a entender que o Eterno aprecia particularmente a carne, desdenhando dos produtos da terra.[16] É por estarem de acordo com os desejos profundos do Todo-Poderoso que os fetichistas pedem com tanta frequência animais para apresentar como oferenda. Não há contradição alguma entre essas práticas. Elas se completam, formam um conjunto. Portanto, quando Kwin afirma sua descrença, não somente o povo a reprova, mas instintivamente dá um passo para trás. Só uma enviada do Maligno, uma de suas comparsas mais graduadas pode se expressar assim em pleno dia. Já não se ocupam mais do menino, que transpira abundantemente, preso entre as duas massas que o protegem e sufocam, como uma minúscula salsicha esmagada por duas enormes fatias de pão. "Não acredito no que dizem estas páginas", repete Kwin". E como poderia, sabendo que aqueles que as trouxeram até nós rapidamente se desviaram delas? No entanto, a maneira como vocês engolem todas essas ficções veterotestamentárias, sua adesão enfurecida a essa pretensa Revelação que só promete horrores, tudo isso me deixa estarrecida. É por isso que leio o seu

---

[16] Quando Caim e Abel apresentam suas oferendas a Deus (Gênese, 4:3-5), este recusa os produtos da terra e aceita os animais que lhe são sacrificados. [Nota do editor francês]

Livro. Talvez eu acabe descobrindo que vocês são de fato feitos à imagem desse Deus que deixou seu filho morrer por nada, uma vez que, desde que esse pobre Yeshua foi coroado de espinhos e crucificado, nada aqui embaixo parece irrefutavelmente salvo...". Dirigindo-se à multidão, que tomou o cuidado de se afastar um pouco e se prepara para sair correndo se necessário for, ela folheia o Livro. Aparentemente, está procurando passagens precisas. Quando as encontra, usa os dedos indicador e médio como marcadores. Por um instante, ela se cala. Esse silêncio atrai ainda mais a atenção. "Uma vez que esta é a Palavra, uma vez que esta é a tradição, a lei que ninguém poderia violar, quero ler para vocês as advertências do Deus desse Livro com relação àqueles que se desviaram Dele". Kwin lê as Maldições que esperam aqueles que romperem a aliança com o único verdadeiro Deus. Ele promete os piores sofrimentos, as piores humilhações. Fazendo um comentário a cada versículo, ela nota a maneira como ele se refere à situação do povo deste país. "É de uma precisão tão espantosa", afirma ela com uma ponta de ironia, "que me pergunto se um dia desses não vou acabar me convertendo". De fato, o Deus do Livro promete aos que se afastam de Seus caminhos que suas cidades não passarão de ruínas, e que suas oferendas não mais O agradarão. A voz profunda de Kwedi interroga a multidão. Ela pergunta se aqueles que estão tão prontos para tirar a vida de uma criança pobre por causa de um desses peixes podres que Tuté defumou para poder vender não têm nada melhor para fazer, um mundo para reconstruir. Ela os incita a olhar ao redor de si, para perguntar se estão vendo outra coisa nesta cidade além de seus escombros. Segundo o Livro, os fatos, assim como o cenário, provam a maldição das pessoas daqui. Eles se irritam com ela, porque o que ela acaba de enunciar em voz alta é o que pensam de si mesmos. Como insistem em se calar, ela diz: "Não aumentem a sua desgraça. Tomem seu caminho, e que Tuté reveja seus atos". A massa dá mais um passo para trás, enquanto Kwin a abarca com o olhar. Ela lê a promessa do Altíssimo: "...E perecereis entre as nações, e a terra dos vossos inimigos vos consumirá. E aqueles que entre vós ficarem se consumirão pela sua iniquidade nas terras dos seus inimigos, e pela iniquidade de seus pais com eles se consumirão".[17]

Fechando a Bíblia, ela pede à audiência que considere a famosa Palavra, pois é bem verdade que perecemos entre as nações, ainda que não estejamos sós. Também é bem verdade que muitos entre nós se vão para "fazer a Europa", como quem entra sozinho na boca do lobo. "Não sei se de acordo com o Livro a Europa é o país dos inimigos, diz ela. Não saberia dizer nem mesmo o que o Livro chama de inimigo, mas vocês que acreditam, convido-os a voltar para suas casas e a meditar sobre esses versículos. Depois, venham me dizer se querem ver o pilão de Tuté explodir a cabeça de uma criança que poderia ser a de vocês". Antes de ela terminar, eles se dispersaram. Tuté largou o pilão e se agachou para juntar, xingando, sua mercadoria espalhada. Kwin suspira voltando-se para o menino que caiu de novo de joelhos, desta vez para agradecer. Ela recoloca-o de pé e diz: "Aprenda a pedir, em vez de roubar. Se estiver com fome, venha me ver". O menininho desaparece depois de receber um pedaço de banana assada. A Sra. Mulonga parece maravilhada, e não é somente a bondade da alma de seu acólito que a impressiona. "Senhora", diz ela, executando quase uma reverência, "não entendo o que faz aqui! Você fala o francês mais delicado e mais preciso que já se ouviu neste país há decênios. A senhora deve ter a minha idade, então sem dúvida deve ter um nome. Eu me chamo Thamar".

---

[17] Levítico, 26:38-39. [Nota do editor francês]

Ela estende a mão, mas a feirante a ignora, respondendo simplesmente: "O que eu faço aqui é existir. Sobre o meu nome, a mulher que me pegou da vala onde minha mãe me jogou tinha o espírito muito livre. Assim, não escolheu meu nome de acordo com o Livro, mas de acordo com seu desejo. Chamou-me de Queen. As pessoas desta terra pronunciam como podem, mas é esse meu nome: Queen". Como a Sra. Mulonga convida-a para visitá-la quando quiser, é para mim que Queen olha. Ela me diz: "Eu sabia que você também resistiria. A sua alma é antiga e já passou por diversas tribulações. Você sabe onde encontrar o que procura. Confie no seu julgamento e continue acreditando que você é algo diferente do que dizem de você". Ela nos vira as costas e volta para sua barraca. Cercada por seus cachos de banana, que ninguém ousou tocar durante sua ausência, ela parece reinar num país perdido. Nós a vemos de longe desamarrar seu lenço para liberar uma floresta de tranças tão longas que lhe roçam o meio das costas. São grisalhas, mas tão vigorosas quanto os cipós mais sólidos da mata. Queen tem cabelos de ratã, foi moldada com a argila das origens. Sua pele é de um bronze luminoso. Ela não veio da costela de Adão, mas das águas salobras de uma ravina, e de um amor louco demais para coroá-la antes mesmo de saber se ela sobreviveria. Queria que você tivesse me achado, mãe, e me salvado da morte para me colocar um diadema na testa.

Voltamos para a casa da Sra. Mulonga. Ela não desistiu de suas compras e o bacalhau está lá, em sua embalagem de jornal. A tinta de má qualidade passa um pouco para o peixe, mas não tem problema. Quando o bacalhau for fervido, as bactérias mais assassinas darão a alma a Deus. Encontramos A Senhorita na varanda. Ela pôs para fora uma cadeira de balanço que eu nunca tinha visto em lugar nenhum da casa. Certamente pertence à mobília do quarto dela. Sem um olhar para nós, ela se balança suavemente. Seus olhos estão fixos no chão barrento do pátio. O ar está quente e úmido. O sol ainda não triunfou completamente sobre a tempestade. Quando atravessamos a porta de entrada, A Senhorita diz: "É fácil, não é, amar os filhos dos outros? Eu sou sua filha, é a mim que você vai amar. Se você não me ama, pior para você. É a mim que você terá. Quero que essa menina deixe imediatamente a casa". A Sra. Mulonga não diz nada. Ela sabe parar para escutar A Senhorita. Ela entra na casa e eu a sigo. Não me dirá para ir embora, mas sei que é preciso. Não há lugar para mim aqui, entre a tristeza de uma e o ressentimento da outra. Cozinhamos e comemos em silêncio. A senhora diretora do Centro Pré-Escolar e Elementar de Dibiyê se retira para fazer a sesta. Eu lavo a louça. A Senhorita se trancou em seu quarto. Ela dá gritos agudos. Pergunta por que se recusam a responder a suas perguntas. Sua voz se esganiça para dizer que Deus, desde que ela Lhe pergunta, desde que ela queimou velas e incensos, desde que ela jejua e faz suas orações em novenas, até Deus ignorou suas obsecrações. Ela chora. Eu a ouço. Ela chora como uma criancinha. A estridência de sua dor me corta o coração. Se eu não me tivesse posto no mundo, seria como ela, que não pode aceitar o fato de ter de viver. É somente aceitando esse fato que posso ver o dia.

Coda: licença

A sombra se dissipou ao meu redor, é para você que me lanço. Não que o dia tão esperado tenha enfim chegado para sufocar o tormento. Poderia ser assim, se o desespero não ritmasse mais a cadência, reforçado por adventos, invectivas, sentenças... A vida ainda é apenas uma longa elegia. Ela continua salmodiando seus convites ao fim. A vida é uma extenuação. Seja manhã, seja noite, ela já não aguenta seus fardos. Contudo, a sombra se dissipa ao meu redor, pois eu a jogo longe, e me lanço para você. Para que não seja mais essa opacidade do lado de fora que impede o mais tímido avanço, expulso-a de meu coração. Sei que o dia vem vindo. Não pode ser diferente. Quando ele surgir, que não me encontre trajando essa fantasia tenebrosa! Deixo os sapatos, aos quais não estou mais acostumada e que me machucam os pés. Deixo um bilhetinho no escorredor de louça. A Sra. Mulonga encontrará nele meus agradecimentos pelo vestido, por toda a ajuda que ela quis me dar. Prometo vir vê-la em breve, para me inscrever na escola. Enquanto isso, devo prosseguir com minha busca e saber o que aconteceu com você. Isso me parece imperativo, antes de me preocupar com meu futuro. Mais uma vez, a rua me acolhe. Caminho ao longo da sarjeta cheia de água parada e dejetos. Em toda parte, bandos de meninos de rua andam sem rumo à procura de seu pão de hoje. São sujos. São agressivos. Seus olhos são abismos escuros em cujo fundo perguntas sem resposta se agitam incansavelmente. Eles me interpelam como se faz por aqui quando não se sabe o nome de uma pessoa: "Ei! Menina! Ei! Você aí!" Eu passo. Não é porque são meninos de rua que eu os ignoro. Nada me permite saber de onde vêm, qual é sua história. De todo modo, é inútil saber dos detalhes. Sei que são como eu. Ninguém os procura, e talvez daqui a algumas horas o cadáver deles seja encontrado no asfalto gasto de uma ruela. Eu passo. Eles não me dão medo. Não quero pertencer a um bando. Não quero me habituar a sofrer, a correr atrás de migalhas de vida. Esta terra é minha. Ela me deve mais que isso.

Eles me deixam passar. Veem que não tenho nada para dar, que não quero falar. Por hábito, me xingam. Não sabem o que dizer, então me perguntam o que penso que sou, por quem me tomo. Eles têm um pouco de razão. Penso que sou algumas coisas, e me tomo por alguém. Não é necessário que eu lhes diga o quanto sofrimento deles me toca, que é o fato de sabê-lo tão denso que me faz apertar o passo. Se isso pudesse ser de alguma ajuda, teria mil palavras para eles. Falaria de amor e apaziguamento, de seu direito inalienável à luz de um amanhã flamejante. Diria a eles para antes resistir que padecer. Ainda que a resistência possa tomar a aparência de padecimento, não tem o mesmo sentido deste. Ela resulta em outra coisa. Diria a eles para inventar e acreditar. Eles me responderiam rindo que esta geração não tem condições de tal política, que pode somente viver a vida que lhe foi dada, uma vida de excremento de cabra cobrindo a poeira. Responderiam que esta geração não tem nada a fazer no mundo, uma vez que aqueles que os puseram aqui se afastaram dela. Aonde ir quando se parte de lugar nenhum? Vou penar para lhes explicar o que ainda me é impossível provar, embora sinta em mim: que estar no mundo confere o direito de viver. Que exercer esse direito significa um pouco mais que adiar como se pode a morte — que, mesmo assim, levará a melhor. Que é preciso procurar aqueles que não nos procuram, caminhar para os outros. Certamente haverá alguém, mesmo aqui. Nem todas as portas estão fechadas. Nem todos os olhares fitam as trevas. Nem todas as bocas chamam o fim do mundo. Nem todos os corações estão irremediavelmente congelados. Ainda há um batimento, alguma coisa que se levanta contra as aparências, que quer ver uma outra verdade por cima dos ombros destas. Sobre a nossa terra queimada, alguma coisa ainda cresce. Não cessei de vê-la, desde que você me expulsou. Encontrei Kwin, Ayanê, Wengisanê, a Sra. Mulonga. Aprendi até mesmo com Kwedi. Elas não podiam tudo, mas podiam muito. Eram a luz fraca, mas inegável, que brilha na outra face do escuro.

    A sombra deixou meus dias. Não é mais o pano de fundo de minha existência. É com serenidade que caminho para você. Estou fazendo o que devia ter feito desde o primeiro dia, desde que deixei a casa na mata. Quaisquer que tenham sido as perambulações de meu espírito, você, na realidade, pôde seguir apenas um caminho. Eu o conheço. Aqui está nosso bairro. Estou vendo nossa casa. Os vizinhos são os mesmos. Eles não me reconhecem. Se meu rosto lhes é familiar, não podem pensar que seja eu, que eu não esteja morta. Os que pensam isso têm medo de mim. Se sobrevivi, é porque sou poderosa. Eles não me farão mal. A casa está ali. Nela mora uma família, que se parece conosco, mas melhorada. Tem uma menininha. A mãe empurra-a no balanço instalado no jardim. A menininha ri, a mãe também. O portão está aberto, e os meninos de rua não têm medo de entrar para recuperar a bola perdida. Jogam futebol com uma bola de espuma que rola no pó, impelida por seus chutes enérgicos, mas que não tem fôlego suficiente para quicar. Não faz mal. Eles jogam. Fazem gols. Aproximo-me da casa. A senhora que empurra o balanço sorri para mim. Ela existe. Aqui, sobre a nossa terra queimada. Ela não desconfia de uma menina de vestido vermelho que vai descalça, que bem poderia ser uma feiticeira.

Um homem aparece na soleira da porta. Está segurando uma bandeja com coisas para lambiscar. A mulher e a filha vão ao seu encontro. Ele abraça a mulher, pega a criança no colo. Este homem, que não parece de papel, também existe. Aqui. Sobre esta terra que queimamos com obstinação, como para testar sua capacidade de se regenerar. Faço um sinal com a mão para esta família feliz. Eles me cumprimentam de volta, como se me conhecessem, porque é normal entre os membros de uma comunidade. Soluços vibram suavemente sob minhas costelas. Não estou triste. Sinto-me plena de algo indefinível, que quer se voltar para os outros e celebrar com eles o fato de estarmos aqui. Todos nós. É esse inefável que vibra em mim. Tantas pessoas desapareceram, cujos nomes são apenas inscrições frias, deitadas sobre as páginas das enciclopédias. Nós estamos aqui. Ainda temos o que fazer. Enquanto me distancio, passo por uma velha corcunda. Num estado miserável, carrega sacos de lona que parecem conter tudo o que ela possui neste mundo. Ninguém tem olhos para ela, exceto eu. Para os outros, ela não passa de uma sombra que o sol estira no chão. Andariam por cima dela. É Sessê. Ela me reconhece. Para, a fim de me olhar. Seus olhos são duas fendas negras cercadas de vermelho. Seus lábios são tão intumescidos que parecem uma ferida incurável na parte de baixo de seu rosto. Deixo-a. Não se deve oferecer a outra face a qualquer um. Não a odeio. Quando morrer, esta velha mulher levará muitos segredos, que não são úteis para nos projetar para o amanhã. O inventário acabará se impondo de uma hora para outra, e admitiremos que a pátina do tempo não pode ser suficiente para conferir valor a todos os nossos hábitos. Vamos nos pôr em marcha novamente, ao invés de ficarmos assim pasmados diante de nosso destino.

Estou caminhando, e não estou sozinha. Nos recantos ignorados deste país, outros são meus homólogos na esperança. Outros não foram derrotados pela dor. Aqui e em todos os lugares desdenhados pelos poderosos. Eles aboliram, como eu, o amargor e a vingança, para que sua vida não transcorresse em perpétuos arrependimentos. O dia que vem vindo pertence a eles. Estou caminhando e não estou sozinha. Um menino me segue. Deve ter quinze anos. Notei-o na noite em que fui ao Soul Food. Ele pulava para pegar gafanhotos. E agora há pouco, estava entre os jovens errantes. Imagina que eu não o estou vendo andar lentamente à sombra de uma mulher grande, vestida com roupas multicoloridas, esconder-se atrás do enorme tronco de uma árvore de que a chuva fez cair alguns galhos. Eu o vejo. Sei que tem as pernas um pouco arqueadas, que seu corpo é alto e seu rosto oval. Sei que sua pele é marrom-escura, que está descalço, que sua única vestimenta é uma bermuda. Ele me dirá seu nome. Por ora, quero ver até onde seu desejo de me conhecer o levará. Não tenho pressa. Você não deve ter-se apressado no dia em que precisou deixar a casa. Você não tomou atalho. Era preciso adiar o momento de bater às portas: a de Epeti, que há pouco fechou seu coração para mim como havia feito com você; a do barraco original, a matriz, a fonte ácida onde você não queria molhar os lábios. Não irei ver a sua irmã rival, sua quase gêmea. Já a vi. Estou fazendo aquilo que você decidiu, para não morrer sozinha na rua. Você protelou, como agora estou fazendo, antes de ir aonde era preciso que fosse, uma vez que não se cresce sem terra. É para lá que meus passos me conduzem, depois de uma longa caminhada em Sombê. Descubro a cidade como jamais a conheci, ou mesmo a supus.

Em pouco tempo, não é mais uma cidade, nem mesmo uma cidade devastada pela guerra, nem mesmo superpovoada de gente pobre. Não é mais uma cidade, nem mesmo uma cidade cheia de pencas de crianças rejeitadas que nela se arrastam, como plantas que não foram postas na terra e apodrecem antes de crescer. Não é mais uma cidade, nem mesmo uma cidade assombrada por falsos pastores que gritam nas esquinas que o mundo vai acabar e consomem seus últimos dias no terror do outro, quando seria justamente o momento de se reconhecer nele. Não é mais uma cidade, e é pior que todas as imagens que se formaram na minha imaginação quando, em menina, eu imaginava o lugar onde você nasceu. Aqui está Embenyolo. Como eu a entendo. Não é possível viver aqui. É em cima da terra, e é abaixo de tudo. Está apinhado de gente, e não há um milímetro quadrado de terra que não esteja tomado pelo lixo. Ele se decompõe no chão, macera-se, transforma-se em um condensado compacto de sujeira. Não se pode dizer o que havia ali originalmente, o que foi jogado, o que se poderia catar, antes que se tornasse este caldo espesso que vaza através das ruelas anárquicas do bairro, como lava correndo de um vulcão para se solidificar ao pé das moradias. Então aqui está Embenyolo, o lugar onde você nasceu. Eu paro, tomada de espanto. Há pessoas aqui. Elas respiram o fedor de seu próprio estrume. Vivem banhadas pelos insuportáveis eflúvios de sua morte. O cheiro é de cadáver. Não se faria tudo, qualquer coisa, para se evadir desta fossa? Há pessoas aqui. Seus pés se melam na coisa viscosa que recobre e asfixia a terra. Seus filhos têm a barriga inchada, os membros raquíticos, o nariz que escorre e a boca que engole. Enganam a fome absorvendo o que sai de si mesmos.

Eu me viro para ver se poderia recuar, se a estrada que me trouxe até aqui não desapareceu, engolida como aqueles mundos esquecidos, por este fluido mortífero que não cessa de se apoderar de cada milímetro quadrado de chão. Meus olhos encontram os do menino. Ele está aqui, e o caminho também. Ele me lança um olhar insolente. Seu silêncio orgulhoso me diz: "Você me viu, e daí?". Agora sei que ele me esperará. Ele não enche assim o peito para que lhe seja negada a ocasião de me mostrar a que veio. Não me seguiu até aqui para me perder tão depressa. Avanço sem saber aonde ir, a princípio sem ousar me dirigir a quem quer que seja. Vejo que estas pessoas se parecem comigo, que têm pernas, um tronco, membros superiores e uma cabeça. Penso comigo que devem ser capazes de falar. Mesmo olhando este bairro do alto, não se deve ver nada além de um gigantesco lixão. Nyambey não sabe que há humanos aqui. Está longe demais para vê-los se debatendo sobre o lixo. Ele, a quem chamamos Criador do céu, da terra e dos abismos, não sabe, em Sua onisciência, que aqui embaixo precipícios se aprofundaram sozinhos. As escavações feitas por Sua mão a fim de nelas abrigar parte da sombra que o mundo deve suportar para reconhecer a luz são ridículos tanques de areia perto disto aqui. Os pregadores não passam por aqui. Eu avanço e meus passos me aproximam de um corpo que eu não saberia dizer se é de mulher ou homem, jovem ou velho. O que me parece apenas é que neste momento ele é o mais próximo de mim, minha única chance de encontrar meu caminho. Eu digo: "Bom dia". O ser não responde. Acrescento: "Estou procurando a casa de uma velha senhora que vive com suas onze filhas". Ele não me diz nada. Eu especifico, vendo que, sem dar na vista, o ser me escuta com atenção: "Ela na verdade tem doze filhas, mas uma delas é casada, e...". O corpo estende o braço para me indicar uma direção, um ponto escuro ao longe, que deve ser uma casa, algum abrigo qualquer. Aquele ou aquela que possui este corpo segue seu caminho. Cada um de seus passos faz um barulho estranho, entre a aspiração e a cuspida. Meus passos fazem o mesmo barulho, como se meus pés sugassem e regurgitassem o que há no chão. Pelo menos não se escorrega. O solo é grudento. Anda-se com passos pesados, a menor passada é exaustiva, porque isso agarra na sola do pé. Não se pode perder o norte. Eu fixo o lugar que me foi indicado. Não é tão longe, na verdade. É preciso chegar lá, isso é tudo. Sinto sob meus pés que a coisa viscosa que esconde a terra é habitada. Ela se mexe, talvez morda. Eu não fecho os olhos. Recuso-me a pensar que será preciso passar outra vez por aqui para ir embora deste lugar. Por enquanto, avanço e vejo que a coragem que demonstro para enfrentar este perigo grudento não impressiona ninguém em volta. Sempre se pode vir aqui falar dos sete flagelos, do Armagedom. Faz muito tempo que os sete cálices contendo as piores calamidades foram entornados aqui, e não parece que um novo mundo tenha surgido. É que o advento de um outro mundo leva tempo. Sem dúvida. Aqueles que vivem aqui precisariam muito da unção dos milionários, porém não têm nada a sacrificar além da própria vida. Mesmo que estivessem prontos para dá-la como oferenda, ainda assim A Porta Aberta do Paraíso talvez se fechasse em sua cara emaciada. Avanço prudentemente, perguntando-me como você fazia para voltar limpa para a nossa casa depois das raras visitas que fazia aos seus. Você voltava tão envolvida nos eflúvios de Shalimar quanto estava no momento em que nos deixara. Seus escarpins também não tinham marca nenhuma.

Chego ao casebre que não passava de um ponto a distância. Três grandes blocos de cimento dentro da poça de lama formam um apoio para as tábuas que foram postas ali, ao redor de toda a casa. Essa plataforma seca parece completamente incongruente, como uma ilhota tranquila em meio a águas tormentosas. Sem me preocupar com nada, subo nas tábuas. A casa dá as costas para o lamaçal malcheiroso. É preciso dar a volta nela para chegar à entrada. Do outro lado, é seco. Depois de um quintal cuidadosamente varrido fica uma pequena horta. Vestidos estão pendurados num varal amarrado entre dois mamoeiros. Uma cabana no fundo deve servir de cozinha. Este espetáculo me surpreende tanto quanto o que me recebeu há pouco. Por um instante, pergunto-me quantos mundos existem nesta cidade de Sombê. Quantas galáxias para um único universo. Retomando minha caminhada, que macula a plataforma de madeira, encontro a porta de entrada, onde dou de cara com uma velha de olhos amarelos e faces cavadas. Ela está derramando sal na soleira da porta, com um gesto firme que desenha uma cruz no chão. Ela diz: "Não pise, menina. Preciso conjurar os malefícios do umbral. Nunca se sabe, num buraco como este aqui, o que as pessoas podem colocar em frente à sua casa. Nem você nem eu poderemos passar esta porta antes de eu terminar". Ela acaba de salpicar e recua recitando alguma coisa que não ouço direito. Eu olho para ela. É pequena e seca. Seus cabelos brancos formam tranças que correm ao longo do crânio, que aparece entre as faixas, brilhante, perfeitamente limpo. Não a imaginava assim, usando este vestido branco de alças e babados, o semblante tranquilo e o olhar evidentemente amarelo, mas vivo. Ninguém diria que ela teve doze filhos. Terminadas suas feitiçarias, ela vem ao meu encontro nas tábuas e sorri: "E então, de quem você é?

Pensei que conhecia todas as crianças deste bairro. Como é possível que eu nunca tenha visto você?". Respondo que ela nunca me viu porque não sou daqui. "Então, o que veio fazer aqui? Ninguém sabe que este lugar existe". Digo que eu sei porque minha mãe nasceu aqui. "Ah, é? E quem é a sua mãe?". "Ewenji", respondo. "Sou a filha de Ewenji". Ela se cala e me fita com olhos amarelos que se parecem com os seus, mas sem esse fogo maligno que às vezes eu via neles, sem essa febre que não os abandonava. Ela faz sinal para que eu não me mexa e entra depressa no casebre. Na mesma hora, meu coração dispara. Só agora me dou conta de que estou mesmo aqui, e que esta mulher é minha avó.

Ela volta com uma bacia de água e se abaixa para me lavar os pés. Suas mãos esfregam minha pele, massageiam a planta e os dedos de meus pés, como se eu ainda fosse um bebê cujo corpo precisa ser fortalecido com cuidados e amor. Ela não teme a sujeira presa ao meu corpo. Num piscar de olhos, ela a tira toda. Seca os meus pés com uma toalhinha imaculada. Quando se levanta, nós duas choramos em silêncio. É ela quem fala primeiro: "Pensei que fosse morrer sem nunca revê-la. Entre". Sigo-a para dentro do único cômodo que constitui sua morada, como parece ser o caso de todos que vivem aqui. Neste bairro brotado da terra há algumas décadas, para tentar se encaixar nas promessas da cidade grande, a habitação feita de restos de materiais de proveniências diversas conserva uma arquitetura rural. Os materiais mudaram, mas não a configuração. Os que se estabeleceram aqui já há muito tempo não eram os autóctones desta planície costeira do Mboasu. Não eram os filhos da água, os descendentes de pescadores que outrora reinaram no Tubê e nos seus arredores. Eram camponeses vindos do oeste, do norte, dos países vizinhos. Disseram que se podia fazer fortuna em Sombê, antigo entreposto colonial que virou ponto forte do comércio nesta parte da África. Eles imaginavam que aqueles que tivessem fibra encontrariam facilmente um emprego no porto, a serviço de algum comerciante. Alguns devem ter encontrado o que procuravam. No início. Para aqueles que os seguiram alguns anos mais tarde, não foi tão simples. Os habitantes de Sombê não queriam mais aqueles que chamavam de "estrangeiros". Bantos, mas "estrangeiros". Pessoas que, em grande parte, compartilhavam de seus hábitos e crenças, mas "estrangeiros", porque a alteridade às vezes está tão próxima, porque o outro é, antes de tudo, aquele se parece conosco. Os estrangeiros ficaram aqui. Não iriam voltar para o lugar de onde tinham vindo para serem ridicularizados. Não iriam abandonar tão depressa a esperança de se instruir, de trabalhar, de viver numa casa sólida de verdade.

Olho ao meu redor, o barraco de minha avó. O cômodo é vasto, com duas janelas abertas para o jardim. O chão é de terra batida, mas é limpo. Há uma vassoura feita de folhas de palmeira num canto. Há também jarras e caldeirões sobre um banquinho de madeira. Um grande galão metálico deve conter água e diversas esteiras enroladas juntas estão encostadas na parede do fundo. Tudo está em perfeita ordem e não se sente o odor fétido de fora. Estamos sentadas frente a frente em bancos. O meu balança um pouco, e não sei se é porque estou um pouco nervosa. Para disfarçar meu embaraço, faço uma pergunta absurda: "Vó, como você se chama?". Ela ri. Eu também. Digo que eu me chamo Musango. Ela responde que sabe, que ouviu falar, e que o nome dela é: "Rachel. Mas aqui ninguém me chama assim. Todo mundo me chama de Mbambé, porque sou velha e poderia ser avó de todos". Ela me conta o que você nunca disse a ninguém. A verdadeira história de meu nascimento: "Da última vez que a vi, você era tão pequena quanto um feijão, e ninguém pensava que um dia você cresceria tanto. Ewenji teve uma gravidez ruim. Precisou guardar o leito durante meses, para que você não escapasse dela. Ela tinha tanto medo de perder você. Nunca quis revelar quem era o autor dos seus dias, mas, agora que estou vendo você, faço uma ideia de quem seja. Naquele tempo, ela saía com dois homens, na esperança de casar-se com um deles. Esses dois homens eram casados, mas o que ela amava tinha sido abandonado pela mulher. Foi esse que criou você. No entanto, é com o outro que você se parece". Ela faz uma pequena pausa para perguntar: "Não estou deixando você chocada, não é, Musango? Uma pequena corajosa o bastante para atravessar este pântano para vir ao meu encontro é capaz de enfrentar a verdade...". Respondo que sim, que posso ouvir a verdade, que sempre soube disso, e que não é meu pai que estou procurando. Ela continua: "Ewenji sempre foi uma criança difícil. Desde o primeiro dia. Precisei de quarenta e oito horas de trabalho, aqui neste barraco, para convencê-la a se soltar de minhas entranhas. Eu já a havia carregado por dez meses! Foi por causa dessa batalha a fim pari-la que lhe dei este nome: Ewenji.[18] Nós não paramos de lutar, ela e eu. Uma vez nascida, ela queria morar debaixo da minha saia, agarrada ao meu pareô, como se não quisesse ver este mundo ao qual eu a forçara a vir. Muitas vezes precisei repeli-la. Sei que a ofendi, que ela precisava de mais atenção, mas elas eram muitas. Não podia ter preferências. Sempre tomei o cuidado de usar o mesmo tom para pronunciar o nome delas. Elas não podem me acusar de dar mais a uma que às outras. Ewenji queria um lugar para si, queria ser diferente".

Ela faz silêncio por um momento, e seus olhos se perdem no vazio, como para contemplar a lembrança desses dias passados. Pergunto por que ela teve tantos filhos. Ela sorri.

---

[18] *Ewenji*, em língua duala, significa luta. [Nota do editor francês]

"Sei o que você ouviu falar, responde ela. Em geral, não me dou ao trabalho de desmentir esses mexericos... Tenho doze filhas, é verdade. Mas carreguei apenas duas no ventre. Todas as outras eu recolhi". Ela me explica que só Epeti e você são de seu sangue, que o pai de vocês é um homem que ela conheceu tarde, quando tinha 30 anos, e que havia muito tempo ela decidira viver sem companheiro. Por uma razão que ela ignorava, seu coração de repente se embalou. Ela teve Epeti, e você chegou oito meses mais tarde, pois engravidou de você assim que voltou a menstruar. Mbambé deu adeus ao homem que não aceitava criar todas essas crianças adotadas. Ela guardou no fundo de si a memória de seu calor, e continuou pegando as menininhas jogadas nos esgotos ou abandonadas nas esquinas quando ainda estavam em idade de mamar em suas mães. Ela já tinha seis quando Epeti nasceu. Nunca fez diferença entre as que ela gerou e as outras. Você ficava brava. Detestava sua irmã Epeti, a única que, a seu ver, também podia pretender esse amor incondicional que você reclamava. Vocês brigavam com frequência, e de maneira interminável. Seus corpos frágeis se lançavam um contra o outro, com um ruído de galhos secos.

Vocês se uniam contra qualquer um que as quisesse separar, ferozmente unidas na defesa do laço venenoso que as ligava uma à outra. "Tive aborrecimentos somente com essas duas filhas. Primeiro, a doença: essa que está no meu sangue e por causa da qual eu não queria engravidar, e, portanto, conhecer um homem. Depois, essa competição incessante para chamar minha atenção, se diferenciar das outras. Epeti tinha uma estratégia diferente da sua mãe. Ela não esmolava. Ia bem na escola, mostrava-se responsável e se submetia sem uma palavra às regras da casa. Assim, a sua mãe, que era mais emotiva e mais frágil, podia fazer o papel da perturbadora, daquela que rompia com a unidade. Às vezes, acontecia de vê-las perguntando que partes de mim elas poderiam ser, uma e outra. A resposta ainda me escapa". Pergunto a Mbambé o que aconteceu com as minhas tias, as dez que não conheci, aquelas que você escondia na cozinha quando vinham pedir ajuda. Ela me responde que hoje todas têm um lar e que as que não se casaram vivem em seus próprios barracos. "Então, por que elas vinham pedir dinheiro à mamãe?". Minha pergunta a deixa um pouco sobressaltada. "Não acredito que todas tenham feito isso, diz ela. Na minha opinião, só duas podem ter-se decidido fazê-lo algumas vezes, quando eu estava doente e elas tinham medo de me perder. Nenhuma delas faria isso por outros motivos. E se alguma vez você as achou rudes com a sua mãe, era apenas porque elas sofriam por precisar lhe pedir o que quer que fosse, justo a ela, que as detestava tanto". Eu suspiro, e ela também. Cada uma tem suas razões. Estamos sentadas uma em frente à outra e estamos nos conhecendo. Ela sabe que estou procurando você e que sei que ela me dirá onde encontrá-la. Digo que estou cansada, que gostaria de me deitar. Ela diz que tudo bem, que quando acordar, vou comer um pouco e continuaremos conversando. Aliás, ela tem algo para me mostrar. Ela se levanta e abre as diversas esteiras enroladas e encostadas na parede. Escolhe uma pequena para mim e enrola de novo as outras. Pergunto por que tem tantas se agora ela mora sozinha. "Às vezes, acolho pessoas sem abrigo, diz ela. Outras vezes, minhas filhas e suas crianças vêm me mimar um pouco. Sua mãe veio muitas vezes, mas não exatamente para me acarinhar".

Meu coração bate um pouco mais depressa quando ela pronuncia essas palavras, mas eu não digo nada. Não pergunto se você está viva, onde está, como está, se procurou por mim, se lhe fiz falta, se ainda lhe faço falta. Ela estende para mim a pequena esteira de ráfia bordada com motivos vermelhos e verdes. Deito-me. Ela me cobre com um pareô que tem o cheiro do sabão vegetal com que foi lavado. Meus olhos se fecham enquanto ela se senta de novo. Estou na casa de Embenyolo, onde você de modo algum passaria seus dias. Tenho uma avó que me diz que estou em casa e que canta para me embalar. Ela canta uma velha fábula, uma dessas histórias que se passam na floresta, nas quais os animais falam. É a primeira vez que alguém canta para mim. Tive brinquedos aos montes. Tive atlas, dicionários, enciclopédias, e até uma Bíblia ilustrada. Papai se sentava ao meu lado à noite para ler para mim *O fantasma de Canterville*, de Oscar Wilde, mas nunca cantou. Adormeço esquecendo o que há do lado de fora, essa lama grudenta no chão, esse fedor no ar, como se Nyambey tivesse mau hálito. Aqui, o cheiro é só de terra e de sabão vegetal. Sou uma menininha. Precisei andar por tanto tempo para abraçar apenas por um instante a silhueta de minha infância... Quando acordar, serei de novo como os outros. Minha infância se terá cumprido, terei amadurecido rápido demais, não saberei como voltar para ela, e talvez jamais me permita fazê-lo. Então, encolho-me na esteira. Com os joelhos recolhidos, meu corpo tenta aprisionar as sensações da infância, para se lembrar delas quando de novo tiver de pegar a estrada e o tempo estiver feio. Mbambé se aproxima, quando o sono me atrai docemente para lugares maravilhosos que ele nunca me havia mostrado. Ela se inclina, e, visto que os beijos não são nosso costume, esfrega seu rosto contra o meu e me deixa o odor de sua pele.

Acordo na hora em que a noite está vigorosa e entra em cena como uma prima-dona tonitruante e autoritária para desalojar o dia, que esgotou o tempo reservado a suas perorações. Agora, chegou o momento de um recital sombrio, no qual rumorejam as criaturas soberanas a esta hora, visíveis ou não. A noite usa uma longa capa cuja cor muda a cada passada, e em dois minutos ou menos o céu passa do azul escuro ao negro profundo, depois de o sol exalar alguns breves suspiros malvas e alaranjados. Mbambé está sentada em frente à casa. Pôs para fora um banco para se instalar em frente a um pequeno fogareiro. As brasas são de um vermelho ardente, constante, enquanto as chamas se elevam graciosamente na direção de uma grelha de metal para acariciar longas espigas de milho. Mbambé se volta ao ouvir meus passos. Sorri: "Você dormiu muito tempo". Com mão ágil, abana o milho, e os pedaços de carvão negro que ainda não tinham pegado fogo se embrasam subitamente, para dar origem a labaredas leves que vêm sustentar as que vacilam. O fogo treme, mas se mantém. Escapam faíscas, que se vão apagar no chão, não muito longe. Formam uma constelação alaranjada que pisca um pouco antes de desaparecer, deixando-nos a lembrança de uma beleza que não se renovará. Haverá outras noites ao pé do fogo, outros arrebatamentos, e a memória deste aqui. Um traço memorial bem vale todos os outros. O que vive não é somente o que podemos ver. É tudo o que conservamos. Tudo o que amamos. Tudo de que lembramos. O que se foi, mas que podemos convocar à vontade para se regenerar. Dormi muito tempo, mãe. E ainda estava dormindo enquanto andava. Enquanto arrebentava os elos de minhas correntes, enquanto caminhava ao lado da loucura dos homens em busca do meu caminho, eu ainda estava dormindo. Quando precisei deixar aqueles que me encontraram porque meu lugar não era junto deles, apenas entreabri os olhos. Agora eu os abro e vejo. Aqui é a cidade que eu não conhecia. É o país desolado de que não se fala, aonde os loucos de Deus não vêm pregar o arrependimento e o fim de tudo. E é aqui que se encontra A Casa. Justamente porque é A Casa o lugar em que a porta está aberta para os errantes.

Eu os imagino. Eles andaram o dia todo. Foram expulsos. Devem ter fugido. Fizeram uma longa viagem e precisam de uma pausa na qual a única coisa que lhes pedem é para que sentem. É o que eles fazem. Todos. Ele também. O único que está aqui esta noite. Dormi por muito tempo e ele deve ter-se cansado um pouco de me esperar. Ele me seguiu até aqui, ou já conhecia A Casa? Não precisarei perguntar. Ele rompe o silêncio e apostrofa: "Mbambé, você conhece esta pretensiosazinha?" Está falando de mim. Continuo comendo meu milho, afundando meus olhos nos dele. Ela diz: "É Musango, minha neta. Veio me visitar e espero que fique. Por que você a chama de pretensiosa?" Ele ergue os ombros e suspira: "Porque a vi andar nas ruas de Sombê, com o nariz empinado e cheia de si. Parece que, ao contrário de nós todos, ela não foi batizada com a água da sarjeta!" Mbambé ri, e sua voz é tão doce... Ela diz: "Nem você nem ela foram batizados com água da sarjeta, meu pequeno. Vocês vão apenas vir ao mundo". Ele se cala. Come seu milho olhando para mim e, quando termina, joga o sabugo longe. Mbambé lhe dá um pedaço de cana de açúcar, que ele descasca com os dentes. Depois, masca suas fibras e cospe-as, secas, desprovidas de todo o suco. Ele não tem modos. Gosto dele. Penso naquela senhora morta por não ter encontrado Kunta Kintê. Não devia tê-lo procurado nas mansões de Sombê, atrás daqueles altos muros que abrigam somente um mundo estragado. É na rua, e até na beira das estradas, que encontramos Kunta Kintê. Amanhã, contarei minha história para ele. Enquanto isso, observo-o olhar para mim. Mbambé continua rindo. Diz que mal dá para acreditar que haja tanto orgulho nas crianças. Depois, dirigindo-se a mim, acrescenta: "Musango, este é Mbalé. Vejo que vocês estão se dando bem!" É a primeira vez que me dou bem com alguém, que tenho vontade que me conheçam.

 Ao amanhecer, um galo canta. Acordo, e Mbalé ainda dorme, a cabeça enfiada sob um braço que ele agitou uma boa parte da noite, como para espantar uma nuvem de moscas invisíveis. Acho que o vi sair da casa num dado momento, quando o sono descobria para mim as figuras inesperadas que nos prometem o amanhã. Onde ele pode ter ido, em vez de, como eu, ter sonhos iluminados? Ele me dirá sua história. Mais tarde. Saio da casa, e Mbambé está lá. Pergunto se, antes de se sentar em frente à casa, ela nos protegeu dos malefícios do umbral. Ela diz que sim, claro, e que gostaria que eu não risse dessas coisas. Ela repete o ritual cada vez que a porta da casa fica fechada por mais de três horas, e que alguém podia ter depositado na soleira seu rancor e sua impotência. Ela me pega pela mão e diz: "Vamos esperar Mbalé para comer. Venha, preciso mostrar uma coisa para você". Ela me conduz para o fundo do jardim. Atrás dos varais amarrados nos mamoeiros, há um milharal. Há também uma pequena horta onde crescem tomates vermelhos, pés de amendoim e tubérculos. Há ainda uma bananeira. Uma única. Tem sob as folhas um minúsculo cacho de bananas que logo vai pender até o tronco. Vovó me diz: "Aqui está a árvore sob a qual enterramos a placenta e o cordão umbilical do seu nascimento. Logo comeremos seus frutos. Faz doze anos que está aqui, e é a primeira vez que dá bananas". Tudo passa, mãe, você vê. Sei que não gosto mais de frutas com sementes. Agora, vou comer bananas e pronto. Uma alegria indizível me enche o peito porque essa árvore vive, porque durante todos esses anos uma velha mulher pensou em mim todos os dias. Cada vez que andou por esse jardim, ela pensou em mim. Mbambé segura minha mão e me conta: "Você nasceu no mês de março, a esta hora, a primeira hora do sol. Era tão pequena que não pensamos que viveria. Ademais, ainda não era tempo. Você nasceu antes do termo. Ewenji ficou aqui com Epeti, as outras irmãs e eu. Esperamos alguns dias para ver se você resistia. Uma manhã, sua mãe pegou você no colo. Partiu dizendo que queria dar um passeio. Só a vi de novo dois anos mais tarde...".

Na época, você fugiu para encontrar o papai, agarrando-se a sua progenitora como a uma tábua de salvação, perseguindo seu sonho de ser distinta, eleita. Você encontrou a casa para a qual ele nunca a convidou, contentando-se com quartos de hotel para abrigar seus encontros. Você disse: "É sua filha". E lá se instalou. Ele deixou. Estava aborrecido. Você virou as costas para o barraco aos quatro ventos, a casa escancarada onde não a coroaram com os brilhantes que você esperava. Você ruminou seu ressentimento durante dois longos anos, antes de vir dizer à Vovó que eu estava viva, que estava bem, que, além disso, tinha devorado seus seios. Mbambé reprovou sua partida. O que a entristecia principalmente era o fato de você ter fugido no momento em que ela devia tomar conta de mim, para que você ganhasse de novo a cama de seu marido. "De todo modo", diz Vovó fazendo cara de desaprovação, "ele não era marido dela. Não estou falando do casamento escrito nos documentos, na prefeitura. Estou falando do casamento de verdade, aquele que leva tempo para saber quem é o outro, a fim de que os corações se unam. Aquele homem nunca veio aqui me cumprimentar. Só o vi por acaso, num dia em que eu queria falar com a sua mãe. Eles não me abriram a porta". Ela se cala. Olho a terra ao redor, que não está recoberta pelo grude que se vê do outro lado. Vejo trilhas rodeadas de arbustos selvagens e tufos espessos de mato. Pergunto onde levam esses caminhos. Mbambé me diz que vão para todo lugar onde se queira ir. Acrescenta que Mbalé vai me mostrar como voltar para o centro da cidade sem me sujar. "Você viu que ele estava com os pés secos quando chegou ontem à noite? Ele conhece o caminho". Enquanto falamos dele, ele aparece, o rosto amarrotado e os olhos vermelhos. Ele murmura um bom-dia ainda sonolento. Mbambé diz que ele poderia ter dormido um pouco mais se quisesse. "Você sabe", diz ela, "o café da manhã não vai fugir. Ele não sai sozinho do caldeirão... Ah, Mbambé," responde ele, "não me provoque. Não foi a fome que me acordou. Foi todo esse falatório de vocês duas". Um brilho malicioso alegra os olhos ainda avermelhados de Mbalé. Vejo que eles se gostam, que têm uma afeição pudica um pelo outro. Vovó diz a ele: "Já que está de pé, vai servir a comida para nós, como costuma fazer?". Ele franze os olhos: "Nós quem?" "Nós três, ora," responde Vovó. "Você serve direitinho quando somos apenas dois, acrescenta ela, falsamente descontente. Sim, concorda ele, mas quando tem meninas, são elas que servem. Posso explicar para ela," diz ele olhando para mim, "não é difícil". Mbambé faz cara de brava: "Musango acabou de chegar e não quero fazê-la trabalhar. Já que você se recusa a me agradar, eu mesma servirei o mingau...". Ouvindo essas palavras, ele capitula, queixando-se em voz alta, onde já se viu isso, um homem obrigado a bancar o criado para uma menina que ainda nem tem peito. Ele diz que eu podia ter insistido para fazer a minha parte nas tarefas da casa, mas claro que sou pretensiosa demais. Observo-o dirigindo-se para a cozinha, uma cabaninha de lata atrás da horta. Tem as panturrilhas tão secas quanto pedaços de pão deixados ao sol, tão duras quanto as rochas de granito que margeiam o Tubê. Rio por dentro. É um menino gentil.

Ele volta e nos encontra sentadas dentro de casa. Numa mão, ele segura firmemente a alça do caldeirão contendo o mingau de mandioca. Na outra, encerra três tigelas esmaltadas. Coloca o caldeirão no chão e nos dá as tigelas. Diz para esperarmos um momento, que ele só tem duas mãos e que agora vai buscar os talheres. Bem depressa, nós o vemos voltar com o necessário para servir e comer. Com um gesto solene, ele serve primeiro Mbambé. Em seguida, é a minha vez. Vejo que ele demonstra má vontade por mero hábito, e que encher minha gamela absolutamente não o incomoda. Ele se serve por último. Quando me preparo para levar à boca uma colherada do mingau, ele exclama: "Não se jogue assim no seu prato! É preciso agradecer a Mbambé por ter preparado essa comida e por querer dividi-la conosco". Respondo que ela sabe que sou grata. Ele me pergunta como ela pode saber o que eu não digo. Encaro-o e começo a comer. Teremos oportunidade de brigar mais tarde. É o que Mbambé diz. E acrescenta: "Mbalé, em vez disso, diga-me se você a viu ontem". Com o rosto subitamente grave, ele responde: "Sim. Ela está bem. Vigiei-a uma parte da noite. Ela entrou no cemitério, mas não se dirigiu a nenhuma tumba em particular. Apenas ficou lá, como alguém que procura seu caminho mas não chega a tomar rua nenhuma. Antes, ela ficava na entrada. Faz alguns dias que atravessa o portão, dá alguns passos e depois fica imóvel durante horas. Aposto que os trabalhadores da luz da lua a tomam por um fantasma. Ninguém mais veio profanar as tumbas desde que ela começou a ficar de pé, de costas para a rua". Vovó meneia a cabeça e diz: "Muito bem, obrigada. Você sabe de onde ela vem quando chega ao cemitério?". Igualmente sério, ele responde que sim, que um de seus amigos seguiu-a durante o dia. No momento, ela mora numa casinha caindo aos pedaços, num bairro de Sombê. Antes, era uma vidente de nome Sessê que morava lá. Ela a expulsou. Segundo os vizinhos, ela poderia tê-la matado, esmagada com uma pedra. Compreendo que estão falando de você. Não tenho mais fome. Não digo nada. A hora se aproxima, e mais rápido do que eu pensava. Vovó suspira: "Esta noite, você levará Musango com você. É a mãe dela". Ele olha para mim. Sua brejeirice e sua indelicadeza fingida desapareceram. Vejo que seus olhos me interrogam e se enternecem. Ele termina de comer antes que esfrie.

    Espero a noite. Mbalé foi encontrar seus amigos. Vovó diz que ele deveria voltar para a escola, em vez de perder tempo dessa maneira. Mas ele não se atreve. Disse que, para ele, passou o tempo para essas coisas, que a rua o fez desaprender a subordinação. Não se vê sentado entre quatro paredes, escutando fábulas e lições de geografia. Ela ainda espera convencê-lo a acabar os estudos. Precisará de paciência e determinação para persuadi-lo a não tentar atravessar o deserto. "Não dá para todos 'fazerem a Europa' enquanto o país se desagrega, diz ela. Eles se vão para ter o que lhes falta aqui, sem atinar que o que somos vale mais do que o que possuímos. Lá aonde eles vão, não são nada para ninguém. É aqui que seu nome significa alguma coisa". Vovó está triste. Ela diz que já há algum tempo esta terra não sabe mais amar seus filhos, mas que isso não é motivo para abandoná-la. Ela me olha nos olhos: "Você está procurando a sua mãe, apesar de tudo. Mais vale vigiar a mãe doente e pobre, que não nos reconhece mais, do que se prosternar aos pés de uma madrasta que tem apenas ódio e desprezo...". Ela espera que ele compreenda, que assuma o significado de seu nome,[19] como eu fiz com o meu. Diz que o papai fez pelo menos uma coisa de bom na vida, ao escolher esse nome para mim. Nomear um ser é defini-lo, indicar-lhe uma direção. Somos o nome que temos, e não se deve ir morar onde esse nome não é nada, onde sua vibração é sufocada. Vovó afirma que não se preocupa mais tanto com Mbalé, que agora ele tem a mim para lhe dizer quem ele é. Como respondo que não vejo de que modo eu poderia fazer isso, já que mal o conheço, ela declara que estou enganada. "Você o conhece bem, e vocês precisarão um do outro. Cabe a você controlar o seu orgulho, do contrário vai estragar o que foi dado a vocês". Não digo nada. Talvez ela tenha razão afinal. Vem-me à cabeça o pensamento do momento em que precisarei voltar à escola, entre as crianças normais. Elas não poderão compreender o

---

[19] *Mbalé*, em língua duala, significa a verdade. [Nota do editor francês]

que sou tão bem quanto Mbalé. Não terei vontade de contar a elas minha história. Então, talvez Mbambé tenha razão. A noite se faz esperar, e esse não é seu estilo habitual. Hoje, ela deixa o dia se esgotar sozinho. Nós o vemos piscar, depois morrer na abóbada celeste.

Então a noite cai de uma vez, como uma onda negra lançando-se em silêncio sobre o mundo. Nós estamos sentadas em frente à casa. Quando Vovó acende uma lamparina e vai à cozinha buscar seu pequeno braseiro cheio de carvão, Mbalé aparece. De repente, ele está na minha frente, e eu me pergunto qual trilha ele pegou. Ele não diz nada e me fita. Para dissimular meu embaraço, pergunto a ele a que horas partiremos. Seu silêncio parece durar uma eternidade, depois ele responde em voz baixa que não há pressa. Aconselha que eu durma um pouco. "Vamos bem tarde, apenas algumas horas antes do nascer do dia." Ele acrescenta: "Não esquente a cabeça, ela ainda estará lá. Meus amigos vão vigiá-la por mim esta noite". Agradeço sem saber exatamente que efeito a notícia de nosso reencontro produz em mim. Parece que deixo meu cárcere depois de séculos de encerramento: a prisão era escura e de teto baixo. Ao rever o dia, a luz me ofusca e meu corpo ancilosado não sabe mais se mover. Eu me abato. Essa liberdade reencontrada me apavora. Quando eu vir, você depois de dizer as palavras de amor que você não espera, o que vai acontecer? Imaginei que precisava fazer isso para analisar minha vida, que me seria impossível estar no mundo sem saber mais nada de você. Rever o seu rosto e enfim viver. Agora não sei mais. Penso apenas que já que estou aqui, já que tudo está arranjado... Vovó volta com o fogareiro. Mbalé se precipita para ajudá-la, não sem antes me lançar um olhar negro. Ele tem razão, evidentemente. Não é o que pensa Mbambé, que diz: "Musango ainda é minha convidada. Quando ela me disser que esta casa é sua e que ela quer morar aqui, então fará seus encargos. Ela sorri para nós dois: Sentem-se aqui, meus filhos. Vou contar uma história". Enquanto ela fala, coloca no chão o braseiro e o saco cheio de espigas de milho que traz nas costas. Esta noite tem também uma bela braçada de *saos*, esses frutinhos violáceos que colocamos para assar e tiramos do fogo quando sua carne gordurosa e bem quente faz rachar a casca. São um pouco ácidos, mas, longe de ser desprezado ou camuflado, esse sabor é muito apreciado. Não se adoçam os *saos*, coloca-se apenas um pouco de sal.

Vovó acende as brasas e coloca sobre o fogareiro a grelha escurecida pelo uso. Espera o fogo baixar para colocar o milho e o *saos*. Nós a olhamos em silêncio, esperando o início da história prometida. Depois de terminar sua tarefa, ela se ergue e se instala mais confortavelmente em seu banco. Reclama dos rins, que a fazem sofrer horrivelmente, massageia um pouco as panturrilhas, que diz estarem cansadas de carregar o corpo dia após dia. Sabemos que nada disso é verdade, que é somente seu modo de se assegurar de nossa atenção e de nos deixar impacientes. Ela exala um longo suspiro, como se a fábula decididamente não pudesse sair dessas carnes flácidas. Finalmente, ela solta: "Enguinguilayê!". E nós respondemos vivamente: "Ewesê!".[20] A resposta deve ser tão viva quanto o chamado do contador, para testemunhar a qualidade da escuta da audiência. Somos todos ouvidos. Ela começa: "Outros vieram aqui, há muito tempo, contar-nos o mundo à maneira deles. Enguinguilayê!". Respondemos numa só voz: "Ewesê!". Vovó meneia

---

[20] Entre os dualas do Camarões, *Enguinguilayê* é uma exclamação lançada pelo contador. Ela se repete em intervalos regulares para verificar se a audiência escuta bem. O público assim interpelado responde: *Ewesê*. É mais ou menos como o *Yê Krik* (chamado) *Yê Krak* (resposta) dos antilhanos. Essas expressões fazem parte das coisas que não se traduzem. [Nota do editor francês]

a cabeça, aprovando nossa vigilância, e continua: "Deslumbrados com o que eles possuíam, nós nos esquecemos do que éramos. Enguinguilayê!". "Ewesê!" fazem nossas vozes impacientes por conhecer o resto da história. Sabemos que estamos aqui por um momento, que a fala da anciã tomará os caminhos mais sinuosos, mais cheios de obstáculos, para chegar ao fim inesperado, à moral. Aqui, as fábulas não servem para embalar o sono, mas para acordar. São lições de vida, destinadas aos pequenos como aos grandes. Vovó leva um tempo virando os *saos*, abanando algumas espigas que demoram para dourar, e mesmo mandando Mbalé buscar um prato para colocar tudo isso. Ela diz que é distraída, finge que não tinha pensado nisso, que não tem mais memória na sua idade. Mbalé ganha o fundo do quintal com a velocidade de uma bala, e volta menos de 30 segundos depois, ofegando. Traz três pratos. Mbambé interroga-o com o olhar. Ele diz: "Ainda não tenho a sua idade, mas conheço bem os truques. Trouxe tudo de uma vez para você não me mandar de novo para a cozinha. Peguei a água também. Não precisamos de mais nada. Vovó dá de ombros, fazendo-se de contrariada: Você está me fazendo perder o fio da meada com as suas besteiras. Onde eu estava?".

Apressamo-nos em resumir o que ela havia dito até então. Mbalé terminando as minhas frases e eu pontuando as dele com inúteis "exatamente" e "sim, foi isso mesmo que você falou". Mais tarde, depois de muito tempo, nós nos lembraremos desta noite e da finura desta velha mulher para nos aproximar. Enquanto falamos, ela sorri por dentro, pensando que tem razão de acreditar que nós nos damos bem. Fixos nos lábios dela, não vemos como nos sentamos um perto do outro na plataforma de madeira que dá acesso à casa de Vovó. Não temos mais orgulho, e quando ela estende uma espiga de milho dourada para Mbalé, ele quebra-a em duas partes iguais. Dá um dos pedaços para mim, como faria a um irmão. Mastigamos como desgraçados, como se fosse, ao mesmo tempo, a primeira refeição depois de séculos e a última antes de um longo período. Ela nos olha de forma sorrateira, e nós percebemos sua expressão de alegria. Ela ri docemente: "Felizmente vocês estão aqui, para se lembrar das palavras de minha boca quando minha cabeça as esquecer. Outros vieram, dizia eu. Se, àquela época, fizeram estradas, foi para ter acesso a cada milímetro da terra onde havia algo a se tirar. Se curaram nossos males, foi porque deveríamos estar fortes para trabalhar. Se construíram escolas, foi para nos ensinar a não mais nos amarmos e a esquecer o nome de nossos ancestrais. Eles não queriam somente a nossa terra e o nosso suor. Precisavam da nossa alma. Enguinguilayê!", exclama ela quando, mergulhados na onda do verbo, começamos a nos deixar levar. Devemos responder: "Ewesê!". Satisfeita com suas artimanhas, ela mal esconde sua vontade de rir. Depois, retoma com ponderação o curso de sua história. Vovó afirma que não se furta assim a alma dos povos. Mesmo quando estão prontos para entregá-la, ela avança, ela morde. Faz o que pode para fazer valer seus direitos. Mbambé acrescenta: "É porque essa alma não está morta que quero dizer a vocês que não tenham ódio algum. A cólera é uma ilusão. Não tem nada a ver com essa força, que ela simula tão mal. O que vocês devem fazer para abraçar os contornos do dia que vem vindo é lembrarem-se daquilo que são, celebrá-lo e inscrevê-lo no tempo. O que vocês são não é apenas o que se passou, mas o que vocês farão. Se a paz, que é o amor, aliar-se à verdade, que é uma outra forma da justiça, o que vocês farão será grande. Enguinguilayê!", grita Vovó. Nós respondemos em coro: "Ewesê!".

"Quando Nyambey, o criador do céu, da terra e dos abismos, fez o Homem, não foi o homem e a mulher que ele criou. Ele fez somente o humano, e investiu-o dos princípios masculino e feminino. A esta criatura, que Ele fizera para lhe fazer companhia no vasto universo onde girava sozinho com ele mesmo, deu a terra. Cada um tinha, assim, seu espaço para reinar. Nesses tempos abençoados, Nyambey conversava em voz alta com Sua criatura e não se furtava à sua vista. Durante muito tempo, tudo transcorreu bem. Depois, o Homem se embriagou. O poder que lhe fora dado sobre as coisas deste mundo subiu-lhe a cabeça. Tomou-lhe o desejo de dominar, de violentar e de subjugar aquele com o qual ele devia se unir. Então, ele se fraturou. Rompeu com sua unidade, e foi assim que o homem e a mulher nasceram. Separados, os princípios começaram a se enfrentar, cada vez um levando a melhor sobre o outro, definindo o outro e lhe designando um lugar conforme essa definição. Dessa fratura original surgiram as guerras e as inimizades entre os povos. Essa ruptura da unidade logo se traduziu em tudo o que está aqui em baixo, e a própria terra começou a rachar em toda parte, para gerar mil nações onde havia uma só. Enguingui...". "Ewesê!". Como respondemos antes que ela terminasse de pronunciar a fórmula de chamada, Mbambé se aborrece, rindo de nossa impaciência. Diz que estamos trapaceando, que não respeitamos a tradição, que é preciso conceder a ela por um pouco mais de tempo as honras devidas à sua condição de dona da palavra. Nossa hora virá antes do que pensamos, e o que teremos a dizer se não tivermos escutado nada? O gênero humano é uno, é o que afirma essa velha mulher que viu do mundo apenas esta planície costeira do Mboasu. Ela nos lembra que o sinal da cruz que ela desenha no chão para espantar o mal não é aquele trazido pelos que vieram outrora, mas o nosso: "Com esse gesto, é a totalidade dispersada do Homem que unimos simbolicamente. O que fazemos é o ponto de junção entre as forças retalhadas". Vovó nos diz que é possível recriar a unidade perdida dos homens, mas que, para isso, precisamos reabilitar a nós mesmos. Devemos fazer a vibração de nosso nome soar novamente, pois ela contém o sentido de nossa missão sobre a terra. Devemos criar a paz em nossos corações, para que nossos olhos se abram sobre a verdade. "É do menor que sai o maior, como a minúscula semente que dá origem a uma árvore cuja folhagem pode se estender de uma margem à outra do Tubê".

Sem perceber, comemos todo o milho e todos os *saos*. Vovó nos deixa meditando sobre esse enigma do menor que constrói o maior. Pensaremos nele com frequência, e o compreenderemos quando chegar a hora de aplicar sua lição. Mbalé me chama para descansar, como ele havia proposto. Não durmo, ele também não. Num canto do barraco, Mbambé ronca como um velho motor. É o barulho familiar e tranquilizador dessas coisas velhas que não nos deixam jamais. Elas têm diversas mossas e fissuras, mas ainda ronronam como devem. Bem depois do meio da noite, quando faltam apenas algumas horas para o nascer do dia, saímos da casa. As trilhas que partem de Embenyolo em direção ao coração de Sombê são muitas, e Mbalé conhece todas elas. Avançamos lado a lado, inicialmente sem dizer uma palavra. Depois, porque ele sente que estou preocupada, pergunta num tom alegre o que eu quero fazer mais tarde. Respondo que queria fabricar estátuas. Grandes e pequenas. Elas contariam histórias, e as pessoas iriam querer tê-las em casa para, em silêncio, escutar os segredos delas. Poderia até haver na cidade estátuas que diriam o que uma abundância de palavras exprime mal. Ele ri às gargalhadas. Criar bonecas não é uma profissão. E, depois, isso não é nada original! Ele imaginava que uma pretensiosazinha como eu desejaria trabalhar num escritório, escrevendo em papéis e digitando no teclado de um computador. Digo que minha pretensão reserva seus caprichos para outras coisas. E, além disso, em vez de ficar gargalhando, será que ele pode me dizer como pretende preencher seus dias? Ele para de rir e enche o peito magro. Negócios, claro. Ele fará negócios. Além dos mares, ele fará fortuna e seu nome será conhecido sobre uma extensão de terra tão vasta que o sol nunca vai se pôr sobre ela. Mais ou menos como o nome de Al Capone. "Aposto que você nem sabe quem é", diz ele. "Em todo caso, sei como ele acabou!". Ele se diverte com minha resposta, e, como a noite começa a piscar o olho, percebo um brilho travesso no fundo de seus olhos. Ele gosta de me fazer de boba, ver que eu me esforço para não ficar brava. E, ao seu modo, ele o reconhece: "Suas narinas vão acabar voando de tanto tremer, se você se contiver desse jeito cada vez que eu a provocar um pouco. Pode explodir! Você acha que não estou vendo a pimenta que você esconde sob os seus ares de princesa?". Dou de ombros, para dizer que não sei do que ele está falando. Aproximamo-nos do cemitério, e não pensei em você. Mbalé fez de tudo para me poupar desse tremor que agora me toma, e que talvez me tivesse feito dar meia-volta.

Estamos em pleno centro da cidade. O cemitério encontra-se em frente à velha catedral de Sombê, há muito desertada por seus fiéis. O deus que se prega ali demonstrou a impotência de seus poderes, e outros ilusionistas pegaram seu lugar. Um velho padre manco, que fizera a guerra na Indochina antes de chegar neste continente onde a Igreja dizia haver somente animais bípedes e quadrúpedes, espera atrás das paredes rachadas o fim de seu ministério. Os brancos não são todos iguais diante do negro, neste milênio nascente. Os que agora vão de vento em popa organizam loterias para levar as pessoas a seus paraísos e dão hambúrgueres aos famintos. Há notas verdes e ministros negros. O *technicolor* é seu credo e sua isca. As pessoas se deixam pegar voluntariamente. Apesar de tudo, não são esses brancos que deixaram na África uma moeda de macaco que ainda leva seu nome. Os amigos de Mbalé aparecem um a um. Alguns saem do jardim da catedral. Não sei dizer exatamente de onde vêm os outros. Estariam em cima das árvores ao redor, escondidos atrás de uma pedra tumular? Apenas estão aqui, e a descrição que fazem dos acontecimentos da noite é muito precisa. Sabem a que horas você deixou a casa da velha Sessê, onde mora agora. Dizem que caminho você pegou, usando seu vestido azul, para chegar até aqui. Você segurava uma pá, e deixava-a arrastar ruidosamente no chão enquanto andava. Você entrou no cemitério e permaneceu de pé, sem se dirigir a nenhum túmulo. Como um único homem, eles estendem o braço para mostrar onde você está. Vejo-a. De costas. Seu coque é apenas um tufinho no alto do crânio. Seus ombros estão um pouco caídos, sob o peso do mistério que a faz vir aqui todas as noites, há semanas. Quando me aproximo, você se põe a andar. Não se volta. Não me ouve. Eu não a chamo. Sigo-a. Mbalé anda atrás de mim. Ao contrário do que costuma fazer, ele não dispensa os amigos. Pede que eles nos esperem do lado de fora, que venham nos encontrar se não voltarmos depois de um tempo determinado. Eles concordam. Você está andando. Eu estou seguindo você. O sol ainda não nasceu, mas, apesar da escuridão, você segue seu caminho sem hesitação. As aleias entre as tumbas não são retilíneas e algumas desapareceram, recobertas por grandes tufos de ervas daninhas. Mbalé está andando atrás de mim e sua respiração contida espreita o perigo que poderia se manifestar de diversas maneiras num lugar como este. Estou contente que ele esteja aqui. Seguimos você ao longo das aleias e, como você, pulamos as poças d'água. Fora daqui, por toda parte, os sinais da última chuva já quase se apagaram. Aqui, parece que acabou de chover. Ao fim de uma lenta caminhada, você finalmente para. Durante um longo tempo, contempla um túmulo de que não vejo a cor. Os últimos raios da lua ou os primeiros do sol clareiam sua superfície lisa. De longe, a pedra parece metal, e quando, depois de se afastar um pouco, você dá um primeiro golpe com a pá, faz um barulho de metais se entrechocando. Paro, sobressaltada pelo barulho, espantada por não me ter perguntado a que uma pá poderia lhe servir. Você bate mais e mais. Seu coque, endurecido pelo laquê ou pela sujeira, não se move. Seu corpo se ergue e se dobra novamente, numa cadência regular. Logo, ouvimos seus gemidos ofegantes. Volto-me para Mbalé, como se ele pudesse me explicar seu comportamento estranho. Ele fecha os olhos para me dizer para andar, que ele continua atrás de mim. De onde estou, não vejo o seu rosto. Há apenas o seu corpo, que se abaixa e levanta em intervalos regulares, enquanto você tenta desesperadamente quebrar a pedra. De repente, você se põe a gritar: "Você não está me ouvindo chamar? Você vai sair? Sim ou não? Pode continuar se fazendo de surdo". É com o papai que você está falando. Você diz o nome dele. Pede a ele que devolva o que deve a você: a vida inteira que ele roubou de você, todo aquele amor que você lhe deu e ele negligenciou. Todos esses anos, você viveu apenas para agradá-lo. Você quer sua recompensa: uma vida, imediatamente. Que ele saia dali. Ele nunca a levou em consideração, seguindo apenas suas próprias escolhas. Que agora ele saia. Ele não pode ficar enfiado ali embaixo sem ter dado a você seu sacramento, sem tê-la legitimado aos olhos de todos. Ele deve uma casa a você. Deve honras. Deve a garantia de uma velhice tranquila. Você bate. De longe, percebo um brilho luzente que escapa e voa ao vento. É uma primeira lasca dessa pedra tumular que você decidiu destruir. Sua determinação não deixa dúvidas, mas a rocha resiste. A família deve ter escolhido mármore verdadeiro, para construir para o papai uma última morada que diga aos homens a alta posição social dos despojos que ali se decompõem. Não há flores. Ninguém veio aqui antes desta noite. O morto, visivelmente, não tem nada a dizer. Só você não tem consciência disso. Era antes que era preciso exigir, recusar-se a se conformar sem compensação aos desejos do outro. Você esqueceu. Não tinha mais do que o vocabulário dele para se expressar, só frequentou os amigos dele, que de modo algum desejavam ser os seus amigos. Desdenhando de sua própria família, você jamais fez parte da dele. O que você quer hoje, mãe, e em quem você quer pôr a culpa? Constato, por minha vez, que não é a sua filha que você está procurando. Não é por mim que você desperdiça suas últimas forças, ridiculamente curvada sobre eras consumadas. Você está andando para trás, mãe. Não há mais nada lá atrás. Nada além de um impasse e seu silêncio ensurdecedor. Nem as pancadas da pá o rompem. O morto ignora você do fundo de seu túmulo, como fez quando vivo. Aproximo-me. Você não me ouve.

    Quando seu olhar cego para o mundo que a cerca fixa a tumba e você se endireita para desferir mais uma pancada, seguro o seu braço. Nós temos quase o mesmo tamanho agora. Não me parecia ter crescido tanto. Sempre me vi pequena, insignificante. Não era a mim que eu via, mas o reflexo de uma outra dentro dos seus olhos. O que eles me mostravam era o que você pensava de si mesma, mas eu não sabia. Primeiro, você não compreende que a mão que entrava o seu gesto é mesmo real. Estou atrás de você, você não quer me ver. Continua falando com o morto: "Ah, manifeste-se! Eu sabia que tinha razão sobre você. Você pensou que mesmo assim ia se esconder para sempre, e nunca ter de prestar contas?". Algumas gotas de suor brilham na sua nuca e o fôlego lhe falta um pouco. Você tem o crânio praticamente nu nos locais onde por anos você arrancou os cabelos. Não sobrou mais do que um coque ridículo bem no alto. Eu murmuro: "Mamãe, sou eu, Musango". Você responde sem se virar, ainda tentando se desvencilhar de minha mão, que você acredita ter vindo do além-túmulo: "Musango foi embora. Quem você quer enganar?". Então eu repito: "Mamãe, sou eu, Musango Olhe". Soltando o braço que eu segurava, dou alguns passos cautelosos e subo no túmulo. A última vez que vim aqui esta pedra ainda não tinha sido colocada. Foi no dia do enterro. A alta roda de Sombê estava aqui, vestida de gabardine preto e chapéus de feltro, sob o sol quente daqui. As senhoras agitavam elegantemente seus leques para secar o suor que lhes borrava a maquiagem por trás da *voilette* de renda. O coral cantava cânticos e as chorosas continuavam seu trabalho. Não se tratava mais, como antigamente, de mulheres da família sinceramente desconsoladas pela morte. Eram desconhecidas contratadas a preço de ouro por suas competências lacrimais. Elas choravam copiosamente, e não hesitavam em rolar no chão por um trocado a mais. Não existe profissão fácil. Assim como as outras, esta requer habilidade. Naquele dia, não pudemos nos aproximar do túmulo, que, então, era apenas um montículo de terra. Coroas de flores artificiais foram colocadas ali, e liam-se nas fitas o nome de ilustres amigos do defunto. No momento de enterrar seu corpo sem vida, apareceram de repente grupos de amigos. Ele não conhecia todos eles, mas isso não importava. Estavam endomingados e haviam comprado flores falsas que serviriam para uma outra ocasião. Só precisariam trocar a fita. Estou na sua frente, o dia está nascendo. Você está olhando para mim, e é como se ainda não me visse. Depois de alguns minutos, você inclina suavemente a cabeça para o lado e diz: "Musango é uma menininha, e ela não tem vestido vermelho. Detesto vermelho, principalmente vermelho vivo". Você está calma. Eu também. Repito que sou de fato sua filha, e repasso os acontecimentos que nos separaram. Falo de Sessê, da morte do papai, da descoberta do fato de que ele não deixou nada para você. Conto de nossa vida a três, tudo o que só eu posso saber. Você escuta. Lembro-a que faz anos que não nos vemos, e que, portanto é normal que eu não seja mais uma menininha. Aliás, não é exatamente isso o que eu era na noite em que você me expulsou. Agora tenho doze anos...

Desta vez, parece que você me vê. Você me pergunta com voz doce, colocando no chão a pá que ainda estava no ar:

"Por que se ausentar por tanto tempo, minha filha? Você não sabe que eu a procurei por toda parte, com o coração apertado de angústia?". Eu nunca tinha ouvido essas inflexões na sua voz. Minha solidão e minha errância não foram em vão, pois me trouxeram a esse amanhecer em que por fim soube que você me ama. Você me procurou. Quando estendo para você os braços abertos, quando meus lábios se preparam para pedir perdão por essa angústia e meus olhos já choram em agradecimento pelas chances que nos restam, você se afasta. Você dá um passo para trás e berra: "Onde você esteve? Não sabe que eu a procurei? Não é porque eu a expulsei que você podia se autorizar a sumir assim. Se há uma coisa nesse mundo que é minha e de mais ninguém é a sua vida miserável! Você devia ter-se escondido nos arredores, e me deixar encontrá-la depois que eu me acalmasse. Você devia ter esperado na soleira da porta para me suplicar que a aceitasse de novo depois que a cólera diminuísse!". Você me repreende por ser a má filha que, antes mesmo que eu me pusesse a andar, você sabia que eu estava disposta a me tornar. De novo, uma luz ameaçadora brilha no fundo dos seus olhos amarelos. Conheço de cor esse movimento que a faz erguer a pá. Sei para que lado pular para me esquivar do golpe. Caio no chão dando um salto para a esquerda. Em alguns segundos, você está em cima de mim. Deixando de lado sua arma, é com as mãos que você quer acertar as contas comigo. Porque a minha vida pertence a você. Mbalé, que até então se mantivera mudo, vem prontamente em meu socorro. Ele a empurra e os socos que pretendiam me acertar o rosto encontram apenas o solo lamacento para se chocar. Ele me coloca de pé, e olhamos você desferir seus socos na terra imperturbável. Se essa energia que você tem dentro de si fosse destinada a um objetivo, você teria ganhado sua vida. Toda essa força inutilizada fez você implodir aos poucos. Suas palavras confusas nos amalgamaram ao papai e a mim numa mesma entidade maléfica que teria se abatido sobre os seus dias. Nunca ninguém deu nada a você. Não fizeram outra coisa além de apertá-la como um limão. Você não quer mais fazer esforço, e não fará. Não adianta nada viver inteiramente voltada para os outros, você vê isso muito bem. Eu devorei seu peito, lacerei a pele da sua barriga, e o papai roubou o seu coração e a sua alma. E agora as pessoas se admiram que seu espírito desatina! Tudo começou com a sua mãe. É ela a culpada original. Como alguém poderia amar você, se ela, que a carregou no ventre, mostrou-se incapaz de fazê-lo? Você ruge essas palavras, agora deitada de costas, e seus punhos se agitam no espaço. Seus movimentos são mal coordenados. Parecem os de um recém-nascido. Mbalé coloca delicadamente a mão sobre meu ombro e pergunta gravemente: "O que você quer fazer agora, Musango?". É a primeira vez que ele pronuncia meu nome. Eu dou de ombros, decepcionada por não ter podido expressar meu amor por você, penalizada por você não poder recebê-lo: "Sem dúvida, é preciso levá-la de volta para casa... Seus amigos podem fazer isso? Vou vê-la mais tarde". Ele aquiesce com a cabeça.

Este é, portanto, o dia que nasce. Durará o tempo que me resta para viver. Recuso-me a deixá-la sozinha para acompanhar Mbalé até o lado de fora, onde se encontra seu pequeno bando. Ele teme que você me agrida de novo, mas digo a ele para não esquentar a cabeça. Até agora, foi a si mesma que você não parou de fazer mal. Ele aprova com prudência e se apressa para a saída. Não quero deixá-la sozinha, mas você já está. Você está sozinha desde sempre, como que retraída dentro de si mesma e inapta a dar um passo para fora. Agora é tarde demais. Pergunto-me por quanto tempo você viverá assim, exilada numa dimensão inatingível para nós outros. Ao lado do mundo, mas não dentro de fato. Você não diz mais uma palavra. Apenas fica deitada no chão, e o sol envia raios ainda suaves que passeiam pelo seu rosto. O bando de garotos maltrapilhos vem pegá-la, e você deixa, esgotada por sua própria desordem. No fundo, é o que você sempre quis: que a levassem, que a poupassem de ter de andar com suas próprias pernas. Foi para não precisar decidir nada que você se escondeu na sombra de outro. Os meninos são silenciosos, quase solenes. Quando eles a levantam do chão e se alinham em fila indiana para colocá-la nos ombros, parecem esses jovens que às vezes levam os caixões que serão enterrados. Habitualmente, essa tarefa é delegada aos homens da família, os mais jovens e sólidos entre os parentes do defunto. Pelas ruas da cidade, eles precedem o cortejo fúnebre em marcha para o cemitério. Você não está morta, mas está sem vida. Tudo o que posso fazer por você agora é não reiterar essa ausência. Mbalé e eu não seguimos a procissão que deve levar o seu corpo pela cidade, para deixá-la na casa de Sessê. Alguém continuará vigiando você, e logo vou vê-la. Primeiro, quero voltar à casa da Vovó. Mbalé vem comigo, e não trocamos uma palavra ao longo da trilha que nos leva a Embenyolo. Estamos de mãos dadas. Não há nada de particular a dizer. Como ele me ouviu há pouco falando com você, já conhece uma parte da minha história. Tem uma vantagem temporária sobre mim, mas não lhe contei o que fiz durante os três últimos anos. Eles passaram tão depressa. Às vezes me acontece de sonhar que nada disso tudo aconteceu, que eu simplesmente andei, que me perdi, e que agora reencontrei meu caminho.

Quando chegamos, a casa de Mbambé está estranhamente fechada. A essa hora, deveríamos encontrá-la atarefada no quintal, varrendo-o energicamente com seu feixe de folhas de palmeira. Empurramos suavemente a porta e, no momento de entrar, penso comigo que ela certamente ainda não expulsou os malefícios do umbral. O recinto está escuro, as janelas ainda estão fechadas. Vovó está deitada onde a deixamos há algumas horas, mas não ronca mais. Não faz barulho algum, não emite sopro algum. Continuamos sem dizer nada. Mbalé entreabre uma janela para deixar entrar o dia, e a luz penetra timidamente no barraco para clarear o rosto tranquilo da anciã. Seus traços conservam a doçura e a vivacidade de que ela ainda dava mostras quando nos contava a história do menor e do maior. Não precisamos fechar seus olhos, pois ela não os abriu desde ontem. Agacho-me ao seu lado e passo a palma da mão um pouco úmida sobre seu rosto. Ela ainda está quente. Talvez quisesse nos esperar, mas seu ofício estava cumprido. Estou triste por tê-la encontrado tão tarde, mas sinto-me honrada por me encontrar aqui antes que seu corpo esteja rígido e frio. Será preciso avisar Epeti, que deve dizer às outras, às dez que ainda não conheço. Quanto a você, não sei como receberá a notícia da morte dela, nem mesmo se terá condições de entender a questão. Será que vai querer estapear o cadáver, como às vezes vemos fazer aqueles que se sentem injustamente abandonados? Veremos. Mbalé senta-se do outro lado do corpo de Vovó e, como estamos ambos ao redor dela, vejo que seus olhos brilham um pouco. Ele não sabe o que dizer, então falo das minhas estátuas. Digo que gostaria que a primeira ficasse às margens do Tubê, onde não podemos nunca ler o obituário dos desaparecidos sem sepultura que formam uma nação sob as águas. Não é preciso chorar, lamentar-se incansavelmente e, no fim das contas, acabar perdendo a própria causa da dor. É preciso se lembrar, e, depois, é preciso andar. Falo também de você. Todos esses anos, achei que você não me tivesse dado nada. Não é verdade. Você me deu o que pôde, e isso tem valor. Sem ter consciência, você me indicou o caminho a não seguir, e eu amo ternamente esse saber que herdei de você. Você vê, mamãe, agora é minha vez de viver. Escalei a montanha. Estou agora na outra encosta do desastre, que, ao contrário do que eu pensava, não é a totalidade do laço que nos une. Era apenas uma espécie de abecedário para mim, meu primeiríssimo manual de vida. Ainda vou ler outros. Pego a mão de Mbalé, e é com o coração ardente que seguro vigorosamente os contornos do dia que vem vindo.

A esta geração, quero deixar a palavra do poeta:

Tenho esta terra por ditame na manhã de uma cidade
Onde uma criança segurava floresta e rebocava margem
Não sejais os mendigos do Universo
A baía do morro aqui recomposta nos dá
O esmalte e o ocre das savanas de antes do tempo

Edouard Glissant, "Pays", *Pays rêvé, pays réel.*